Souvenirs secrets

PAMELA BAUER

Souvenirs secrets

éditions Harlequin

Titre original : BACHELOR FATHER

Traduction française de CAROL MONROE

Photos de couverture

Femme : © BOKELBERG / STUDIO X
Enfant : © IMAGE SOURCE / CORBIS

83/85 boulevard Vincent-Auriol 75646 PARIS CEDEX 13.
Service Lectrices — Tél. : 01 45 82 47 47

ISBN 978-2-2808-4897-8 — ISSN 1950-277X

Chapitre 1

— Ce n'est pas encore l'heure de la relève ?

Le Dr Carson s'avançait au milieu de la nurserie, sa parka couverte de flocons de neige. Avec son bonnet de laine écossais et ses gros après-skis, il avait plus l'air d'un préposé au déneigement que d'un médecin à la retraite.

— Quelle bonne surprise ! s'exclama Faith, avec un grand sourire. Je ne m'attendais pas à vous voir aujourd'hui.

— J'avais à faire pas loin d'ici et j'ai pensé que je pourrais en profiter pour vous raccompagner à la maison en voiture. Avec le temps qu'il fait, ce n'est pas drôle d'attendre le bus… Et puis je trouve les embouteillages beaucoup plus supportables en compagnie d'une jolie fille !

— Les conditions de circulation sont si mauvaises que ça ?

— Seulement pour quelqu'un qui n'a pas l'habitude de l'hiver dans le Minnesota. Moi, ça fait soixante-huit ans que je vis ici, alors ce n'est pas un peu de neige qui va m'arrêter !

Il baissa les yeux sur le bébé que Faith tenait dans ses bras.

— Comment s'appelle cette ravissante petite chose ?

— Emma. Elle s'est endormie à la minute où j'ai commencé à la bercer.

— Il faut reconnaître qu'elle a l'air de se trouver très bien dans vos bras. Vous croyez qu'elle va se réveiller, si vous la reposez dans son berceau ?

— Non, je ne pense pas, mais je préfère rester jusqu'à ce que sa mère revienne.

— Ça risque de prendre un certain temps.

— Je sais, mais ça ne me dérange pas. D'autant que l'une des autres bénévoles a téléphoné pour dire qu'elle était malade.

— Cet hôpital a beaucoup de chance d'avoir quelqu'un comme vous, Faith, si dévouée aux enfants et toujours prête à travailler sans jamais compter ses heures.

— On ne peut pas vraiment dire que bercer des bébés soit un travail pénible. Et puis ça me fait du bien d'être ici, tant physiquement que mentalement.

Cela faisait maintenant deux semaines que la jeune femme travaillait comme volontaire à la garderie du service de pédiatrie de l'hôpital et elle avait déjà vu passer un nombre considérable de bébés ou de très jeunes enfants qui s'étaient assis sur ses genoux pour écouter des histoires, ou qu'elle avait bercés.

Elle s'était découvert un talent réel pour apaiser les petits et les gros chagrins, et elle-même trouvait un grand réconfort à s'occuper de ces enfants. Cela lui donnait l'impression d'être utile et, plus important encore, lui conférait une identité. Tant qu'elle était à l'hôpital, elle savait au moins qui elle était : une jeune bénévole qui berçait les bébés.

— Il est évident que les enfants vous aiment autant que vous les aimez. Ce qui n'empêche pas que vous ayez droit à un peu de temps libre en fin de journée, lui fit remarquer le Dr Carson.

Faith aurait pu lui répondre qu'elle n'avait pas besoin de temps libre. Bien au contraire. Plus elle était occupée, mieux elle s'en portait. Il lui paraissait beaucoup plus facile de bercer un bébé pour l'endormir ou de calmer un jeune enfant en train de faire une grosse colère que de rester seule avec ses pensées.

A cet instant, Mme Carmichael, la surveillante générale, apparut sur le seuil de la porte.

— Faith ! Mais vous êtes encore là ? Bonsoir, docteur Carson, ajouta-t-elle à l'attention du médecin. Je compte sur votre autorité pour emmener immédiatement cette jeune femme ! Si on l'écoutait, elle passerait ses nuits aussi dans le service. Allons, Faith, il est grand temps de rentrer vous reposer.

La jeune femme se leva lentement du rocking-chair où elle se trouvait, pour ne pas réveiller la petite fille. Elle alla l'allonger tout doucement dans l'un des berceaux, puis elle se redressa, porta ses doigts à ses lèvres et envoya un baiser à l'enfant.

— Vous savez, Faith, lui dit le Dr Carson d'une voix douce, il y aura d'autres bébés à bercer demain.

Il avait raison. Elle reviendrait demain et il y avait de grandes chances que des parents lui confient leurs tout-petits, pendant qu'ils iraient rendre visite à des membres de leur famille ou des amis hospitalisés.

Si demain, comme tous les autres jours des trois semaines qui venaient de s'écouler, elle se réveillait sans savoir qui elle était.

Après son accident, les médecins avaient soigné sans problèmes ses blessures physiques. En revanche, ils étaient demeurés impuissants devant l'amnésie qui en avait résulté.

Perdre la mémoire à la suite d'un traumatisme était chose courante, mais le phénomène atteignait rarement la perte d'identité. On lui avait expliqué que c'était un état temporaire et que sa mémoire allait revenir, soit d'un coup, soit graduellement, comme les pièces d'un puzzle trouvant peu à peu leur place.

Jusqu'à présent, rien ne s'était passé. Qui elle était, ce qu'avaient été sa vie, sa famille, ses amis... tout restait pour elle une succession de pages blanches.

La seule vie qu'elle se connaissait était celle qui avait commencé le jour où Avery et Mary Carson s'étaient arrêtés au bord de l'autoroute où elle était étendue, inconsciente.

Ils l'avaient aussitôt conduite jusqu'à l'hôpital dans lequel le Dr Carson avait exercé jusqu'à sa retraite, quelques années auparavant.

Lorsqu'elle en était sortie, ses blessures soignées, ils l'avaient recueillie chez eux et traitée comme la fille qu'ils n'avaient jamais eue.

Elle ne portait pas d'alliance lorsqu'on l'avait retrouvée. Ce qui n'éliminait pas pour autant la possibilité qu'elle eût un mari ou même des enfants. Et cela lui brisait le cœur de penser que, peut-être, elle avait perdu jusqu'au souvenir de son propre enfant.

— Pourriez-vous me rendre un service, tous les deux ? demanda la surveillante générale, tirant Faith de ses pensées. On vient de m'apporter deux cartons de livres pour enfants et il faudrait les déposer à la bibliothèque du second étage. Ça ne vous ennuie pas d'y passer en sortant ?

— Bien sûr que non, fit le Dr Carson avec un grand sourire.

Tandis qu'ils traversaient le service de chirurgie pédiatrique pour se rendre à la bibliothèque, Faith aperçut une petite fille allongée sur un lit roulant. On était apparemment en train de la reconduire jusqu'à sa chambre. Le brancardier s'arrêta non loin d'eux pour parler à une infirmière et Faith se pencha sur le lit, émue par le petit visage auréolé de cheveux blonds, aussi pâle que le drap. La fillette avait les yeux fermés et Faith crut d'abord qu'elle dormait. Mais, comme si elle avait senti la présence de la jeune femme auprès d'elle, elle ouvrit bientôt de grands yeux bleu clair. Faith lui sourit.

— Bonjour…

Un sourire timide éclaira le visage de la petite fille et une main fine se glissa hors de la couverture pour se tendre vers Faith, qui la serra aussitôt entre les siennes.

— Est-ce que je suis au ciel ?

La jeune femme échangea un regard avec le Dr Carson avant de répondre.

— Non, tu es à l'hôpital.

— Et toi aussi, tu es à l'hôpital ?

— Oui, j'y travaille.

— Ça veut dire que tu peux rester avec moi ?

Son œil s'éclaira d'un soudain espoir.

— Non, je suis désolée, mais je ne peux pas. Je ne suis pas infirmière. Je travaille en bas, à la garderie. Je m'occupe des enfants.

— Mais je voudrais que tu restes avec moi, insista la petite fille d'une voix plaintive.

Avant que Faith ne puisse répondre, le brancardier revint.

— Excusez-moi, mais je dois reconduire cette jeune fille dans sa chambre…

— Ne t'inquiète pas, dit Faith à l'enfant, avec un sourire rassurant. Les gens ici sont très gentils. Ils vont bien s'occuper de toi.

Mais les lèvres de la fillette se mirent à trembler lorsqu'elle lâcha sa petite main.

— Tout ira bien, ne t'en fais pas, ajouta la jeune femme, tout en portant les doigts à ses lèvres pour lui envoyer un baiser.

— Vous seriez volontiers allée avec elle, n'est-ce pas ? lui demanda Avery Carson, tandis que le lit s'éloignait.

— Oui, admit Faith. Elle semblait si effrayée.

— Consolez-vous en pensant que vous avez apaisé ses peurs, au moins pour un instant. C'est vrai ce que l'on dit, vous savez… Que les yeux sont le miroir de l'âme… Le jour où je vous ai vue, j'ai tout de suite su que vous étiez un être profondément bon.

Faith aurait tant voulu croire qu'il avait raison. Elle aurait tant voulu croire aussi que, le jour où elle se rappellerait enfin qui elle était, elle ne découvrirait pas que la confiance du médecin avait été mal placée.

— Merci de croire en moi. J'espère simplement qu'un jour, on ne découvrira pas que…

— Que quoi ? Que vous êtes quelqu'un à qui je n'aurais pas dû faire confiance ?

— C'est une possibilité.

— Non, je ne crois pas.

— Mais si…

Avery Carson l'arrêta d'un geste de la main.

— Inutile de vous perdre en conjectures stériles, Faith, et tout à fait improbables d'ailleurs, à mon avis… Dépêchons-nous plutôt d'aller déposer ces livres à la bibliothèque. Mary nous a préparé un bon dîner et ce ne serait pas gentil de la faire attendre.

— Je cherche la chambre de Megan Novak… Elle a été admise ce matin. Je suis son père.

Son père. Cette dénomination paraissait si étrange à Adam. Il avait l'impression de parler d'un autre homme… Peut-être parce que sa relation avec Megan était encore inconfortable.

Il ne s'était pas attendu, bien sûr, à ce qu'elle se précipite dans ses bras en l'appelant « papa », dès le premier jour. Pendant six ans, on avait dit à la fillette qu'elle n'avait pas de père. Et, pendant six ans, lui-même avait tout ignoré de la vie de Megan, parce que Christie avait décidé de ne pas lui dire qu'elle avait eu un enfant de lui.

Sans la mort brutale de la jeune femme, il ne connaîtrait probablement toujours pas l'existence de sa fille. Ce qui était surprenant, dans tout ça, c'était l'attitude de Christie : tout en lui tenant secrète l'existence de Megan, elle l'avait désigné comme tuteur légal, dans son testament. Il ne saurait jamais, à présent, ce qui avait motivé la jeune femme. Mais ce qui importait, c'était qu'il était maintenant seul responsable de l'enfant.

Pendant que les hommes de loi élaboraient les modalités de garde, Megan était restée dans la petite ville de Silver Bay, dans la maison qu'elle avait partagée avec sa mère et le frère de celle-ci. Elle avait très peu parlé à Adam, lorsqu'ils s'étaient rencontrés pour la première fois, le regardant d'un œil méfiant et restant agrippée à son oncle.

Comment aurait-il pu lui en vouloir ? Il comprenait très bien que ses sentiments la poussent vers l'oncle qu'elle avait toujours connu, plutôt que vers un père qui était pour elle un parfait étranger.

Tom Anderson lui avait paru un type sympathique, apparemment aussi insouciant et fantaisiste que Christie, pour le souvenir qu'il avait gardé de la jeune femme. Il était évident qu'il adorait Megan. Mais il était tout aussi évident qu'il était parfaitement incapable de s'occuper seul d'une enfant de cet âge.

C'est pourquoi Megan était venue vivre à Saint-Paul.

— Chambre 217, monsieur Novak, annonça la jeune femme de l'accueil, le ramenant brusquement au moment présent. Second étage, au bout du couloir de gauche…

Sans attendre l'ascenseur, Adam grimpa les marches quatre à quatre. Il vit tout de suite sa belle-sœur Lori, au bout du couloir, adossée au mur. Dès qu'elle l'aperçut, elle se redressa et vint à sa rencontre.

— Tu y es arrivé ! s'exclama-t-elle, en le serrant aussi fort que le lui permettait son énorme ventre. J'avais tellement peur que l'aéroport soit fermé à cause de la neige et que ton avion soit dérouté !

— J'ai eu de la chance.

Elle jeta un coup d'œil par-dessus son épaule.

— Naomi n'est pas avec toi ?

— Non, elle est restée à Miami.

Il avait pensé que cela valait mieux. De toute façon, il n'était pas sûr que Naomi ait accepté d'écourter ses vacances à cause d'une enfant malade.

— Qu'est ce que tu fais dans le couloir, au fait ?

— Il y a une infirmière dans la chambre. Elle m'a demandé de sortir, le temps des soins. Il y en a pour quelques minutes…

— Comment va Megan ?

— Elle dort depuis qu'elle est remontée de la salle de réveil. Tu as parlé au Dr Lindgren ?

— Oui. Il m'a dit que l'opération s'était très bien passée.

— C'est aussi ce qu'il m'a dit. Ils l'ont mise sous antibiotiques. Mais il va falloir qu'elle reste à l'hôpital plus longtemps que pour une simple ablation de l'appendicite, à cause de l'infection. Sans doute encore cinq ou six jours.

— Ça m'étonnerait que ça l'enchante, fit-il remarquer, en levant un sourcil sceptique.

— Pauvre poupée ! Enfin, le pire est passé. Et maintenant que son papa est là… Elle va être heureuse de te voir.

Adam espérait qu'elle disait vrai. Sa belle-sœur avait beau se donner du mal pour arrondir les angles dans ses relations avec sa fille, il savait que Megan ne le considérait encore que comme l'homme qu'elle avait été forcée de suivre, après la mort de sa mère. Pour elle, de toute évidence, c'était encore son oncle qui lui tenait lieu de père.

— Tu as appelé Tom Anderson ? demanda-t-il à Lori.

— Bien sûr. Je lui ai dit qu'on le tiendrait informé. Il a demandé s'il pouvait lui parler ce soir, quand elle serait revenue dans sa chambre, mais elle dort.

— Je suis sûr qu'elle va vouloir l'appeler, dès qu'elle aura les yeux ouverts.

— Sans doute pas avant demain matin, alors, dit la jeune femme, en jetant un coup d'œil à sa montre. Je n'en reviens pas qu'il ne soit que 7 h 30. J'ai l'impression qu'il est beaucoup plus tard.

— Tu tiens le coup ?

— Ça va, oui… Juste les problèmes classiques à ce stade de la grossesse, dit-elle, avec un petit haussement d'épaules fataliste, tout en se massant le bas de la colonne vertébrale.

— Tu as mal au dos ?

— J'ai mal partout, mon pauvre ami ! répondit-elle dans un bref éclat de rire.

Il remarqua alors seulement les cernes violacés qui lui creusaient le visage.

— Je suis désolé, Lori… Quand je t'ai demandé de garder Megan pendant cette semaine, je n'aurais jamais imaginé que quelque chose de ce genre pourrait se produire. J'aurais mieux fait de lui faire manquer l'école et de l'emmener avec moi.

— Je ne crois pas que…

— Tu penses bien que si Megan était venue avec moi, je n'aurais pas emmené Naomi, coupa-t-il.

— Ne t'en fais pas. J'étais ravie d'avoir Megan.

— Je le sais bien. Mais tu aurais pu te passer de ce genre de problème, surtout dans ton état.

— Allons donc ! D'abord, la grossesse n'est pas une maladie et, ensuite, je me porte comme un charme.

— Ça ne m'étonne pas de toi, dit-il avec un sourire affectueux. Et je t'assure que te savoir là avec elle m'a été d'un grand réconfort. Tu as bien fait de l'emmener tout de suite aux urgences.

Lori se radossa au mur avec un soupir.

— Je n'arrête pas de penser que l'infection aurait pu être évitée, si je l'avais conduite chez le médecin dès la semaine dernière. Le problème, c'est qu'elle s'est souvent plainte de douleurs à l'estomac, alors… Tu connais l'histoire du berger qui crie au loup. J'avoue qu'on finit par ne plus très bien savoir à quoi s'en tenir…

— Je le sais bien. Ne culpabilise pas. Le médecin scolaire l'a déclarée en excellente santé au moment de son arrivée à l'école. Elle somatise sans doute beaucoup, c'est tout… Mais je t'avoue qu'il y a des jours où je me demande si je n'aurais pas mieux fait de la laisser chez son oncle, tout en assumant la responsabilité financière de son éducation.

Lori lui posa la main sur l'avant-bras.

— Non, Adam. Tu es son père et sa place est près de toi. Je sais que c'est un peu difficile pour vous deux, mais…

— Un peu difficile ! C'est un euphémisme ! Tu te rends compte qu'elle habite avec moi depuis maintenant huit semaines et qu'elle continue à m'appeler Adam ?

— L'ajustement va prendre du temps, c'est incontournable. Elle n'était pas préparée au fait d'avoir un père et toi, tu n'étais pas préparé non plus au fait d'avoir une fille. Habituellement, les hommes ont neuf mois pour se faire à l'idée. Toi, du jour au lendemain, tu t'es retrouvé avec une enfant de six ans sur les bras. Il est tout à fait normal qu'un changement aussi drastique de vos modes de vie — pour toi comme pour elle — nécessite une période d'adaptation. Ne t'en fais pas, tout finira par s'arranger. Il va juste te falloir de la patience. Beaucoup de patience…

Elle se redressa et se massa de nouveau le bas de la colonne vertébrale.

— Tu crois qu'ils en ont encore pour longtemps, là-dedans ? demanda-t-elle, en désignant la chambre de Megan. J'aimerais bien m'asseoir.

— Tu es sûr que ça va ? s'inquiéta aussitôt Adam.

— Mais oui, je t'assure. Je suis juste un peu fatiguée. Et ça n'arrange rien que ton neveu ait décidé de faire ce matin son entraînement de base-ball, ajouta-t-elle, en caressant son énorme ventre d'un air attendri.

— Pourquoi ne rentres-tu pas chez toi, maintenant que je suis là ?

— Impossible. J'ai promis à Megan que je serais là à son réveil.

— En sortant d'anesthésie, elle ne sera sûrement pas en état de se rendre compte de qui est là ou non. Alors fais-moi plaisir et rentre chez toi. Je préférerais éviter de devoir subir les foudres de mon frère. Il n'était déjà pas ravi de t'abandonner pour venir avec nous au Salon nautique, alors s'il découvre en rentrant que tu es complètement crevée par ma faute, il va me passer un savon de tous les diables !

— Probable, oui, reconnut Lori en riant. Je suis désolée de t'avoir faire venir en urgence. Je sais à quel point le lancement du Seababy est important pour toi.

— Ne t'en fais pas. J'ai demandé au directeur général de prendre le premier avion demain matin, pour aller rejoindre ton mari et papa au Salon. Novak Boats sera très bien représenté. Et la presse a déjà consacré des articles dithyrambiques au lancement du Seababy. Les acheteurs suivront.

A cet instant, la porte de la chambre s'ouvrit et une infirmière en sortit, portant un plateau d'ustensiles médicaux.

— Tout va bien ? lui demanda Adam.

— Très bien. Vous allez pouvoir entrer dans quelques minutes, on finit de lui faire ses soins.

— Elle m'a demandé ? s'inquiéta Lori.

— Oh, oui ! Elle a répété : « Je veux voir ma maman », au moins cinq fois depuis son réveil !

— Je... je ne suis que sa tante, bafouilla Lori. Sa mère est morte l'automne dernier.

— Oh ! Je suis désolée, je croyais... C'est sans doute l'anesthésie qui lui brouille l'esprit, fit l'infirmière, avec un petit sourire d'excuse, avant de s'éloigner.

La porte s'ouvrit de nouveau et une seconde infirmière apparut.

— Vous pouvez entrer, maintenant.

— Je suis son père, dit Adam. Comment va-t-elle ?

— Elle se repose. Elle se plaignait d'avoir mal, alors je lui ai donné quelque chose pour l'aider à dormir. Vous savez que si vous voulez passer la nuit avec elle, nous pouvons vous installer un couchage.

— Je crois en effet que l'un de nous deux devrait rester, dit Lori. Au cas où elle se réveillerait…

— Je vais rester. Toi, tu files chez toi te reposer.

— Et si elle demande encore sa mère ?

— J'en doute, avec le somnifère. Mais si ça se produit, eh bien je lui parlerai…

Chapitre 2

Le couchage annoncé par l'infirmière se réduisait à une chaise longue en plastique rembourrée, dont le dossier pouvait s'incliner à quarante-cinq degrés. Adam découvrit en s'installant dessus que, si le fait de mesurer un mètre quatre-vingt-dix présentait indéniablement des avantages en de nombreuses circonstances, ce n'était pas le cas cette fois-ci.

Après s'être tourné dans tous les sens, pour chercher une position confortable, il se résolut à redresser le fauteuil en position assise, ce qui lui semblait un moindre mal. De toute façon, il y avait fort peu de chances qu'il réussisse à s'endormir : il avait besoin d'obscurité et de silence, et une chambre d'hôpital n'offrait ni l'un ni l'autre, entre le clignotement de certains appareils, les bips intermittents et les fréquentes incursions des infirmières de nuit venant s'assurer que tout allait bien.

Et puis il y avait Megan, qui n'était pas une

dormeuse paisible. Elle ne bougeait pas beaucoup, mais émettait souvent de petits bruits à mi-chemin entre le hoquet et le grognement. D'ailleurs, la première fois qu'il l'avait entendue, Adam avait bondi de son fauteuil pour appeler l'infirmière, croyant à une complication respiratoire de la petite fille.

Il réussit, malgré tout, à dormir quelques heures et s'aperçut, lorsqu'il se réveilla, qu'on avait tiré le rideau de protection autour du lit.

— Ça fait mal, entendit-il Megan se plaindre, de l'autre côté du rideau.

— Je sais, ma puce, répondit gentiment une voix féminine. Je vais te donner un médicament pour que tu te sentes mieux.

— Tout va bien ? demanda Adam à voix haute.

— Tout va bien, monsieur Novak, répondit l'infirmière, de l'autre côté du rideau. Je suis en train d'administrer un antalgique à votre fille.

— Adam est là ? entendit-il alors Megan demander, d'une voix étonnamment rauque.

Adam… Il ne se faisait toujours pas au fait que sa fille l'appelle par son prénom.

— Si c'est de ton papa que tu parles, alors oui, il est là. Il est même resté toute la nuit à côté de toi. Dès que j'aurai fini, je rouvrirai le rideau et tu pourras le voir.

— Je préférerais voir maman. Vous pouvez l'appeler ?

Adam fronça un sourcil perplexe. Cela faisait plus de six mois que Christie s'était noyée. Megan savait que sa mère était morte. Alors, comment se faisait-il qu'elle la réclame tout à coup ?

Sans répondre à la fillette, l'infirmière lui expliqua qu'il était important qu'elle reste très tranquille pour ne pas risquer de faire glisser les bandages qui lui entouraient le ventre.

Voyant qu'il faisait encore nuit par une fente des stores, Adam regarda sa montre : 5 h 15. Il s'était réveillé avec un torticolis et mourait d'envie d'une tasse de café bien chaud. Il en était à se demander s'il prévenait l'infirmière de son absence pour aller chercher un distributeur, quand le rideau s'ouvrit.

— Comment va-t-elle, ce matin ? demanda-t-il à voix basse.

— Encore un peu groggy, mais ça va beaucoup mieux. N'est-ce pas Megan ? fit l'infirmière à la petite fille, tout en complétant la fiche de suivi des soins, accrochée au pied du lit.

Adam s'approcha et se trouva soulagé de constater que Megan était beaucoup moins pâle que la veille au soir. Mais tout l'équipement médical qui l'entourait restait impressionnant, lui rappelant qu'on avait évité de justesse une septicémie potentiellement mortelle.

— Comment te sens-tu ? lui demanda-t-il, navré de son impuissance à la soulager.

Le petit visage souffrant de son enfant lui rappela le moment où il l'avait vue pour la première fois, dans le bureau de l'avocat. Debout, toute raide à côté de l'homme de loi, comme si elle avait craint que le moindre mouvement ne provoque quelque chose de terrible.

— J'ai encore très mal, répondit-elle d'une toute petite voix. Lori avait dit pourtant que j'irais beaucoup mieux après l'opération...

— Ne t'inquiète pas, ma puce, la rassura l'infirmière. A chaque jour qui passe, tu auras un peu moins mal. Et quand ton ventre aura tout à fait cicatrisé, alors tu te sentiras de nouveau en pleine forme. Bon, je vais te laisser maintenant, pour que tu dormes encore un peu. Tu sais ce qu'il faut faire, si tu as besoin de quelque chose ?

— J'appuie sur le bouton.

— C'est ça, ma puce. Et j'arriverai tout de suite. Je suis juste de l'autre côté du couloir, précisa-t-elle à Adam. N'hésitez pas à m'appeler en cas de besoin.

Il acquiesça d'un hochement de tête.

— Est-ce qu'il y a un distributeur de café, quelque part ?

— Oui. Près des ascenseurs, tout au bout du couloir.

Adam la remercia et vint prendre sa place à côté du lit de sa fille.

— Où est Lori ? demanda alors Megan, en entrouvrant les yeux.

— Rentrée dormir chez elle.

— Elle avait dit qu'elle resterait près de moi !

Sa voix tremblotait ; elle était visiblement au bord des larmes.

— Elle voulait le faire, mais elle était très fatiguée. Il faut qu'elle dorme bien, à cause du bébé, tu comprends ? Mais elle va revenir tout à l'heure. Et moi, je suis là, si tu as besoin de quoi que ce soit. Tu veux boire un peu d'eau ? ajouta-t-il, en voyant sur la table de chevet un verre avec une paille.

Megan accepta d'un signe de tête.

— Tu as pris un avion ?

— Oui.

— C'était pas bien, le Salon nautique ?

— Si, mais je voulais être près de toi.

Elle fit une petite grimace.

— Je me sens toute bizarre…

— Ce sont les médicaments. Ils vont t'aider à dormir et, quand tu te réveilleras, tu te sentiras mieux.

— Mais je ne veux pas dormir ! Je veux la voir !

— Voir qui ?

— Maman. Elle est ici dans l'hôpital, tu sais ? Je l'ai vue, quand le monsieur poussait mon lit pour me ramener dans ma chambre.

Elle s'arrêta pour bâiller, clignant les yeux pour essayer de rester éveillée.

Voilà qui expliquait sa confusion, se dit Adam. Pendant qu'elle était encore sous l'effet de l'anesthésie, elle avait vu quelqu'un qui ressemblait à sa mère. Il ne pouvait pas la laisser continuer à croire que c'était elle qu'elle avait vue et, en même temps, il se demandait si elle se rappellerait cette conversation, après quelques heures de sommeil. Dans l'immédiat, elle avait besoin de dormir. Il serait toujours temps plus tard d'aviser, si elle en reparlait.

— Chut, ma puce… Il faut que tu dormes maintenant.

— J'aurais tellement voulu qu'elle m'emmène à la maison avec elle, murmura Megan d'une voix tremblante.

Le cœur d'Adam se contracta douloureusement.

— Ne t'inquiète pas, ma poupée, on rentrera à la maison, quand tu te sentiras mieux.

Il prit la main de sa fille dans la sienne et la

porta à ses lèvres, effleurant d'un baiser les petits doigts fins.

— Et maman sera là ?

Mais, avant même qu'Adam ne lui réponde, elle avait fermé les yeux et s'était rendormie.

Il était évident que le traumatisme de l'opération avait encore accru la confusion émotionnelle de la petite fille. Il ne restait plus qu'à espérer que, une fois remise des effets de l'anesthésie, elle ne demanderait plus à voir la personne qu'elle avait prise pour sa mère.

Adam la regarda dormir, examinant son visage à la recherche d'une quelconque ressemblance de leurs traits : sa famille avait unanimement déclaré qu'elle lui ressemblait. Mais la seule chose qu'il voyait, lui, c'était une version miniature de Christie — pour autant que ses souvenirs de la jeune femme n'aient pas été altérés par le temps —, avec ses cheveux blonds, ses yeux bleus et son petit nez rond. Lori lui avait bien dit qu'elle avait son sourire, mais il réservait son opinion, tant que ne s'était pas rempli le trou créé par les dents que Megan avait perdues.

Son frère Greg lui avait fait remarquer que la fillette partageait certains de ses tics. Comme celui de se mordiller la lèvre inférieure lorsqu'elle réfléchissait, ou encore de gigoter des pieds pendant qu'elle dormait. Il baissa les yeux sur le bas du lit, sachant que, s'il regardait assez longtemps, il verrait la couverture bouger. En effet, après quelques secondes à peine, il vit les petits pieds remuer sous les draps, et son visage s'éclaira d'un sourire attendri.

C'était étrange, ces points communs, compte tenu du nombre d'années qu'ils avaient passées sans se voir.

Le jour où il l'avait vue pour la première fois, il s'était promis qu'il ferait tout ce qui était en son pouvoir pour rattraper toutes ces années perdues. Qu'il allait faire de son mieux pour la protéger. Pour empêcher qu'elle souffre de nouveau. Qu'il allait passer du temps avec elle…

Pourtant, depuis qu'elle était venue vivre avec lui, il avait travaillé comme un fou pour préparer le lancement du dernier yacht Novak. Ce qui lui avait laissé bien peu de temps libre pour toutes ces choses amusantes que les pères étaient censés faire avec leur fille.

Mais tout ça allait changer. Et, tandis que les premiers rayons du soleil apparaissaient à travers les fentes du store, il sortit son Palm Pilot de sa poche pour voir comment il allait pouvoir inclure dans son emploi du temps des moments réservés à sa fille.

***

Lorsque Lori arriva, dans la matinée, il en profita pour rentrer chez lui prendre une douche et changer de vêtements. Il appela son frère à Miami, pour avoir un dernier compte rendu du Salon et régler avec lui quelques problèmes d'ordre professionnel.

Il était plus de midi, lorsqu'il revint à l'hôpital. Avant de monter voir sa fille, il s'arrêta à la boutique cadeaux du hall d'entrée et acheta un petit ours en peluche sur la poitrine duquel un gros cœur rose portait l'inscription : « Guéris vite ! »

Lorsqu'il entra dans la chambre de Megan, il trouva sa belle-sœur assise près du lit, en train de lire une histoire.

— Oh, le joli petit ours ! s'exclama Lori. Tu as vu, Megan ?

— Il est pour moi ? demanda la petite fille, l'œil éclairé d'une lueur d'intérêt.

— Bien sûr que oui, ma poupée, répondit Adam, en posant la peluche à côté d'elle. Je suis sûr qu'il va t'aider à aller mieux.

Lori glissa le petit ours sous la couverture, contre sa nièce.

— Tu sens comme il est doux ?

Megan hocha la tête, et son petit bras se referma autour du cou de la peluche pour la serrer contre elle.

— Il est très doux, merci beaucoup, dit-elle poliment.

— Je t'en prie, ma poupée…

Il prit place sur une chaise en face de Lori, de l'autre côté du lit.

— Comment te sens-tu ?

— Bien, répondit l'enfant sans grand enthousiasme.

— Le médecin est passé et il a dit qu'elle se sentirait beaucoup mieux, quand elle aurait recommencé à manger, lui expliqua sa belle-sœur. Tout à l'heure, elle aura droit à une compote.

— Ça, c'est une bonne nouvelle, dit Adam.

— Et l'autre bonne nouvelle, c'est que Megan a pu se lever pour aller à la salle de bains.

— Ça, c'est très bon signe !

— Tu as vu maman, aujourd'hui ? lui demanda tout à coup la petite fille.

Adam jeta un coup d'œil à Lori et la jeune femme haussa les épaules d'un air impuissant.

— Megan, tu sais bien qu'on ne peut pas la voir. Elle est au ciel…

— Non, elle y est plus. Elle est revenue. Tu peux aller la chercher ?

Adam se pencha vers d'elle.

— Je ne peux pas, Megan, parce qu'elle est au ciel.

La petite fille se passa la langue sur les lèvres avant de répondre.

— Mais je l'ai vue hier! Quand le monsieur m'a ramenée jusqu'à ma chambre...

— Tu veux dire que tu as vu quelqu'un qui lui ressemblait.

— Non, je l'ai vue, elle! insista Megan.

Adam lui prit la main et la serra dans la sienne.

— Nous avons déjà parlé de ça, ma chérie. De temps en temps, tu vas croiser des dames avec des cheveux blonds et des yeux bleus qui te rappelleront ta maman. C'est tout à fait normal. Tu l'aimais très fort et elle te manque beaucoup.

— Mais c'était vraiment maman!

— Non, Megan, ce n'était pas ta maman, reprit Adam d'une voix douce mais ferme.

La fillette retira avec brusquerie sa petite main de celle de son père.

— Je savais que tu ne me croirais pas, dit-elle d'un ton à la fois accusateur et plein de reproches.

— Ce n'est pas que je ne te crois pas... Mais je pense que tu es troublée, parce que tu as vu quelqu'un qui ressemblait à ta maman.

— C'était ma maman! s'obstina Megan. Elle m'a souri et elle m'a même envoyé un baiser. Maman faisait tout le temps ça, quand elle me disait « au revoir ».

Elle porta deux doigts à ses lèvres, les embrassa

et souffla dessus comme pour faire s'envoler le baiser.

— Des tas de gens envoient des baisers comme ça.

— C'était maman, répéta l'enfant, avant de se tourner vers sa tante. Toi, tu me crois, hein ?

— Oh, ma poupée ! répondit Lori avec un soupir désolé. Ce n'est pas la question de te croire ou non. Je suis sûre que la dame que tu as vue ressemblait beaucoup à ta maman.

Comprenant alors qu'aucun des deux adultes ne la croyait, la petite fille se mit à pleurer doucement et Adam se sentit le cœur brisé.

— Je t'en prie, Megan, ne pleure pas. Il est tout à fait naturel que tu penses à ta maman, pendant que tu es à l'hôpital. C'était elle qui te réconfortait quand tu étais malade, tu te rappelles ?

Megan hocha la tête d'un air grave.

— Oui. Des fois, elle entrait dans mon lit avec moi pour me tenir chaud, hoqueta-t-elle dans un sanglot. Elle pouvait faire partir mon mal au ventre sans opération.

— Je sais, ma poupée, dit Adam, en lui écartant du front une mèche de cheveux. Malheureusement, ta maman est au ciel, maintenant.

— Peut-être qu'elle est revenue.

L'espoir qui éclairait le regard de sa fille fit à Adam l'effet d'un coup de poing dans l'estomac.

— Les gens ne reviennent pas du ciel, Megan. Quand on y va, c'est pour toujours.

— Mais tu es bien revenu, toi !

Adam échangea un regard avec sa belle-sœur.

— Non, ma chérie, je ne suis pas revenu. Je n'y suis jamais allé.

— Maman a dit que tu y étais.

Il regarda Lori et se sentit soutenu dans sa détresse par l'empathie qu'il lisait dans le regard de la jeune femme.

— Eh bien, ta maman s'est trompée. Elle a seulement cru que j'y étais allé, argumenta-t-il avec calme, luttant contre la terrible frustration que cette révélation avait fait naître en lui.

— Alors peut-être que, toi aussi, tu t'es trompé et que maman n'est pas allée au ciel non plus, conclut Megan d'un ton plein d'espoir.

— Il y a d'autres gens qui croient que ta maman est au ciel, intervint Lori. Même ton oncle Tom.

— Eh bien, peut-être que, lui aussi, il s'est trompé, rétorqua l'enfant, sans se laisser démonter.

Adam comprit qu'insister ne les mènerait nulle part. S'il y avait une chose qu'il avait apprise pendant sa brève période de cohabitation avec sa fille, c'était que, quand elle avait une idée dans la tête…

— Explique-moi pourquoi tu penses que ta

maman est ici, à l'hôpital, lui demanda-t-il d'un ton très calme.

— Quand je l'ai vue, elle m'a dit qu'elle travaillait ici. Elle berce les bébés.

— Elle berce les bébés ? répéta Adam, étonné qu'il puisse exister dans l'hôpital une personne préposée à cette seule activité.

— Oui, à la garderie.

— C'est au rez-de-chaussée, l'informa Lori.

Adam réfléchit un moment avant de se lever d'un air résolu.

— Je sais ce que je vais faire, annonça-t-il à sa fille. Je vais descendre à la garderie trouver cette dame et lui demander comment elle s'appelle.

— On sait comment elle s'appelle, puisque c'est ma maman ! dit Megan d'une voix lasse, rappelant à son père qu'une longue période de convalescence les attendait.

— Chut, ma poupée, dit Lori en posant un doigt sur ses lèvres. Il faut te reposer, maintenant. Laisse ton papa descendre voir s'il trouve cette dame.

Adam se pencha sur sa fille.

— Je reviens dès que j'aurai pu lui parler, d'accord ?

La seule réponse de Megan fut un sourire radieux qui éclaira son petit visage pâle. Une fois encore, Adam sentit son cœur se serrer.

— Je t'accompagne jusqu'à l'ascenseur, dit Lori, en se levant à son tour.

Dès qu'ils furent sortis de la chambre, elle se tourna vers son beau-frère, l'air soucieux.

— Megan m'inquiète. Elle est vraiment convaincue d'avoir vu Christie, tu sais…

— Je sais. Elle m'en a déjà parlé hier soir, mais j'ai mis ça sur le compte de l'anesthésie. Aujourd'hui, en revanche, elle est tout à fait lucide.

— Le pire, c'est qu'elle croit que les gens peuvent revenir.

— Hélas, oui… Quel gâchis ! Dire que nous aurions pu éviter tout ça, si Christie m'avait permis dès le début d'être le père de ma fille. Je ne comprends toujours pas pourquoi elle m'a caché sa grossesse.

— Tu as dit que ça n'avait été qu'une aventure d'un soir, entre vous, commenta Lori, comme si cela avait suffi à expliquer le comportement de Christie.

— Ça ne lui donnait pas le droit de me cacher l'existence de Megan ! Je n'étais sans doute pas très mature, il y a sept ans, mais je n'aurais jamais tourné le dos à ma fille !

— Bien sûr que non…

Lori était mariée avec Greg Novak depuis assez longtemps pour savoir qu'Adam était très attaché aux valeurs familiales. Par ailleurs, elle avait vu suffisamment de femmes passer dans sa vie, pour comprendre que l'idée d'un engagement à long terme n'avait jamais fait partie de ses priorités.

— De toute façon, ajouta-t-elle au moment d'atteindre l'ascenseur, ça n'avance à rien d'imaginer ce qui aurait pu être. Pour le moment, il faut trouver cette femme. Et de toute urgence ! Megan ne peut pas continuer à croire que sa mère est ressuscitée.

Adam appuya sur le bouton d'appel.

— Ce problème va être très vite réglé, puisque, apparemment, cette femme travaille à la garderie. J'y vais de ce pas. Est-ce que tu peux rester avec Megan, en attendant que je revienne ?

— Bien sûr.

— Je n'en ai pas pour longtemps.

Les portes de l'ascenseur s'ouvrirent et, tandis qu'il montait dans la cabine, il essayait de ne plus penser à l'expression pathétique de sa fille, lorsqu'elle lui avait demandé d'aller chercher sa mère. Il avait eu envie de la serrer dans ses bras et de lui dire que jamais plus rien de blessant ne pourrait lui arriver, aussi longtemps qu'il serait près d'elle.

Mais il ne l'avait pas fait. Pas uniquement à cause de tous les tuyaux auxquels elle était reliée. Aussi parce qu'elle ne lui avait donné aucune raison de croire qu'elle voulait de lui pour père.

*
* *

— Il y avait un homme qui vous cherchait, tout à l'heure, pendant que vous étiez partie déjeuner, annonça la surveillante à Faith, lorsqu'elle revint après sa pause.

— Ah, bon ? Qu'est-ce qu'il voulait ?

— Il a dit qu'il voulait vous remercier de vous être montrée si gentille avec sa fille. Elle est hospitalisée au second étage. Elle s'appelle… Megan Novak, dit-elle en consultant un morceau de papier qu'elle avait sorti de sa poche.

— Je ne me souviens pas d'avoir rencontré une fillette de ce nom. Vous êtes bien sûre que c'est moi qu'il cherchait ?

— Il a demandé la personne qui berce les bébés et il vous a même décrite : cheveux blonds, yeux bleus. Je lui ai dit que je vous transmettrai ses remerciements, mais que s'il préférait le faire en personne, il pourrait repasser cet après-midi.

Faith remua la tête d'un air perplexe.

— Il doit m'avoir confondu avec quelqu'un d'autre.

— Peut-être est-ce juste une enfant que vous avez rencontrée lors d'une de vos visites dans le service de pédiatrie. Je sais que vous aimez bien aller y faire un tour.

— Possible, mais je ne me rappelle aucune Megan.

— Bah ! Nous verrons bien s'il revient...

Faith retourna travailler sans plus y penser.

Elle venait de finir de boutonner sa blouse, lorsqu'un petit garçon arriva. C'était un enfant de deux ans qui ne supportait pas d'être séparé de sa mère, et dont malheureusement le père avait été hospitalisé au service de chirurgie. Cela faisait déjà plusieurs fois que sa mère venait le déposer à la garderie pour pouvoir aller rendre visite à son mari.

La patience avec laquelle Faith parvenait à gérer les colères des enfants, même les plus violentes, lui avait valu le surnom de « la Pacificatrice » parmi ses collègues. Cette fois-ci, comme toujours, elle finit par réussir à convaincre l'enfant de venir s'asseoir avec elle dans le rocking-chair et, en quelques minutes à peine, il s'endormit dans ses bras.

— Je peux vous parler ou bien je risque de le réveiller ? chuchota tout à coup une voix grave.

Elle leva les yeux et vit debout devant elle un grand homme brun aux yeux sombres qui la regardait. Son cœur se mit alors à battre à une vitesse folle : l'inconnu la regardait avec l'air de la connaître. C'était la première fois que ça lui arrivait, depuis son accident.

Et le fait qu'il s'agisse d'un homme si séduisant accroissait encore son trouble.

— Aucun risque, répondit-elle, il a le sommeil très lourd. En quoi puis-je vous aider ?

L'homme regarda l'étiquette qu'elle portait sur sa blouse.

— C'est bien vous la berceuse de bébés ?

— Oui, c'est moi. Excusez-moi, demanda-t-elle après un court instant, comme il continuait à la dévisager sans parler, mais est-ce qu'on se connaît ?

Elle sentit sa bouche se dessécher et chaque muscle de son corps se tendre, tandis qu'elle attendait la réponse. Il hésita, la regardant un peu de la façon dont les enfants avec lesquels elle jouait examinaient les pièces d'un puzzle sur la table, avec fascination et perplexité.

— Vous ne me reconnaissez pas ? demanda-t-il d'une voix grave.

Le cœur de Faith fit un bond énorme dans sa poitrine.

— Je devrais ?

A la façon dont il la dévisageait, il était évident qu'il pensait qu'elle aurait dû le reconnaître. Un espoir fou surgit en elle. Peut-être allait-elle enfin apprendre qui elle était ! Depuis le jour de l'accident, elle attendait le moment où quelqu'un la reconnaîtrait.

— Non. Nous ne nous sommes jamais rencontrés. Je suis Adam Novak. Le père de Megan.

L'homme qui la cherchait à l'heure du déjeuner pour la remercier de s'être montré gentille avec sa fille.

Aussi vite qu'il était apparu, l'espoir de Faith s'évanouit. Elle fit de son mieux pour cacher sa terrible déception.

— Je suis désolée, mais j'ignore qui est Megan.

— Elle a six ans. Les cheveux blonds et les yeux bleus. Hier matin, elle a été opérée de l'appendicite et elle dit que vous lui avez parlé dans le couloir, pendant qu'on était en train de la reconduire dans sa chambre. C'est vous qui lui auriez dit que vous berciez les bébés ici, à la garderie.

Faith se rappela tout à coup le visage de cette petite fille si effrayée à laquelle elle avait parlé.

— Oh ! C'est votre fille...

— Oui. Je ne sais pas ce que vous avez eu le temps de lui dire, mais elle ne parle que de vous depuis.

Quelque chose dans son ton, malgré son sourire cordial, donna à Faith l'impression que cela le contrariait.

— Quelquefois avec les enfants, il suffit d'un sourire, lui dit-elle, espérant qu'il allait partir.

Mais il resta là, les mains dans les poches, la dévisageant toujours avec ce même regard intense.

— Comment va-t-elle ? lui demanda Faith. Son opération s'est bien passée ?

— Elle se remet doucement.

La jeune femme se sentait de plus en plus gênée, et ce fut avec soulagement qu'elle vit la mère du petit garçon entrer dans la garderie.

— Je suis ravie d'apprendre qu'elle va mieux, mais maintenant il faut que vous m'excusiez : voici la mère de ce jeune homme qui revient le chercher.

Elle regarda par-dessus son épaule et sourit à la jeune femme qui s'avançait vers eux, espérant que l'homme allait comprendre et s'en aller.

— Je vois, dit-il, après avoir jeté un coup d'œil derrière lui. Je voulais juste vous remercier pour ce petit moment que vous avez consacré à Megan.

— Inutile de me remercier, c'était tout à fait naturel.

— Alors… au revoir, Faith, la berceuse de bébés, dit-il de sa voix grave.

— Au revoir, marmonna-t-elle, affreusement gênée de se sentir rougir comme une adolescente.

Elle reporta aussitôt son intention sur la mère

du petit garçon, la bénissant en silence d'avoir mis fin à ce tête-à-tête si étrange.

Elle espérait ne plus revoir cet homme. Le trouble qu'il avait fait naître en elle l'inquiétait, parce qu'il ne ressemblait à rien de ce qu'elle avait connu.

« Au revoir, Faith, la berceuse de bébés. »

Longtemps après son départ, elle continua à entendre ces mots, prononcés par sa si belle voix grave, et elle en restait toute désemparée...

Chapitre 3

Adam comprenait d'où venait la confusion de Megan. Lui-même, s'il n'avait pas été convaincu du décès de Christie, aurait pu se sentir troublé par la ressemblance.

Mais il savait que c'était impossible. A la différence de sa fille, il était certain que, lorsque les gens mouraient, ils n'en revenaient pas.

Christie s'était noyée dans le lac Supérieur en septembre dernier. Point final. Un témoin avait vu son petit dériveur se retourner au cours d'un violent orage et la jeune femme être projetée dans l'eau. Les gardes-côtes avaient été appelés à la rescousse, mais l'opération de sauvetage avait échoué.

Quiconque vivait près du lac savait que, à cause de la température de l'eau, il y avait fort peu d'espoir de survivre au chavirage d'une embarcation. Cela n'avait pas empêché le frère de Christie, plongeur professionnel, d'effectuer plusieurs plongées. Il ne lui avait pas fallu longtemps pour se résoudre au fait qu'on ne retrouverait jamais le corps de sa sœur. Comme les autres habitants de la petite ville de Silver Bay, il connaissait la réputation du lac — si vaste, si profond et surtout si froid — de ne pas restituer les morts.

Bien que le corps de Christie n'ait jamais refait surface, les autorités locales l'avaient déclarée légalement morte.

Tandis qu'il observait Faith par l'une des baies vitrées de la garderie, Adam se répétait qu'il devait absolument garder cela à la mémoire.

La jeune fille portait une blouse d'hôpital et un pantalon noir tout simple, mais il ne faisait aucun doute que, avec des vêtements plus sophistiqués et du maquillage, elle aurait facilement pu passer pour Christie.

Ce qui lui paraissait hautement improbable, en revanche, c'était qu'une femme qui passait ses journées à bercer des enfants dans un hôpital puisse, à la nuit tombée, jouer les effeuilleuses dans un cabaret.

Il continua de l'observer, tandis qu'elle disait au revoir à un enfant et en accueillait un autre. Elle conduisit le nouveau petit garçon jusqu'à une petite table où elle l'installa sur une chaise, avant de s'agenouiller à côté de lui, l'encourageant à construire une tour de cubes de bois. Chaque fois qu'elle ajoutait un cube à la pile, l'enfant en prenait un qu'il jetait par terre. Et chaque fois, sans perdre son calme, elle se penchait pour ramasser le cube et ses longs cheveux blonds glissaient sur sa joue comme un rideau de soie.

Adam ne pouvait s'empêcher de se sentir troublé. Comme Christie, Faith avait un physique auquel peu d'hommes seraient restés insensibles. La ressemblance entre les deux jeunes femmes était tout simplement stupéfiante. A tel point que, lorsqu'il l'avait aperçue pour la première fois, il en avait eu le souffle coupé. Il s'était bien rendu compte qu'il l'avait mise mal à l'aise en la dévisageant comme il l'avait fait, mais il n'avait pu s'en empêcher.

Il se demanda s'il ne devait pas retourner à l'intérieur de la garderie pour lui en expliquer la raison.

Puis il décida de ne pas le faire. Cela ne ferait que retarder l'inévitable : il fallait d'abord et avant tout qu'il remonte dire à Megan que la femme qu'elle avait vue la veille n'était pas sa mère.

Pour la première fois de sa vie, il se surprit à regretter que les miracles n'existent pas. Ça aurait été tellement plus simple de remonter dire à Megan qu'il s'était trompé. Que sa mère ne s'était jamais noyée mais qu'elle était en bas, dans ce même hôpital, vivante et en pleine santé. Que les six mois précédents n'avaient rien été d'autre qu'un long et horrible cauchemar.

Hélas! Inutile de perdre du temps en élucubrations et fantaisies douteuses. C'était d'un père que Megan avait besoin, même si cela lui imposait de dire à sa fille ce qu'elle n'avait aucune envie d'entendre.

Décidément, chaque jour lui apportait un nouveau défi. Jamais il n'aurait cru devoir un jour débattre avec l'enfant d'un sujet aussi complexe que la réincarnation.

A regret, il se détourna de la fenêtre pour repartir vers la chambre de Megan.

— Il y a eu beaucoup de monde? demanda Zoé, l'étudiante qui remplaçait Faith pour la garde du soir.

— Pas trop, non.

— Qui c'est, le type qui discute avec la surveillante?

Faith se retourna vers la porte vitrée du bureau et vit Adam Novak en grande conversation avec Mme Carmichael. Elle se demanda pourquoi il était revenu.

— Je crois que sa fille vient d'être opérée au second, répondit Faith, tout en s'affairant ostensiblement au rangement des livres, ne voulant pas que Zoé se rende compte de l'intérêt qu'elle portait à la conversation en cours.

— Il est supersexy, tu ne trouves pas ? demanda encore Zoé.

— Je n'ai pas fait attention...

Ce qui était un mensonge éhonté. Elle avait fort bien vu qu'il était très séduisant. C'était d'ailleurs la raison pour laquelle elle s'était sentie toute secouée, lorsqu'il l'avait observée avec tant d'insistance.

— Il est sûrement marié, fit ensuite remarquer Zoé avec un haussement d'épaules désabusé. Presque tous les types bien le sont.

Faith ne fit aucun commentaire, sachant très bien qu'elle aussi s'était posé la question de sa situation maritale. Elle s'était d'ailleurs posé des tas de questions sur cet homme, depuis le moment où il avait quitté la garderie, mais elle comptait bien les garder pour elle.

A son grand soulagement, une jeune mère entra avec sa petite fille, et Zoé se dirigea vers elles pour les accueillir.

Faith commençait à retirer sa blouse pour aller la porter au vestiaire, lorsque la surveillante l'appela dans son bureau.

— M. Novak aimerait parler avec vous quelques minutes, lui expliqua-t-elle, lorsque Faith s'arrêta sur le pas de la porte. Je vous laisse mon bureau, vous serez plus tranquilles, ajouta-t-elle, avant de sortir et de refermer la porte derrière elle.

Adam Novak se tenait debout près de la fenêtre, toujours aussi séduisant, et la jeune femme pensa que la description de Zoé lui convenait parfaitement : il était effectivement « supersexy ». Rien que sa façon de la regarder faisait s'accélérer les battements de son cœur. Elle serra ses mains l'une contre l'autre pour qu'elles ne trahissent pas sa nervosité.

— Vous vous demandez sans doute pourquoi je suis revenu, commença-t-il de sa voix grave.

— En effet…

Une fois encore, la façon dont il la dévisageait déclencha en elle un tas de sensations bizarres.

— Vous aimez les enfants, n'est-ce pas…

C'était plus une affirmation qu'une question.

— Bien sûr. Je ne serais pas d'une grande utilité dans ce service, si tel n'était pas le cas, fit-elle avec un petit sourire timide.

Il répondit à son sourire, et Faith sentit aussitôt sa pression artérielle monter.

— C'est la raison pour laquelle je suis revenu. Parce que vous aimez les enfants et que j'ai l'impression que si vous pouviez m'aider vous le feriez, n'est-ce pas ?

— Oui, certainement, répondit-elle un peu perplexe. Ecoutez, monsieur Novak… Si vous voulez que j'aille rendre visite à votre fille, je serai ravie de le faire.

— Certaines circonstances pourraient rendre la situation un peu particulière, dit-il, en la regardant droit dans les yeux.

— Nous sommes dans un hôpital, monsieur Novak. J'ai l'habitude de voir des enfants souffrant de toute sorte de maladie. Ça ne me posera aucun problème. Si vous pensez que ça ferait plaisir à votre fille que j'aille lui rendre visite, alors, comme je vous l'ai déjà dit, je serai ravie de le faire.

— Ce n'est pas sa condition physique qui risque de vous poser problème. Ecoutez…, ajouta-t-il, après avoir pris une profonde inspiration, j'aimerais vous parler un petit peu de Megan. Vous ne préférez pas vous asseoir ?

— Merci, non…

— Comme vous voulez. Voilà. Megan a perdu sa mère à l'automne dernier. Elle s'est noyée dans un accident de dériveur.

— Je suis sincèrement navrée. Ç'a dû être horrible pour vous deux.

— Oui. Terrible… Il est très difficile pour une enfant de six ans d'appréhender le concept de la mort. Elle s'est posé beaucoup de questions. Je croyais avoir répondu à la plupart d'entre elles, mais…

— Je suis sûre que vous avez fait de votre mieux, dit Faith d'une voix douce.

— Mais je crains que mon mieux n'ait pas été suffisant, admit-il avec une petite grimace d'impuissance.

— Pourquoi ça ?

— Parce que j'ai beau lui avoir répété un nombre incalculable de fois que, lorsqu'une personne meurt et monte au ciel, elle ne peut pas revenir, Megan ne me croit toujours pas.

— Elle pense que sa mère va revenir ?

— C'est bien pire. Elle croit qu'elle l'a vue.

— Comme c'est triste…, murmura Faith d'une voix étranglée par l'émotion.

— Triste mais vrai. Après son opération, pendant qu'un brancardier la remontait dans sa chambre, elle a vu une femme dont elle est convaincue qu'il s'agit de sa mère : vous.

— Moi ?

— Oui. Et je peux tout à fait comprendre son erreur. Vous ressemblez terriblement à Christie.

Faith laissa échapper une exclamation étouffée.

— Alors c'est pour ça que vous me dévisagiez, tout à l'heure ? Parce que je vous rappelais votre épouse décédée ?

— Oui. Vous ressemblez vraiment beaucoup

à la mère de Megan, répondit-il d'un ton étonnamment calme.

— Vous avez dit qu'elle s'était noyée...

— Oui. Dans le lac Supérieur. Ce qui explique la difficulté qu'a Megan de comprendre ce qui s'est passé. Le corps n'a jamais été retrouvé et, pendant des mois, Megan a cru qu'on s'était trompé. Qu'un jour ou l'autre, sa mère allait revenir avec Dieu seul sait quelle histoire pour expliquer qu'elle n'ait donné aucun signe de vie depuis l'accident.

Il continua à parler de la période d'ajustement que Megan était en train de vivre, mais Faith n'arrivait plus à se concentrer sur ce qu'il disait. Obnubilée par une seule phrase qu'elle se répétait en boucle dans sa tête : « Le corps n'a jamais été retrouvé. »

Elle déglutit avec difficulté. C'était impossible ! C'était trop insensé pour être même envisagé ! Elle ne pouvait pas être cette personne dont tout le monde pensait qu'elle était morte... Comment expliquer alors sa présence sur le bord d'une route du Minnesota du Sud — sans un bagage ni même un simple sac à main —, si elle avait vécu près du lac Supérieur, à plus de trois heures d'ici ?

— Donc c'est pour ça que j'ai besoin que vous alliez rendre visite à Megan, conclut Adam, inconscient du tumulte qu'il avait déclenché dans l'esprit de la jeune femme.

— Vous… vous voulez que j'aille lui dire que je ne suis pas sa mère, c'est bien ça ?

— Oui. C'est la seule façon dont elle va pouvoir accepter le fait que sa mère est bel et bien morte. Moi, elle refuse de m'écouter.

Sentant ses jambes flageoler, Faith se retint au bureau pour garder son équilibre.

— Pourtant, vous êtes son père. Elle n'a aucune raison d'imaginer que vous ne lui disiez pas la vérité…

— Ça faisait longtemps que je n'avais pas vu sa mère.

— Mais… vous vous souvenez tout de même de ce à quoi elle ressemblait ? demanda Faith d'une voix hésitante.

— Oui. Elle vous ressemblait énormément. C'est pour ça que je vous ai dévisagée comme je l'ai fait, ce matin. L'espace d'un instant, j'ai cru que vous étiez Christie et…

Faith n'entendit pas le reste de la phrase, parce qu'elle venait de s'évanouir.

Lorsqu'elle reprit connaissance, elle entendit la voix d'un homme l'appeler. Elle ouvrit les yeux et vit Adam Novak et la surveillante penchés sur elle, l'air très inquiet.

— Pensez-vous qu'il faille l'emmener aux urgences ? demanda Adam.

— Non, regardez, elle revient à elle. Restez près d'elle, je vais lui chercher un verre d'eau, dit la surveillante avant de disparaître.

Comme Faith essayait de se redresser, Adam lui glissa un bras autour des épaules pour la soutenir.

— Doucement..., l'enjoignit-il, d'un ton plein de sollicitude.

Il l'entoura de son autre bras et elle fut tentée un instant de se laisser aller contre lui. Il sentait bon — comme la forêt après la pluie — et il la regardait comme si elle était une petite chose fragile et très précieuse qu'il aurait craint de briser. C'était une sensation très agréable.

— Ça va aller, merci, dit-elle en se relevant malgré tout, avant de s'écarter de lui pour rompre le contact.

— Vous devriez vous asseoir quelques minutes, suggéra-t-il, en approchant une chaise.

Sentant ses jambes encore cotonneuses, elle accepta.

— Ça va aller, répéta-t-elle pour le rassurer, voyant qu'il continuait à la surveiller d'un œil soucieux.

— Peut-être feriez-vous mieux d'aller aux urgences pour vous faire examiner par un médecin.

— J'habite chez un médecin. Je lui dirai ce qui s'est passé, quand je rentrerai à la maison.

— Je ne pense pas que ce soit très prudent de rentrer seule…

— Ne vous inquiétez pas, ça va aller, répéta-t-elle encore une fois, espérant qu'il allait finir par cesser de la fixer avec ses yeux sombres.

A cet instant, la surveillante revint avec un verre d'eau que Faith avala d'un trait.

— Je ne pense pas que vous devriez rentrer seule chez vous, déclara-t-elle, faisant écho à ce qu'Adam venait de dire. Je vais appeler le Dr Carson pour qu'il vienne vous chercher.

La jeune femme ne protesta pas, se disant qu'elle en profiterait pour parler au vieux médecin de ce qu'elle venait d'apprendre.

— Je suis désolée, s'excusa-t-elle auprès d'Adam, mais je préférerais ne pas aller voir votre fille tout de suite.

— Non. Bien sûr que non ! Il faut que vous rentriez chez vous vous occuper de vous-même. En revanche, j'aimerais régler ce problème assez rapidement. Megan doit cesser le plus vite possible de croire que vous pourriez être sa mère.

— Ça risque justement de ne pas être possible, dit-elle d'une voix sourde.

— Et pourquoi donc ?

— Parce qu'il existe une possibilité que je sois

effectivement la mère de Megan, dit-elle dans un souffle.

Adam la dévisagea d'un air incrédule. Ou bien elle n'avait pas entendu un mot de ce qu'il venait de lui dire, ou bien elle était vraiment malade !

— Je pense sincèrement que vous devriez aller vous faire examiner au service des urgences.

— Je vous ai dit que ça allait.

— Vous rendez-vous compte de ce que vous venez de dire ?

— Très bien, oui. Et je vous le répète : il est possible que je sois cette femme que vous appelez Christie.

— Mais non, voyons ! C'est parfaitement impossible. A quoi jouez-vous, au juste ?

— Je ne joue pas. Je suis juste en train d'essayer de vous dire la vérité.

Remuant la tête d'un air incrédule, Adam alla chercher la chaise de la surveillante et revint s'asseoir en face de Faith.

— Expliquez-moi ce qui vous permet de penser une chose pareille.

— Il y a un peu plus de trois semaines, un médecin et sa femme roulaient en voiture sur l'autoroute 52, juste au sud de la ville, quand ils m'ont aperçue allongée sur le bord de la route. J'étais inconsciente et semblais avoir été frappée violemment. Le Dr Carson m'a aussitôt amenée dans cet hôpital où il avait exercé pendant la quasi-totalité de sa carrière. J'ai été très bien soignée et me suis parfaitement remise de mes blessures corporelles. Dieu merci, mes cheveux cachent une cicatrice à la tête. En revanche, ajouta-t-elle en retirant sa blouse et en remontant la manche de son chemisier pour lui montrer son bras, ces cicatrices-ci ne disparaîtront sans doute jamais tout à fait.

— Je… je suis sincèrement navré, dit Adam d'une voix rauque. J'espère qu'ils ont arrêté la personne qui vous a fait ça.

Elle remua la tête en signe de dénégation, tout en rabaissant sa manche, et c'est à cet instant précis qu'Adam s'aperçut qu'il existait une différence notable entre elle et Christie : Faith avait une poitrine beaucoup plus importante.

Lorsqu'elle se rendit compte de ce qu'il regardait, la jeune femme devint rose de confusion. Une réaction que Christie n'aurait jamais eue : en tant que strip-teaseuse, elle avait eu l'habitude de sentir le regard des hommes sur elle, et sans doute l'avait-elle apprécié.

Ne voulant pas gêner Faith davantage, il décida de reprendre la conversation.

— Vous avez gardé des séquelles ?

— Hélas, oui. Sans doute en raison de ma

blessure à la tête, j'ai oublié tout ce qui s'est passé avant cette nuit-là.

— Vous voulez dire que vous êtes amnésique ?

— Les médecins pensent que c'est réversible. Parce que même si je ne me rappelle rien, je me souviens par contre très bien de tout ce qui s'est passé depuis cet accident. Mais j'ignore complètement ce que je faisais sur cette route. Où je vivais. Avec qui… Rien. Je ne me rappelle rien de mon passé.

Abasourdi, Adam dévisagea la jeune femme, ne sachant que lui dire. Encore sous le choc de cette révélation, il essaya fébrilement de remettre de l'ordre dans ses pensées. De rationaliser le problème.

Même si cette jeune femme était amnésique et même si elle ressemblait à Christie, cela ne signifiait pas pour autant qu'elle était la mère de Megan.

Il énuméra dans sa tête les différences qui existaient entre elles. La voix. Le style d'habillement. Les bijoux. La silhouette.

— Le fait que vous ne vous rappeliez pas qui vous êtes n'implique pas pour autant que vous soyez Christie Anderson, déclara-t-il d'une voix ferme, autant pour la convaincre que pour se convaincre lui-même.

— Mais je pourrais l'être, dit-elle avec une lueur d'espoir dans les yeux.

— Non, vous n'êtes pas Christie. Elle est morte, Faith, dit-il en s'appliquant à parler du même ton ferme et convaincu. Il y a six mois. Elle s'est noyée lorsque son dériveur a chaviré. Le procureur du comté de Saint Louis a signé son certificat de décès.

— Pourtant vous m'avez dit qu'on n'avait pas retrouvé son corps…

— Exact. Mais je vous ai aussi dit qu'on ne retrouvait pratiquement jamais aucun corps dans ce lac.

Sa voix montait au fur et à mesure qu'augmentait sa frustration. Il refusait de croire que ce que Faith semblait espérer puisse avoir un fondement quelconque. Il refusait surtout de se rappeler que, quelques heures plus tôt, lui aussi avait envisagé cette possibilité.

— Il faut néanmoins que vous admettiez que théoriquement elle pourrait être vivante.

— Je refuse de parler de théories, Faith. Ces théories pourraient causer à ma fille des blessures si profondes que je ne suis pas certain qu'elle pourrait s'en remettre. Alors, tant que nous n'aurons pas résolu ce problème, j'apprécierais beaucoup que vous ne rendiez pas visite à Megan.

— Je ne veux en aucun cas faire souffrir votre

fille ! Mais comprenez que je puisse me poser des questions sur mon identité. Jusqu'à aujourd'hui, personne ne m'avait reconnue. Vous êtes la première personne à dire que je lui rappelle quelqu'un.

— Vous ressemblez en effet beaucoup à une personne que j'ai connue. Mais il y a une différence sensible entre ressembler à quelqu'un et être cette personne.

Elle pencha sa tête sur le côté.

— Vous avez dit que vous n'aviez pas vu la mère de Megan depuis longtemps. Pouvez-vous, en toute honnêteté, me regarder et affirmer que vous êtes à cent pour cent certain que je ne suis pas cette femme ?

Il aurait voulu pouvoir répondre oui, mais il était bien obligé de reconnaître qu'il subsistait une infime parcelle de doute.

— Ecoutez, voilà ce que je vais faire : je vais contacter les avocats qui gèrent les intérêts de Christie et leur demander leur avis sur cette question. Est-ce que ça vous satisfait ?

— Tout à fait. Ça ne prendra pas trop longtemps ?

— Non. Je vais m'en occuper aujourd'hui même.

— Merci, dit-elle en se levant. Je ferais mieux d'aller chercher mon manteau, maintenant. Le Dr Carson ne va pas tarder à arriver.

— Avant que vous partiez, puis-je vous poser deux ou trois questions ?

— Bien sûr.

— Comment savez-vous que votre nom est Faith, si vous ne pouvez même pas vous rappeler qui vous êtes ?

— Le soir où j'ai été trouvée sur le bord de la route, je ne portais sur moi aucun papier d'identité. Juste un bracelet en cuir tressé avec ce nom gravé.

Elle remonta le poignet de son chemisier et lui montra le bracelet en question sur lequel F-A-I-T-H était peint à la main, en lettres roses.

— Tout le monde a pensé que c'était mon nom.

— Ça pourrait aussi avoir une signification religieuse, suggéra-t-il. *Faith* signifie aussi « foi » en anglais.

— C'est possible. En tout cas, je trouve que c'est un joli nom, pas vous ?

Elle leva vers lui un regard timide et il fut charmé par l'innocence de ses yeux bleus.

— Oui, très joli, répondit-il, pensant davantage à son visage qu'à son nom.

— Vous avez une autre question ?

— Oui. Comment se fait-il que vous vous soyez retrouvée à travailler ici, dans cet hôpital ?

— Je vous ai dit que le Dr Carson avait exercé

ici pendant la majeure partie de sa carrière. Il m'a suggéré de venir faire du bénévolat à l'hôpital, jusqu'à ce que ma mémoire revienne. Je gagne mon gîte et mon couvert en aidant sa femme à l'entretien de la maison.

— Je vois. Donc vous ne savez pas ce que vous faisiez auparavant pour gagner votre vie ?

— Pas la moindre idée. Que faisait Christie ?

— Elle était… danseuse.

Il ne jugea pas utile de lui préciser dans quel genre d'environnement elle dansait, ni dans quelle tenue. En tout cas, pas pour le moment.

Faith réfléchit un instant, les yeux plissés en un effort de concentration.

— Je ne crois pas que je sache danser…

Adam enveloppa d'un coup d'œil rapide sa jolie silhouette et ne put s'empêcher de penser qu'il aurait bien aimé la voir essayer.

Comme il l'avait fait la nuit précédente, Adam décida de passer la nuit à l'hôpital dans la chambre de Megan.

Le fauteuil était toujours aussi inconfortable et les machines continuaient à biper et à clignoter dans tous les sens, mais ce n'était rien de tout cela qui le tenait éveillé. C'était le tourbillon incessant des pensées qui se bousculaient dans sa tête.

Il ne pouvait s'empêcher de penser à Faith et à la stupéfiante révélation qu'elle lui avait faite.

Dès qu'il était rentré chez lui, il avait ressorti les albums photos de Megan, pour évaluer à quel point Faith ressemblait à Christie. Et il avait été bien obligé de constater que, sur plusieurs photos, il aurait aussi bien pu s'agir de Faith.

Dès qu'il avait quitté la garderie de l'hôpital, il avait appelé l'avocat qui avait géré la succession de Christie. Lequel lui avait répété qu'il était pratiquement impossible que la jeune femme ait survécu au naufrage de son dériveur. Tous les arguments qu'il avait avancés auraient dû convaincre Adam du fait que Faith n'était pas la mère de Megan. « Si cette femme ne souffre d'amnésie que depuis quelques semaines, comment pourrait-elle être Christie ? avait demandé l'avocat. L'accident s'est produit en septembre dernier. Que serait-elle devenue pendant plus de cinq mois et pourquoi n'aurait-elle pas contacté sa fille ? Tout le voisinage savait que Christie adorait sa fille et vous ne réussirez jamais à me convaincre qu'elle ait pu laisser son enfant sans nouvelles. »

Adam aurait aimé pouvoir montrer autant d'assurance, en ce qui concernait ce que Christie aurait été capable ou non de faire. Mais la vérité l'obligeait à admettre qu'il n'avait pas passé assez de temps avec elle pour pouvoir prétendre la connaître.

En fait, ils n'avaient même passé qu'une seule nuit ensemble. Moins de douze heures. Ce qui avait été assez pour concevoir un enfant, mais pas assez pour découvrir qui elle était. Il avait appris la quasi-totalité de ce qu'il savait d'elle après sa mort. De la bouche d'un avocat et de celle d'une petite fille de six ans.

Il avait rencontré la jeune femme à l'occasion d'une soirée organisée pour l'enterrement de vie de garçon d'un de ses amis, comme cela se faisait souvent autour de lui, maintenant que la plupart de ses camarades atteignaient l'âge de se marier. Le garçon qui avait organisé la soirée avait engagé une strip-teaseuse, un classique pour ce genre de circonstances. Et, lorsque la danseuse avait quitté la soirée, après son numéro d'effeuillage, Adam l'avait suivie.

— Ça vous dirait une petite balade sur la rivière ? lui avait-il proposé. J'ai un yacht amarré au port.

— Un yacht, vraiment ?

Elle ne l'avait pas cru, bien sûr, mais comment aurait-il pu le lui reprocher ? Peu de gens avaient un bateau ancré à la marina de Sainte-Croix.

— Oui. C'est même moi qui en ai dessiné les plans…

La jeune femme avait fini par accepter, en exigeant qu'ils prennent sa voiture à elle. Il n'y avait vu aucune objection et, quelques minutes plus tard, ils étaient à la marina.

Il avait alors découvert qu'elle en savait beaucoup plus sur les bateaux que n'importe quelle autre femme de sa connaissance. Elle lui avait expliqué que c'était parce qu'elle avait grandi dans la petite ville de Silver Bay, sur le lac Supérieur, où son père avait été capitaine d'un navire de fret et son frère employé dans la marine marchande. Elle avait ajouté qu'elle comptait retourner là-bas, quand elle aurait réussi à remettre de l'ordre dans sa vie.

Adam avait voulu en savoir plus, mais elle avait répondu que c'était sans importance et que la seule chose qui comptait, c'était qu'elle était maintenant sur la bonne voie. Lorsqu'il lui avait demandé si le strip-tease lui paraissait la bonne voie, elle lui avait répondu que c'était le meilleur moyen de gagner beaucoup d'argent en peu de temps. « Tout le monde n'a pas la chance d'être né avec une cuiller en argent dans la bouche », avait-elle conclu avec un petit sourire de dérision.

Il avait alors mis un point d'honneur à lui expliquer qu'il n'était pas un gosse de riches qui profitait du yacht de son père. Il lui avait fait un bref historique de l'affaire familiale, Novak Boats, insistant sur le fait que c'était uniquement à force d'un travail acharné — et sur trois générations déjà — que cette affaire était devenue si prospère.

Il n'avait jamais eu de problème pour séduire les femmes et ce soir-là ne dérogea pas à la règle. La jeune femme avait donc passé la nuit avec lui et, le lendemain matin, il s'était réveillé avec une gueule de bois carabinée… et seul sur le bateau. Christie était partie, ne laissant rien derrière elle, à l'exception d'un petit morceau de papier sur lequel elle avait griffonné son numéro de téléphone.

Il ne l'avait jamais rappelée. Tout de suite après le mariage de son ami, il était parti faire un stage professionnel en Californie, puis la vie avait repris son cours et il n'avait plus repensé à elle.

Jusqu'au jour où un avocat l'avait contacté pour lui apprendre qu'une dénommée Christie Anderson avait déclaré dans son testament qu'il était le père de sa fille, Megan. Ce qui le désignait donc comme tuteur légal de l'enfant.

Les choses s'étaient alors bousculées dans son existence et, après quelques semaines, il pensait qu'elles s'étaient stabilisées, lui permettant de construire sa relation avec Megan. Mais, maintenant qu'il avait rencontré Faith, les remous avaient de nouveau refait surface.

Donc, pour sa tranquillité d'esprit comme pour

celle de sa fille, il fallait impérativement qu'il sache la vérité.

L'avocat lui avait dit qu'il y avait deux possibilités. L'une consistait à contacter le frère de Christie, Tom Anderson, pour lui demander de venir à Saint Paul rencontrer Faith. Malheureusement, ce dernier était en voyage à l'étranger et ne serait pas rentré avant six semaines. Ce qui ne laissait plus à Adam que l'autre solution : le test ADN.

C'était la seconde fois qu'il allait procéder à ce genre de test. La première fois, son avocat le lui avait conseillé pour s'assurer de la réalité de sa paternité.

Son ADN avait correspondu à celui de Megan.

Un nouveau test allait maintenant pouvoir prouver si Faith et Christie étaient ou non la même personne. Avec un simple prélèvement.

Il fallait, bien entendu, que Faith accepte de s'y soumettre, puis attendre quelques jours les résultats.

Pour un homme qui détestait attendre quoi que ce soit, quelques jours lui semblaient une éternité. Il aurait voulu voir le problème résolu immédiatement. Il aurait voulu que sa fille cesse de croire qu'elle avait retrouvé sa mère. Il aurait voulu retrouver sa tranquillité d'esprit.

Chapitre 4

Faith se tournait et se retournait dans son lit, sans parvenir à trouver le sommeil. Dans sa tête, la conversation qu'elle avait eue avec Adam Novak repassait en boucle. Ce n'était pas la première fois qu'elle ne parvenait pas à s'endormir. Ce qui était différent, cette fois-ci, c'était que son insomnie n'était pas due au fait qu'elle n'arrivait pas à se rappeler son passé, mais plutôt à la possibilité qu'elle était sur le point de le découvrir.

Elle avait entraperçu une lueur d'espoir. L'espoir qu'il existait une force assez puissante pour déchirer le voile noir qui gardait sa mémoire prisonnière.

Tout cela grâce, peut-être, à une petite fille qui venait de se faire opérer de l'appendicite.

Le souvenir des quelques phrases qu'elle avait échangées avec Megan lui serrait encore le cœur. Elle avait d'abord cru que l'enfant était simplement effrayée, mais, maintenant, elle se rendait compte que c'était bien davantage que la peur qui l'avait fait s'agripper à elle et la supplier de ne pas la quitter.

Si Megan était sa fille — et Faith savait à quel point cette possibilité était infime —, ce serait pour elle une première et gigantesque pièce du puzzle éparpillé de sa mémoire.

Si tel était le cas pourtant, il lui faudrait encore beaucoup de pièces pour comprendre ce qui avait pu se produire pour qu'on l'ait retrouvée si loin de Silver Bay et d'un lac où elle était censée s'être noyée.

Bien qu'elle eût refusé de l'admettre devant Adam, elle savait qu'il était fort peu probable qu'elle soit la mère de Megan. Le seul fait que les autorités aient déclaré Christie légalement décédée suffisait à prouver qu'elle n'aurait jamais pu survivre au chavirage de son bateau. Paradoxalement, c'était cet aspect même de la situation — le fait qu'on n'ait jamais retrouvé le corps — qui lui donnait un infime espoir.

Ce qui la déchirait, en revanche, c'était l'idée qu'elle ait pu abandonner son propre enfant. Autant elle voulait résoudre le mystère de son identité, autant elle redoutait d'apprendre que c'était par sa faute qu'une enfant innocente avait tant souffert.

Elle finit tout de même par succomber au

sommeil, mais passa le reste de la nuit, agitée de cauchemars. A la suggestion d'Avery Carson, elle avait placé sur sa table de chevet une feuille de papier et un crayon, pour le cas où certains rêves lui fourniraient des indications concernant son passé. Mais, jusqu'à présent, le bloc-notes était resté vide, à l'exception d'un seul mot : Paria.

Elle l'avait écrit à cause de l'impression étrange qu'elle ressentait toujours lorsqu'elle se réveillait : celle de se trouver exclue de quelque chose. Elle s'était souvent demandé si cette impression était associée au contenu d'un de ses rêves, ou si elle résultait simplement du fait que son amnésie la rendait étrangère à sa propre vie.

Ce matin-là, elle fut réveillée par un rêve dont, pour une fois, elle se rappela le contenu. Elle attrapa aussitôt son bloc-notes et son crayon, puis griffonna à la hâte les mots « Megan », « bébé », « poupée ».

Elle écrivait aussi vite qu'elle le pouvait, mais les images s'estompaient rapidement, et bientôt, elle se rendit compte, impuissante, qu'elles avaient tout à fait disparu.

Impatiente d'en parler au Dr Carson, pour voir s'il trouvait une signification quelconque aux mots qu'elle venait d'écrire, elle sauta hors du lit et descendit l'escalier en courant jusqu'au rez-de-chaussée. Mary se trouvait seule dans la cuisine.

— Avery n'est pas encore réveillé ?

— Si, mais il est déjà parti. Il avait un rendez-vous tôt ce matin. Vous ne vous sentez pas bien ? ajouta-t-elle avec un froncement de sourcils inquiet.

Faith réalisa que, dans sa hâte à vouloir parler au médecin, elle n'avait mis ni chaussons ni robe de chambre et se tenait sur le seuil pieds nus, en chemise de nuit et les cheveux encore tout ébouriffés.

— J'ai fait un rêve, dit-elle tout excitée. Enfin, un dont j'ai pu me souvenir…

Elle montra le bloc à Mary.

— Alors je voulais lui en parler pour… pour savoir s'il y avait une chance que ça signifie quelque chose.

— Je comprends. Bien sûr, je n'ai pas du tout les compétences d'Avery, mais je serais ravie d'en parler avec vous, si toutefois vous en avez envie.

— Oh, merci, ça me ferait très plaisir.

— Alors venez donc avec moi dans le salon, nous y serons beaucoup mieux. Je vais allumer un feu et vous pourrez vous envelopper dans le plaid du canapé, ce qui vous évitera d'attraper froid, conclut-elle avec un sourire affectueux.

Faith répondit à son sourire, touchée comme toujours par son ineffable gentillesse. Elle la suivit dans le salon et s'emmitoufla dans le plaid avant de se pelotonner confortablement dans le canapé, pendant que Mary allumait le feu.

— C'est la première fois que je me rappelle quoi que ce soit d'un rêve au réveil. Alors je me suis dépêchée de griffonner quelques mots, comme Avery m'avait dit de le faire. Hélas, les images ont disparu très vite.

— C'est souvent le cas avec les rêves, dit Mary, en venant s'asseoir près d'elle. Racontez-moi donc ce dont vous vous souvenez.

— Je tenais un bébé dans mes bras. Je le berçais, en fait.

— Vous étiez à la garderie de l'hôpital ?

— Je n'en suis pas sûre, mais je pense que oui, parce que c'est le seul endroit où je berce des bébés. Et parce que Megan Novak était là, elle aussi. Megan me demandait si elle pouvait voir le bébé et, quand j'ai écarté la couverture qui l'enveloppait, j'ai vu que ce n'était pas un bébé que je tenais dans mes bras, mais une poupée. Une poupée sans visage. Et quand Megan a vu ça, elle s'est mise à pleurer. Voilà, conclut-elle avec un haussement d'épaules, c'est tout. C'est en tout cas les seules choses dont je me souvienne.

— Pas d'autres détails ? Les vêtements ? Le mobilier ? L'heure de la journée ?

— Je pense que Megan portait une blouse d'hôpital, mais je n'en suis pas certaine.

Voyant que Mary ne disait rien, elle reprit :

— Est-ce que vous croyez que la poupée pourrait être un vrai bébé ? Mon bébé ?

— Et qu'elle n'aurait pas de visage parce que vous ne pouvez pas vous souvenir d'elle ? continua Mary, suivant la direction de ses pensées.

— Ce qui expliquerait pourquoi Megan s'est mise à pleurer…

— Pourquoi donc ?

— Si Megan est ma fille et que la poupée la représente lorsqu'elle était bébé, alors il est naturel qu'elle soit triste que je ne me souvienne pas d'elle, non ?

Mary demeura silencieuse un moment.

— Il est possible que vous ayez raison, admit-elle enfin. Ou bien… peut-être est-ce votre subconscient qui est en train d'essayer de faire le tri de tout ce qu'Adam Novak vous a dit hier. Après tout, vous n'avez eu ce rêve qu'après qu'il vous a parlé de la mère de Megan.

Faith hocha la tête d'un air pensif.

— Vous voulez dire que s'il ne m'avait pas raconté que Megan m'avait prise pour sa mère, je n'aurais peut-être pas fait ce rêve ?

— Ce n'est pas vraiment ce que vous auriez aimé entendre, n'est-ce pas ? demanda Mary d'une voix douce.

— Je passe mon temps à chercher des signes, balbutia Faith, luttant pour ne pas montrer sa déception.

Mary lui posa une main sur le bras en un geste plein de tendresse et de compassion.

— Je comprends combien c'est difficile pour vous. Je comprends que vous cherchiez des réponses à toutes vos questions. Mais je ne suis pas certaine que vous allez les trouver dans vos rêves.

— Mais alors, où ?

— Pour commencer, Avery dit qu'un simple test ADN suffirait à prouver si vous êtes, oui ou non, la mère de la fillette. Ce serait déjà un élément de réponse…

Faith hocha la tête de nouveau, se mordillant la lèvre, tandis qu'elle réfléchissait.

— Je crois savoir qu'on doit attendre les résultats assez longtemps…

— Et vous aimeriez savoir tout de suite, n'est-ce pas ? Dans ce cas… peut-être y aurait-il un moyen pour que vous n'ayez pas besoin d'un test ADN.

— Que voulez-vous vous dire ?

— Vous pourriez aller directement voir Megan Novak. Vous m'avez dit hier soir que son père n'avait pas vu sa mère depuis très longtemps. Megan, elle, a toujours vécu avec elle. Et même si elle n'a que six ans, elle devrait être capable d'identifier sa propre mère. L'amnésie a affecté ce qui est dans votre tête, pas votre apparence physique. Je doute que Megan ait oublié le son de la voix de sa mère ou le contact de ses mains, par exemple.

C'était une possibilité que Faith avait envisagée la nuit précédente, pendant qu'elle se tournait et se retournait dans son lit sans trouver le sommeil.

Pour le moment, Megan croyait qu'elle était sa mère en se basant sur une rencontre rapide et qui s'était produite pendant qu'elle était encore sous l'effet de l'anesthésie. Maintenant que son organisme avait complètement évacué le produit, une nouvelle rencontre allait sans doute conduire la petite fille à reconnaître qu'elle s'était trompée.

Et il fallait que Faith sache. Sans attendre.

Voilà pourquoi, lorsqu'elle arriva à l'hôpital, elle ne se rendit pas tout de suite à la garderie, mais prit l'ascenseur jusqu'au second étage, celui de la chirurgie pédiatrique. Lorsqu'elle demanda quelle chambre occupait Megan Novak et si les visites étaient autorisées, elle apprit que le père de l'enfant avait passé la nuit avec elle. Elle retrouva alors aussitôt les petites sensations bizarres qu'elle avait éprouvées, lors de leurs deux précédentes rencontres.

Lorsqu'elle atteignit la chambre 217, elle trouva la porte ouverte mais vit que le rideau qui cachait le lit aux regards avait été tiré. Elle entendit des voix — celles d'une enfant et d'une femme adulte. Elle s'arrêta sur le pas de la porte, par discrétion.

Quelques minutes plus tard, une infirmière écarta le rideau et sortit.

— Vous êtes venue voir Megan ? demanda-t-elle.

— J'aimerais bien, oui, si vous pensez que ça ne pose pas problème. Je travaille en bas, à la garderie. Je ne veux pas la déranger, si elle se trouve avec sa famille.

— Non, ne vous inquiétez pas. Megan est toute seule pour le moment.

— Je croyais que son père était avec elle…

— Il a passé la nuit avec elle, en effet, mais il est sorti quelques minutes. Entrez, je vous en prie.

Avant de s'éloigner, l'infirmière repassa la tête derrière le rideau.

— Tu as une visite, Megan, annonça-t-elle d'une voix enjouée.

Faith entra alors dans la chambre, hésitant et

se demandant si elle n'aurait pas dû attendre le retour d'Adam Novak.

A cet instant, elle entendit une petite voix derrière le rideau.

— Il y a quelqu'un ?

Cette petite voix balaya tous ses doutes et elle s'approcha.

L'infirmière avait redressé la fillette dans son lit de telle sorte qu'elle se trouvait pratiquement assise. Ses yeux s'écarquillèrent lorsqu'elle aperçut Faith, et un large sourire éclaira son visage.

— C'est toi ! s'exclama-t-elle d'un ton extasié.

— Oui, c'est moi, répondit Faith, ne sachant pas très bien quoi dire d'autre. Comment te sens-tu ?

— Je savais qu'Adam se trompait, dit Megan sans répondre à la question que Faith venait de lui poser. Il disait que les gens ne pouvaient pas revenir du paradis. Mais moi, je lui ai dit que je t'avais vue et j'avais raison. Tu vois, maintenant tu es là !

— Je n'ai jamais été au paradis, Megan, dit Faith d'une voix douce, remarquant au passage que l'enfant avait fait référence à son père en l'appelant par son prénom plutôt qu'en l'appelant papa.

— Ben alors, tu étais où ? Tu es bien ma maman, hein ? Tu es exactement comme elle…

Elle la dévisageait d'un regard si plein d'espoir et de supplication que Faith en eut le cœur serré. Elle tira une chaise près du lit et s'assit devant l'enfant.

— Je ne sais pas si je suis ta maman, dit-elle d'une voix grave.

Megan fronça les sourcils, visiblement désarçonnée.

— Tu dois sans doute te demander comment il est possible qu'une maman ne sache pas si elle est une maman ou non. Eh bien, si tu m'écoutes, je vais essayer de te l'expliquer, d'accord ?

— D'accord, répondit la petite voix.

— Megan, tu es venue dans cet hôpital pour te faire opérer, n'est-ce pas ?

— Oui. Parce que mon appendice s'est cassé.

— Oui. Et tu te sentais mal, pas vrai ?

Megan hocha la tête. Faith continua.

— Eh bien moi aussi, j'ai quelque chose à l'intérieur de moi qui s'est cassé.

— Tu vas avoir une opération, comme moi ?

— Non, ce qui est cassé à l'intérieur de moi ne peut pas être réparé par une opération.

— Alors comment ?

— C'est bien ça le problème. Les médecins ne savent pas exactement comment le refaire marcher.

Elle se frappa le front avec le bout de l'index.

— La partie qui est cassée chez moi se trouve là, dans ma mémoire. Et parce qu'elle ne marche plus, j'oublie des choses que je devrais connaître. Comme mon nom, par exemple.

Les yeux bleus de Megan s'écarquillèrent.

— Tu ne connais pas ton nom ?

— Non. Ni non plus d'où je viens, ni qui est ma famille.

Elle leva devant elle le poignet qui portait le bracelet en cuir tressé.

— Tout le monde m'appelle Faith à cause de ce bracelet, mais je ne suis même pas capable de me souvenir si c'est vraiment mon prénom.

Megan tendit sa petite main et suivit du bout de l'index le contour des lettres gravées.

— Tu te souviens d'avoir vu ta maman porter un bracelet comme celui-ci ? lui demanda Faith.

La petite fille hocha la tête d'un air pensif.

— Qui te l'a donné ?

— Je n'ai pas de réponse à cette question, non plus.

— Tu ne te rappelles vraiment pas ?

— Non. Vraiment pas. C'est encore une autre de ces choses — comme mon nom — qui a été mise quelque part dans un coin de ma tête, mais que je ne peux pas retrouver.

La jeune femme se pencha en avant pour donner plus de poids à ses mots.

— Je voudrais tant retrouver toutes ces choses que je ne me rappelle plus. C'est pour ça que je suis venue te voir. Parce que je pense que tu pourrais m'aider.

— Comment ?

— Je veux que tu me dises pourquoi tu penses que je pourrais être ta maman. Tu crois que tu pourrais faire ça pour moi ?

Megan hocha vigoureusement la tête, ses grands yeux bleus montrant son désir de lui faire plaisir.

— Génial ! Alors on va pouvoir commencer.

Elle tendit ses deux mains devant elle, paumes vers le sol.

— Tu dis que mon visage ressemble beaucoup à celui de ta maman. Et mes mains ?

Megan les prit dans les siennes et les retourna lentement, les étudiant attentivement, comme si elles étaient de la plus grande importance.

— Elles ressemblent un peu à celles de ma maman, mais tu ne portes pas la bague des mamans et tu n'as pas de beaux grands ongles rouges comme elle.

— Qu'est-ce que c'est qu'une « bague des mamans » ?

— C'est une bague que toutes les mamans

portent. C'est oncle Tom qui m'a aidée à la choisir pour l'anniversaire de maman. Elle a une belle pierre bleue en forme de cœur.

— Et ta maman la portait tout le temps ?

— Oui. Elle m'a dit qu'elle ne la retirerait jamais de sa vie, parce que chaque fois qu'elle la regarderait, elle saurait que je l'aime.

Faith déglutit avec difficulté pour déloger la grosse boule qui lui bloquait la gorge. Elle regarda ses mains nues, regrettant de ne pas avoir été retrouvée avec une bague comme celle que Megan venait de lui décrire. Bien sûr, le fait qu'elle n'en porte pas n'écartait pas totalement la possibilité qu'elle fût la mère de la fillette. Elle aurait pu la perdre ou se la faire voler.

— Tu m'as aussi dit que je n'avais pas de beaux grands ongles rouges comme ceux de ta maman, c'est bien ça ?

Une fois encore Megan hocha la tête.

— Oui. Doreen ferait une drôle de crise, si elle voyait tes mains comme ça !

— Doreen ? Qui c'est ?

— La meilleure amie de maman. Elle travaille dans un salon de beauté très chic, mais elle vient toujours à la maison pour nous faire nos ongles, parce que ça coûte trop cher d'aller dans le salon de beauté. A moi, elle me faisait souvent des jolies petites fleurs sur les ongles. Mais Lori ne sait même pas comment faire les petites fleurs. Tu vois ?

Elle tendit ses mains et Faith vit alors que chaque petit ongle avait été recouvert d'un vernis rose pâle.

— Je trouve ce rose très joli, commenta Faith, se demandant qui était cette Lori. Et Lori, elle habite ici ?

— Oui. Sa maison est juste au coin de la rue de celle d'Adam. C'est très pratique, parce que comme ça, je peux aller chez elle après l'école. Elle va avoir un bébé. Elle est grosse comme ça, ajouta-t-elle, en tendant les mains devant son estomac aussi loin qu'elle le pouvait.

— C'est ta nounou ?

— Je n'ai pas besoin de nounou. J'ai Lori.

— Et Lori est…

— Sa tante, répondit une voix masculine.

Faith sursauta et se retourna vivement. Adam Novak se tenait debout derrière elle, encore plus séduisant que dans son souvenir. A en juger par ses yeux plissés et sa mâchoire crispée, il ne paraissait pas particulièrement heureux de la trouver dans la chambre de sa fille.

— Bonjour, dit-elle d'une petite voix, j'étais en train de bavarder avec Megan.

— Je vois ça, répondit-il sèchement.

— Je suis en train de l'aider à réparer ce qui

est cassé dans sa tête, expliqua Megan d'un air très sérieux. Elle peut même plus se rappeler si elle est ma maman ou pas.

— Elle n'est pas ta maman, Megan, déclara Adam d'un ton ferme, fixant Faith droit dans les yeux, comme pour la mettre au défi de le contrarier.

— Elle ressemble vraiment beaucoup à ma maman, insista Megan.

— Nous reparlerons de ça plus tard, dit-il à sa fille, avant de se tourner vers Faith. J'aimerais vous parler seul à seule, dans le couloir.

— Tu vas pas partir, hein ? s'affola aussitôt Megan, son petit front tout plissé d'inquiétude.

Faith aurait voulu répondre que non, mais un seul coup d'œil à Adam suffit à lui faire comprendre qu'il n'avait aucune envie qu'elle reste.

— Je suis désolée, mais il faut que je redescende travailler à la garderie.

— Mais tu vas revenir, hein ?

Cette fois-ci, Faith n'osa pas regarder Adam.

— Si ça te fait plaisir…

— Bien sûr que ça me fait plaisir ! Je voudrais même pas que tu partes ! T'es vraiment obligée ?

— Oui, Megan, il faut que j'aille travailler. Mais je reviendrai, ajouta-t-elle avec un sourire et un petit signe de la main, avant de sortir de la chambre.

Adam Novak la suivit. Il désigna d'un signe de tête le salon d'attente au bout du couloir.

Voulant en finir au plus vite, Faith s'y dirigea d'un pas vif et, dans sa hâte, ne vit pas déboucher d'un couloir annexe un employé qui poussait devant lui un chariot de linge. Adam lui agrippa le bras et la tira en arrière, lui évitant de justesse une collision.

En une fraction de seconde, Faith eut l'impression que le monde basculait. Tout à coup, elle n'était plus à l'hôpital, mais sur le bord de la route, sa valise à la main, tandis que les voitures passaient devant elle en vrombissant. Ce flash de mémoire lui causa un tel choc qu'elle recula vivement, essayant de dégager son bras.

— Non !

Adam réagit immédiatement à sa protestation. Il la lâcha aussitôt et leva les deux mains, signifiant ainsi qu'il s'excusait de l'avoir touchée. Faith comprit qu'il avait cru qu'elle s'était sentie agressée par son contact.

— Ce n'était pas vous…, commença-t-elle pour s'expliquer.

Puis elle s'arrêta. Qu'aurait-elle pu lui dire ? Qu'elle s'était dégagée aussi brusquement, parce qu'un soudain flash de mémoire l'avait déstabilisée ?

Comment aurait-elle pu lui expliquer quelque chose qu'elle-même ne comprenait pas ?

— J'ai juste voulu vous empêcher de heurter le chariot, se défendit Adam.

— Je n'ai pas pensé que vous faisiez autre chose, c'est juste que…

Il balaya l'air d'un geste de la main.

— Ça n'a pas importance. Ecoutez, pensez-vous que vous vous sentiriez plus à l'aise, si nous communiquions par l'intermédiaire de nos avocats ?

— Mais… je n'ai pas d'avocat.

Il se passa une main derrière la nuque et soupira.

— Alors je suppose qu'on ferait mieux de s'asseoir.

— Avez-vous découvert quoi que ce soit…

Faith n'acheva pas sa phrase. Ils savaient tous les deux à quoi elle faisait référence.

— J'ai parlé à l'avocat qui a géré la succession de Christie, répondit-il.

— Et ?

Adam pensa que le regard de la jeune femme lui rappelait davantage l'innocence de Megan que l'impudence de Christie. Et que c'était extrêmement déstabilisant pour un homme qui avait passé les dix-huit dernières heures à essayer de se convaincre qu'elle ne pouvait pas être la mère de Megan.

Il ne voulait en aucun cas s'autoriser à ressentir quoi que ce soit pour elle. Et surtout pas l'envie de la protéger.

— Lui non plus ne croit pas que vous puissiez être Christie.

La petite lueur d'espoir qu'il avait vue dans les yeux de Faith s'éteignit aussitôt.

— Oh, dit-elle simplement, d'une voix à peine audible.

Il ne put s'empêcher de ressentir pour elle un brusque élan de sympathie.

— Pourquoi êtes-vous allée voir Megan ?

— Parce qu'il le fallait. Avez-vous la moindre idée de ce que ça représente de se lever chaque matin, en ayant l'impression que l'on vit la vie de quelqu'un d'autre ? Je ne sais pas qui je suis, ni d'où je viens, ni si j'ai une famille. Ni même l'âge que j'ai. Jusqu'à hier, toutes les personnes que je rencontrais me regardaient comme si j'étais pour elles une parfaite étrangère. Et vous êtes arrivé et vous m'avez parlé de votre fille et, pour la première fois, j'ai eu l'espoir que quelqu'un pourrait m'aider à répondre à toutes les questions que je me pose.

— Megan n'a pas ces réponses, fit-il remarquer d'une voix grave.

— Dites plutôt que vous refusez de croire qu'elle puisse les avoir.

— Est-ce qu'elle a dit quoi que ce soit qui vous fasse penser que vous pourriez être sa mère ?

— Vous l'avez entendue aussi bien que moi.

— Elle est très perturbée.

Faith se frotta les tempes, l'air soudain très las.

— Moi aussi, je suis très perturbée.

Une nouvelle fois, il ressentit un élan de sympathie pour elle, mais il le repoussa aussitôt. Il ne voulait pas se trouver attiré sur un plan émotionnel. Il lui paraissait déjà suffisamment difficile de devoir combattre l'attirance physique indéniable qu'il ressentait.

— Si les médecins n'ont pas réussi à vous aider à vaincre cette amnésie, qu'est-ce qui peut vous faire croire qu'une simple conversation avec une enfant de six ans pourrait y parvenir ?

Faith remua lentement la tête et baissa les yeux sur ses mains.

— J'espérais que l'instinct maternel serait le plus fort. J'espérais peut-être que Megan allait dire quelque chose qui déclencherait une réaction en moi. Vous savez, monsieur Novak, dit-elle en relevant la tête pour le regarder droit dans les yeux, lorsque toute l'histoire de votre vie consiste en vingt-sept jours, vous avez envie de saisir même la plus infime chance qui se présente à vous. J'éprouve parfois l'impression désespérante de courir le long d'un immense tunnel noir, sans même savoir s'il existe une lumière au bout.

— Megan n'est pas cette lumière.

— Rien ne vous permet de l'affirmer avec certitude, s'obstina-t-elle.

Il commençait à se rendre compte que, sous cet extérieur timide et vulnérable, il y avait en elle une ténacité et une détermination farouches. Et, bien loin de l'agacer, ce trait de caractère ne faisait que lui rendre la jeune femme plus attirante.

— Je ne trouve ni sain ni souhaitable que Megan continue à fantasmer sur le fait que sa mère soit redescendue du ciel.

— Je ne lui ai personnellement donné aucune raison de le croire.

— Lui avez-vous dit que vous n'étiez pas Christie ?

— Non.

— Alors vous ne l'avez pas découragée non plus…

— Ecoutez, monsieur Novak, dit-elle avec un soupir. Je suis intimement convaincue qu'il vaut toujours mieux être honnête avec les enfants.

Alors je lui ai dit la vérité. C'est-à-dire que je ne savais pas qui j'étais.

Voilà qui semblait tout de même un point positif, pensa Adam.

— Ça me paraît très bien.

— Je lui ai aussi suggéré d'essayer de remarquer une chose me concernant qui serait différente de sa mère.

— Et a-t-elle trouvé quoi que ce soit ?

— Oui. Je ne porte pas de « bague des mamans ». Or, apparemment, Christie portait toujours la sienne. Et elle m'a aussi fait remarquer que je n'avais pas de beaux ongles rouges comme ceux de sa maman, ajouta-t-elle, en tendant ses deux mains devant elle pour les lui montrer.

Adam regarda les longs doigts minces, avec leurs ongles courts sans vernis et pensa que la jeune femme avait de très jolies mains.

— Elle aurait sûrement pu remarquer d'autres différences, si seulement nous avions eu davantage de temps.

— Ça n'a pas vraiment d'importance. La raison pour laquelle je voulais vous parler, c'était pour vous rappeler qu'il existe un moyen très rapide et très simple de prouver que vous n'êtes pas la mère de Megan. Un test ADN.

— Le Dr Carson m'en a parlé également.

— Dans ce cas, vous savez déjà à quel point

c'est simple à exécuter. Il suffit de prélever quelques cellules à l'intérieur de votre joue avec un Coton-Tige. C'est tellement simple que l'on vend même en pharmacie des kits pour que les gens puissent procéder eux-mêmes à ce test.

— Vous voulez dire que frotter un Coton-Tige à l'intérieur de ma joue devrait vous permettre de déterminer si je suis ou non la mère de Megan ?

— Oui. J'avais cru comprendre que le Dr Carson vous avait déjà tout expliqué…

— Il y a juste fait brièvement allusion.

Elle paraissait sincèrement étonnée par son explication et Adam trouva pour le moins étrange qu'elle n'ait jamais entendu parler des tests ADN, à une époque où la presse et la télévision — sans même parler, bien sûr, des scénarios de films — y faisaient sans cesse référence.

— Plusieurs laboratoires en ville peuvent procéder à ce genre de tests et, si vous avez la possibilité de vous absenter quelque temps de votre travail, je peux vous prendre un rendez-vous pour m'assurer que ça soit fait aujourd'hui. Au cas où ça ne vous serait pas possible, je peux aussi aller vous acheter un test en pharmacie, pour que vous puissiez vous-même effectuer ce test en rentrant chez vous ce soir. A vous de me dire ce que vous préférez.

Elle réfléchit un court instant.

— J'aimerais d'abord reparler de tout ça avec le Dr Carson.

Il ne comprenait pas pourquoi, mais ne formula aucune objection.

— Comme vous voudrez. Mais plus vite cette question sera résolue, mieux ça vaudra pour tout le monde.

Il prit dans sa poche une carte de visite professionnelle qu'il lui tendit.

— Voici le numéro de téléphone auquel vous pouvez me joindre. Si vous tombez sur ma messagerie vocale, je vous en prie, laissez un message et je vous rappellerai dès que possible.

Elle prit la carte et la glissa dans une poche.

— Je parlerai au Dr Carson aujourd'hui même.

— S'il vous plaît, oui. Par ailleurs… je pense que ça vaudrait mieux pour Megan que vous ne lui rendiez plus visite. Elle est encore très faible et je ne crois pas qu'il soit souhaitable qu'on la perturbe en ce moment davantage qu'elle ne l'est déjà.

— Mais si je suis sa mère ?

— Vous ne l'êtes pas. J'en suis certain.

— Dans ce cas, Megan devrait être la première à s'en rendre compte. Vous n'avez pas réfléchi au fait que plus nous passerions de temps ensemble, plus elle aurait l'occasion de remarquer des différences entre sa mère et moi ?

Elle avait probablement raison. C'était, après tout, ce qui se produisait pour lui : plus il voyait Faith, moins elle lui rappelait Christie.

Tout d'abord, il y avait cette timidité et cette impression d'innocence et de vulnérabilité qui contrastaient de manière si flagrante avec l'assurance et la détermination de Christie. Contraste qui se retrouvait aussi dans leur façon de parler : autant Faith parlait d'une voix douce et calme, se ménageant souvent des moments de silence pour prendre le temps de réfléchir, autant Christie avait un débit très rapide et la repartie très vive, n'hésitant pas — il s'en souvenait encore — à dire tout ce qu'elle pensait au moment où elle avait envie de le dire.

Et puis il y avait leur apparence physique. Au premier regard, n'importe qui aurait dit que les deux jeunes femmes se ressemblaient de façon stupéfiante. Mais Adam commençait à se rendre compte que le charme de Christie devait beaucoup à son maquillage et à sa façon sexy de se vêtir, alors que Faith avait une beauté tout à fait naturelle, pas une trace de maquillage et — du moins d'après ce qu'il avait pu en juger jusqu'à présent — une garde-robe extrêmement simple.

Pour lui, il ne faisait aucun doute que, dès que

les résultats des tests ADN leur parviendraient, on aurait la preuve que ces deux jeunes femmes n'étaient pas une seule et même personne.

Ce qu'il craignait, par contre, c'était que Megan continue à ne voir que ce qu'elle avait envie de voir.

— Il est possible que vous ayez raison, répondit-il enfin à Faith, mais je ne suis pas certain de vouloir prendre le risque.

Il crut qu'elle allait protester, mais elle n'en fit rien.

— Je comprends, dit-elle simplement.

Elle jeta un coup d'œil à l'horloge murale.

— Je suppose que nous n'avons plus rien à nous dire... Alors, si vous voulez bien m'excuser, il faut que j'aille travailler maintenant.

Et, sans un autre mot, elle se leva et se dirigea vers les ascenseurs.

Chapitre 5

Pendant que Faith attendait l'ascenseur, elle s'empêcha de regarder dans la direction d'Adam Novak. Elle voulait à tout prix se sortir cet homme de la tête et regrettait de ne pouvoir l'expédier dans le coin de sa mémoire qui ne fonctionnait plus.

Il l'avait traitée comme si elle avait représenté une menace pour sa fille, ce qu'elle trouvait ridicule. Elle adorait les enfants et n'aurait jamais rien fait qui puisse nuire à Megan. C'était une ravissante et délicieuse petite fille.

Peut-être sa ravissante et délicieuse petite fille…

Elle aurait tellement aimé avoir une certitude, quant à cette possibilité. Jusqu'à présent, la seule pièce du puzzle qu'elle possédait, c'était cette vision de voitures vrombissantes filant devant elle, qui se tenait debout au bord d'une route, avec sa valise à la main. Hélas, non seulement cette pièce ne répondait à aucune question, mais encore en soulevait-elle de nouvelles.

Pourquoi s'était-elle trouvée au bord d'une route très passante ? Etait-elle en train d'attendre un bus ? Une voiture ? Pour se rendre où ? Peut-être s'agissait-il tout simplement d'un souvenir de la nuit où Avery et sa femme l'avaient secourue.

Elle aurait pu expliquer à Adam Novak pourquoi elle s'était écartée de lui de façon si brutale, mais il lui avait fait très clairement comprendre qu'il ne se sentait en rien concerné par sa perte de mémoire. De toute évidence, la seule chose qui importait pour lui, c'était d'obtenir la preuve qu'elle n'était pas Christie Anderson.

Ce fut plus fort qu'elle, elle ne put s'empêcher finalement de jeter un dernier regard dans sa direction. Il s'était arrêté devant la chambre de sa fille et, à cet instant précis, il se retourna, lui aussi, pour regarder vers elle. Leurs regards se rencontrèrent et Faith eut soudain l'impression d'une plume qui lui chatouillait délicieusement la colonne vertébrale.

Une pensée lui vint brusquement à l'esprit : si elle était Christie, ils avaient donc été des amants !

Elle détourna les yeux, refusant d'y penser, mais elle avait l'impression que cette image avait fait vibrer chacune de ses terminaisons nerveuses.

C'était vraiment extrêmement troublant, de savoir qu'un homme pouvait l'avoir vue nue et lui avoir caressé le corps sans qu'elle en ait gardé le moindre souvenir. Comment s'étonner, alors, que les battements de son cœur s'accélèrent, chaque fois qu'elle le voyait ?

Elle appuya de nouveau sur le bouton d'appel de l'ascenseur, voulant échapper à l'intensité du regard de cet homme et elle se sentit soulagée, quand la cabine s'arrêta à son niveau.

Pendant sa brève descente jusqu'au rez-de-chaussée, elle réalisa que, pour la première fois depuis qu'elle avait commencé à travailler comme bénévole à la garderie, elle n'était pas impatiente de prendre son poste. Elle avait plutôt une envie pressante de parler au Dr Carson.

Quelques minutes plus tard, au milieu des berceaux et de la petite salle de jeux, elle se sentit heureuse de n'avoir pas cédé à son impulsion. Comme d'habitude, elle retrouva, grâce aux enfants qui lui avaient été confiés, une sensation de bien-être et de paix, et elle réussit à se sortir Adam Novak de l'esprit jusqu'à l'heure du déjeuner. A ce moment-là, elle appela chez les Carson et laissa un message pour Avery, demandant à ce qu'il la rappelle.

Il fit mieux que cela. Il passa la voir à l'hôpital, au moment de sa pause de l'après-midi.

Ils s'installèrent à la cafétéria autour d'une tasse de chocolat chaud et elle lui confia ce qu'elle avait sur le cœur depuis sa conversation avec Megan d'abord, puis avec son père ensuite. Elle lui raconta aussi le rêve qu'elle avait fait durant la nuit, le brusque flash de mémoire qu'elle avait eu à l'instant où elle avait failli percuter un chariot de linge et, enfin, la demande qu'Adam lui avait faite de procéder à un test ADN.

— Je pense que c'est une excellente idée, lui dit le vieux médecin de cette belle voix de baryton qui donnait toujours à Faith l'impression de se sentir enveloppée par une douce couverture chaude.

Il lui fit un schéma sur une feuille de papier pour lui expliquer succinctement les codes génétiques des parents et de leurs enfants.

— Si vous êtes la mère de Megan, conclut-il, ce côté de son ADN correspondra au vôtre.

Faith but une gorgée de son chocolat chaud.

— Donc, dans trois jours, je pourrai savoir enfin qui je suis.

— Ou qui vous n'êtes pas…

— Adam Novak ne pense pas que je sois Christie Anderson.

— Il a peut-être raison.

— Peut-être, répéta-t-elle. Il espère en tout cas

que l'ADN ne correspondra pas. Visiblement, il ne veut pas que je sois la mère de Megan.

— Là, je pense que vous vous trompez, objecta le Dr Carson, tout en remettant son stylo dans la poche de sa veste. N'importe quel père aimant sa fille voudrait lui épargner la douleur de perdre sa mère, s'il était en son pouvoir de le faire.

Elle ne répondit pas et but une nouvelle gorgée de chocolat.

— J'ai remarqué qu'ils avaient une relation pour le moins étrange, dit-elle enfin.

— C'est-à-dire ?

— Elle l'appelle « Adam » et non « papa ».

— Peut-être pour faire adulte.

— Je ne crois pas.

— Vous pensez que ça signifie qu'ils ont une relation… perturbée ?

— Je pense qu'il y a quelque chose qui ne va pas, en tout cas.

— Si je peux en juger par le peu de temps pendant lequel j'ai parlé avec cet homme, il m'a paru un père très aimant et extrêmement concerné par le bonheur de sa fille.

— Quand lui avez-vous parlé ?

— Il a téléphoné hier soir pour s'assurer que vous alliez bien. Il s'inquiétait à votre sujet.

Faith en ressentit aussitôt un petit frisson délicieux.

— Il n'y avait pourtant pas de quoi, murmura-t-elle, tout en s'appliquant à remuer lentement sa cuiller dans son mug pour cacher son trouble et se donner une contenance.

— Ce ne doit pas être une situation facile pour lui.

— Non, je me doute bien que non. Mais Megan veut me parler. Elle croit que je suis sa mère.

— Et ça vous serre le cœur, n'est-ce pas ?

Faith acquiesça d'un hochement de tête.

— Son père a sans doute raison de penser qu'elle est très perturbée en ce moment. Quoi qu'il en soit, vous n'allez pas tarder à être fixés, vous comme lui.

— C'est une sensation vraiment très étrange, vous savez, dit Faith en reposant sa cuiller sur la table, de dépendre entièrement de quelqu'un d'autre pour pouvoir retrouver son identité.

— Avec un peu de chance, ça pourrait bientôt changer. Si l'on en croit ce qui vous est arrivé aujourd'hui, on est en droit d'espérer que d'autres pièces du puzzle vont peu à peu commencer à se mettre en place.

— Vous pensez que ma mémoire est peut-être en train de revenir ?

— Ce ne serait pas impossible. Le flash de ce matin pourrait être le premier de toute une série de flashes qui se produiront dans votre esprit aux moments les plus inattendus. En revanche, il va falloir que vous restiez très patiente. Ça risque de prendre beaucoup de temps.

Faith savait qu'il était inutile de lui demander une estimation plus précise du temps d'attente en question. Pendant des semaines, elle avait posé cette question aux différents médecins qui l'avaient examinée et, chaque fois, elle avait reçu la même réponse : c'était impossible à évaluer.

Il fallait d'abord et avant tout qu'elle se concentre sur le fait que, pour la première fois depuis son accident, elle avait eu un bref aperçu de son passé. Elle attendait cela depuis si longtemps ! Pourtant, elle ne pouvait s'empêcher d'en éprouver, en même temps, une certaine appréhension.

— Vous semblez inquiète…

— Je le suis, admit-elle avec un soupir. Vous savez à quel point j'ai envie de découvrir qui je suis et malgré cela… aujourd'hui où j'ai enfin aperçu une partie de mon passé…

Elle laissa sa phrase en suspens, ne sachant pas très bien comment exprimer ce qu'elle ressentait.

Avery Carson étendit le bras par-dessus la table pour poser sa grande main sur la sienne.

— Aujourd'hui, vous avez peur de ce que vous pourriez découvrir… Rien que de très normal, Faith. C'est la peur de l'inconnu. Ça nous arrive à tous, par moments. Mais, dites-moi il n'y avait rien dans votre flash de ce matin qui ait pu vous donner des raisons d'avoir peur ?

— Je ne sais pas exactement. C'est arrivé si vite et reparti tout aussi vite. Presque comme si je l'avais imaginé. Vous ne croyez pas que ça aurait pu n'être qu'imaginaire ?

— Non seulement je ne le crois pas, mais je pense même que, si vous faites un gros effort de concentration, vous allez pouvoir retrouver ce flash de ce matin. Je vais vous aider...

Il se pencha en avant et prit cette fois les deux mains de la jeune femme dans les siennes.

— Maintenant, je veux que vous fermiez les yeux et que vous essayiez de faire revenir ce souvenir.

Faith obéit, se concentrant sur la voix douce du médecin qui lui enjoignait de se détendre et de laisser le souvenir revenir à la surface.

— Vous êtes debout au bord de la route. Pouvez-vous vous voir en train de regarder les voitures passer devant vous ?

— Oui. Il fait sombre et il y a de la neige sur le sol. Et j'ai une valise.

— Repassez-vous cette image dans la tête. Encore et encore...

Il observa un moment de silence avant de reprendre.

— Pouvez-vous vous rappeler ce à quoi vous

pensiez, pendant que vous vous teniez sur le bord de cette route ?

— J'étais malheureuse, murmura Faith d'une voix sourde.

— Pourquoi étiez-vous malheureuse ?

— Je ne sais pas. Je sais juste que je voulais m'en aller.

— Vous en aller d'où ?

Elle marqua une pause, essayant de retrouver les émotions que l'image aurait pu susciter. Sans succès.

— Juste m'en aller.

— Et quelle était votre destination ?

— Je ne sais pas.

— Comment comptiez-vous vous y rendre ?

— Je ne sais pas, répéta encore Faith.

Elle rouvrit les yeux avec un soupir de frustration.

— Ce n'est pas beaucoup, n'est-ce pas ?

Le Dr Carson lui tapota la main en un geste de réconfort.

— Ce n'est qu'un début. Avec le temps, vous apprendrez davantage.

— Comme, par exemple, ce que je voulais fuir ?

— Ou qui vous vouliez fuir, suggéra-t-il d'une voix douce.

— Et où j'allais. Et pourquoi je n'y suis jamais

arrivée. C'est la partie qui me fait vraiment peur, ajouta-t-elle, sans pouvoir réprimer un frisson d'appréhension.

— Nous savons que vous avez subi un traumatisme physique. Vos blessures le prouvent. Par ailleurs, la présence d'une valise indique peut-être tout simplement que vous alliez rendre visite à des gens de la région.

— Mais... n'auraient-ils pas averti la police en ne me voyant pas arriver ?

— J'aimerais tant pouvoir vous donner des réponses...

— Vous ne pensez pas que je suis originaire d'ici ? Je veux dire, de cette région ?

— Votre description ne correspondait à aucun des avis de recherche lancés dans la région. Et je crois que quelqu'un de votre famille ou de vos amis aurait averti les autorités de votre disparition.

— A moins qu'ils n'aient pas su que j'étais partie ? Peut-être que j'étais partie sans avoir averti personne de mon départ. Sans avoir non plus prévu de retrouver quelqu'un.

— C'est une possibilité, admit-il.

Mais, au ton de sa voix, elle comprit qu'il jugeait cette hypothèse peu plausible.

— De toute façon, reprit-il, nous finirons par avoir des réponses.

— Vous semblez bien sûr de ça...

— Je le suis. Si ce test ADN ne nous dit pas qui vous êtes, votre mémoire finira par le faire. Toutes les réponses sont là, quelque part, Faith. Il faut juste que vous fassiez preuve de beaucoup de patience.

La jeune femme hocha lentement la tête sans répondre, n'osant avouer à son ami combien elle avait peur de regretter d'avoir tant voulu retrouver son passé le jour où, enfin, elle aurait les réponses à toutes ses questions.

Pendant tout l'après-midi, elle surveilla du coin de l'œil la porte de la garderie, attendant qu'Adam Novak revienne avec des informations concernant ce fameux test ADN. Quand l'horloge murale indiqua 17 heures sans qu'elle ait reçu de nouvelles de lui, elle se sentit à la fois soulagée et déçue. D'un côté, elle n'avait pas très envie de le revoir, mais, de l'autre, elle avait vraiment hâte de voir résolue cette histoire de test.

Elle était en train d'enfiler son manteau lorsqu'elle aperçut — de l'autre côté de la vitre qui séparait la garderie du hall — une jeune femme enceinte qui la fixait avec attention.

Lorsque la jeune femme se rendit compte que Faith l'avait vue, elle détourna vivement les yeux, mais sans bouger de sa place. Et quand Faith sortit de la garderie, elle s'avança vers elle.

— Vous êtes Faith, n'est-ce pas ?

— Oui. En quoi puis-je vous aider ?

— Je suis Lori Novak, la tante de Megan, répondit la jeune femme avec un grand sourire, tout en lui tendant la main.

— Bien sûr…

— Adam m'a demandé de vous donner ceci, expliqua Lori Novak, en lui tendant un petit paquet qu'elle tenait à la main et que Faith n'avait pas vu jusque-là. C'est un kit pour test ADN. Il a dit qu'il y avait tout le nécessaire à l'intérieur, mais que, surtout, vous n'hésitiez pas à l'appeler, si vous aviez le moindre problème.

— Merci de me l'avoir apporté. C'est très gentil de votre part.

— Je vous en prie, ce n'est rien. Adam l'aurait fait lui-même, mais il s'apprêtait à dîner avec Megan et moi, je rentrais chez moi. Alors je lui ai proposé de vous le déposer en passant.

— Merci beaucoup. Et dites de ma part à M. Novak que je vais m'occuper de tout ça dès mon retour à la maison.

— Il sera ravi de l'apprendre. Vous pensez bien qu'il a hâte que cette question soit réglée. Pour tout le monde mais particulièrement pour Megan.

— Bien sûr. Quelle délicieuse enfant...

— Oui, n'est-ce pas ? La pauvre petite vient de vivre quelques jours difficiles avec l'opération et tout le reste.

Faith comprit que « tout le reste » la concernait.

— Je suis désolée que notre rencontre l'ait perturbée.

— Ce n'est pas votre faute, si vous ressemblez à sa mère, et on peut fort bien comprendre qu'une enfant ait pu être perturbée, compte tenu des circonstances. Mais ce serait vraiment navrant que Megan souffre encore, après tout ce qu'elle a déjà enduré.

Faith n'apprécia pas du tout la mise en garde à peine voilée. Elle trouvait déjà suffisamment pénible qu'Adam la considère comme une adversaire potentielle.

A cet instant, une mère et son fils sortirent de la garderie et le petit garçon se précipita vers Faith.

— Je t'ai fait un beau dessin ! s'écria-t-il, en brandissant une feuille de papier barbouillée de traits de crayons multicolores.

— Comme c'est gentil ! Merci, Joshua.

Faith s'accroupit pour se mettre au niveau du petit garçon.

— Et quel superbe dessin ! Je vais l'accrocher

au mur. Comme ça, je pourrai le voir tous les jours.

Elle échangea ensuite quelques mots avec la mère de l'enfant, avant que tous les deux ne repartent.

— Vous aimez les enfants, on dirait..., fit remarquer Lori.

Faith ne put s'empêcher de se demander ce qu'Adam Novak avait pu dire à sa belle-sœur à son propos.

— Ecoutez, madame Novak, j'ignore tout de mon passé, c'est vrai, mais ce dont je suis convaincue, c'est que les enfants doivent être traités comme le cadeau de Dieu qu'ils sont. Alors, si vous êtes venue aujourd'hui pour m'avertir de ne pas faire souffrir votre nièce, permettez-moi de vous dire que c'est une démarche parfaitement inutile.

— Je suis désolée, s'excusa aussitôt la jeune femme. J'ai l'impression que je me suis montrée très maladroite. Vous ne voudriez pas que l'on s'assoie un instant pour parler un peu ?

Faith la conduisit jusqu'au hall d'accueil dans lequel étaient alignés quelques fauteuils. Lori se laissa tomber sur l'un d'eux avec un soupir de soulagement et Faith s'installa dans le fauteuil voisin.

— J'admets que je suis d'abord venue vous voir pour satisfaire ma curiosité, reconnut Lori avec un petit sourire. Mais aussi, je l'avoue, parce que je suis inquiète pour ma nièce. Ne le seriez-vous pas à ma place ?

— Si, bien sûr.

— Megan m'a dit que vous étiez venue lui rendre visite, ce matin.

— Oh ! Et que vous en a-t-elle dit ?

— Des tas de choses. Toutes très agréables, précisa-t-elle aussitôt. En tout cas, vous avez réussi une chose à laquelle ni son père ni moi ne sommes parvenus pour le moment.

— Vraiment ?

— Oui… A la faire sourire. Elle espère beaucoup que vous allez revenir la voir.

— J'y compte bien.

— Malgré le fait que mon beau-frère vous ait demandé de ne pas le faire ?

— Vous ne venez pas de me dire que Megan avait très envie de me revoir ?

— Si. Elle pense que vous êtes sa mère et, à dire vrai, je peux comprendre pourquoi. Quand elle m'a dit que vous « aviez l'air » d'être sa mère, je m'attendais à une telle ressemblance, mais…

Elle s'arrêta un instant pour scruter avec attention le visage de Faith.

— C'est tout simplement stupéfiant à quel point vous lui ressemblez, acheva-t-elle d'un air grave.

— Et est-ce que vous trouvez aussi que j'ai sa voix ?

— Je ne sais pas, admit Lori. Nous n'avons jamais eu l'occasion de nous rencontrer. Ma connaissance de Christie se limite à ce que Megan m'en a dit et aux photos d'elle que j'ai pu voir. Je dois reconnaître que vous ressemblez énormément à la jeune femme de ces photos.

— Votre beau-frère ne semble pas le penser et il est mieux placé que quiconque pour en juger. Ils ont tout de même eu un enfant ensemble.

— Oui, mais… il y a des circonstances que vous ne connaissez pas.

Faith eut l'impression que les circonstances en question ne la regardaient pas, elle s'abstint donc de demander aucune précision.

— Répondez-moi sincèrement, reprit-elle en regardant Lori droit dans les yeux, pensez-vous que je puisse être la mère de Megan ?

— Si l'on tient compte de tout ce qui s'est passé… Alors ça paraît fort peu probable.

— Peu probable, sans doute. Mais néanmoins pas impossible ?

Vous espérez être Christie, n'est-ce pas ?

— Essayez de me comprendre… Ça me permettrait de retrouver un nom et une famille. Ça ne suffirait pas à me faire retrouver la mémoire, mais au moins je saurais qui je suis. C'est très dur, vous savez, de ne pas avoir d'identité.

— Je l'imagine sans peine, mais... êtes-vous pleinement consciente du fait que, si l'on découvre que vous êtes vraiment la mère de Megan, ça amènera beaucoup de nouvelles questions ?

— Vous voulez dire, parce qu'elle a disparu depuis septembre dernier ?

Lori hocha la tête.

— Je n'ai pas le choix. Tant que je n'aurai pas retrouvé ma mémoire, il va y avoir énormément de questions sans réponse. Je ne peux me raccrocher qu'à un seul espoir : que le fait de trouver qui est ma famille m'aide à résoudre l'énigme de mon passé. Quoi qu'il en soit, croyez bien qu'aucune femme n'aimerait penser qu'elle a pu oublier son propre enfant. Le pire, voyez-vous, c'est que, même si Megan n'est pas ma fille, il pourrait tout de même y avoir quelque part une autre petite fille ou un autre petit garçon en train de vivre les mêmes souffrances que celles que votre nièce a vécues.

— Vous sentez-vous mère ? lui demanda Lori d'une voix douce.

— Je suis si peu sûre de quoi que ce soit qu'honnêtement je n'en sais rien. J'aime beaucoup les enfants et ça, au moins, j'en suis certaine. La première fois que j'ai vu Megan, j'ai eu l'impression d'une sorte de… connexion. Mais je serais bien incapable de vous dire si c'était du ressort du fantasme ou bien si ça signifiait que mon instinct maternel n'avait pas été affecté, alors que ma mémoire l'a été.

Le regard de Lori s'emplit de compassion.

— Mon beau-frère n'aimerait pas m'entendre dire ça, mais je pense que vous devez absolument retourner voir Megan.

— Pourtant, vous m'avez dit que vous pensiez que je n'étais pas sa mère.

— Je sais, reconnut-elle avec un haussement d'épaules, mais je pense malgré tout que vous devez retourner la voir. C'est juste une impression que j'ai. Je connais ma nièce. Peut-être davantage que son propre père.

— Elle m'a dit que vous vous occupiez beaucoup d'elle.

Lori eut un sourire affectueux.

— Oui. Quand Adam doit s'absenter, c'est-à-dire très souvent. Il a bien essayé d'engager plusieurs baby-sitters, mais ça n'a marché avec aucune d'entre elles et, chaque fois, Megan a fini à la maison. Ce qui me convient tout à fait, du reste. C'est une petite fille très attachante. Extrêmement mûre, pour son âge. Imaginez-vous que, la première fois qu'elle est venue à la maison, elle m'a appris des recettes de cuisine ! Et vous, vous aimez cuisiner ?

— Oui. Mais je n'ai pas souvent l'occasion de le faire. Je n'ai pas ma propre cuisine là où j'habite.

— Christie doit avoir passé beaucoup de temps à cuisiner, parce que Megan se sent vraiment très à l'aise dans une cuisine. Elle m'a même proposé de m'aider quand je ferais mon pain, parce qu'elle adore pétrir la pâte. J'ai alors dû lui avouer que, pour moi, le pain n'existait que coupé en tranches et emballé sous plastique ! précisa Lori avec un petit rire.

— C'est vrai que pétrir la pâte est extrêmement relaxant.

— Alors vous aussi, vous faisiez votre pain ? releva aussitôt Lori.

— Je ne sais pas… Je ne me revois pas en train de faire du pain et pourtant je dois l'avoir fait, parce que je sais que j'aime la sensation de la pâte entre mes doigts. C'est ça qui est si étrange avec cette amnésie, précisait-elle en voyant l'air perplexe de Lori, je ne peux me rappeler aucun événement précis, et pourtant j'ai l'impression de connaître certaines choses. Bref, peu importe, cessons de parler de moi et parlez-moi plutôt de Megan. Si ça ne vous ennuie pas, bien sûr.

— Non, au contraire. Elle est très excitée à

propos de l'arrivée prochaine du bébé, dit Lori en posant une main à plat sur son énorme ventre. Elle adore s'asseoir à côté de moi et lire à voix haute pour le bébé. Et elle nous a suppliés à plusieurs reprises de l'autoriser à assister à la naissance.

— On dirait que c'est pour bientôt, non ?

— Pas avant un mois, d'après les médecins. Et je me demande comment je vais pouvoir tenir jusque-là : je ne peux déjà plus atteindre mes pieds pour lacer mes chaussures et il y a des jours où j'ai l'impression qu'à force de me bourrer de coups de pied dans tous les sens, ce garnement va finir par sortir tout seul. Sans compter que je me sens à peu près aussi gracieuse qu'une baleine… Enfin, vaille que vaille… Dans l'immédiat, il vaudrait mieux que je rentre à la maison. J'ai vraiment été très heureuse de faire votre connaissance, en tout cas, dit-elle en se levant pesamment et en tendant la main à la jeune femme.

— J'ai été aussi très heureuse de vous rencontrer. Merci de m'avoir apporté le test et de m'avoir parlé de Megan. Et merci aussi pour… votre empathie…

— Je vous en prie. J'espère que vous allez retourner voir Megan. Elle est comme vous : elle cherche des réponses.

« D'une autre sorte… », pensa Faith, tandis qu'elle regardait Lori Novak s'éloigner.

La petite fille voulait retrouver un passé qu'elle se rappelait. Faith, elle, voulait tout simplement se souvenir…

La journée avait été longue pour Adam. Les médecins lui avaient annoncé que le rétablissement de Megan s'opérait plus lentement que prévu et que, s'il n'y avait pour le moment aucune raison de s'alarmer, il fallait néanmoins rester conscient du fait que sa fille n'était pas encore hors de danger.

Il n'avait pu s'empêcher de se demander si l'irruption de Faith dans leur vie n'était pas responsable de cet état de choses.

Il avait passé la quasi-totalité de la journée dans la chambre de sa fille à la regarder dormir. Sans même regretter qu'elle dorme autant, parce que, dès l'instant où elle était réveillée, elle ne voulait parler de rien d'autre que sa mère. Elle se tournait vivement vers la porte à chaque bruit de pas dans le couloir, espérant visiblement qu'il s'agirait de la berceuse de bébés.

Megan n'était pas la seule à guetter la porte. Lui aussi s'était surpris plusieurs fois à tourner la tête en entendant des pas approcher, espérant que la jeune femme allait passer outre à la demande qu'il lui avait faite de ne pas revenir voir Megan.

Il ne se trompait pas : elle passa outre.

En tout début d'après-midi, elle apparut sur le seuil, portant dans les bras une pile de livres pour enfants et Adam sentit aussitôt son pouls s'accélérer.

Lorsqu'elle vit que Megan dormait, elle s'approcha de lui sur la pointe des pieds.

— C'est l'heure de ma pause déjeuner et je pensais lui lire une ou deux histoires, mais je vois qu'elle se repose.

— Ce sont les médicaments. Elle a dormi presque toute la journée, lui expliqua Adam, en se levant du siège qu'il occupait près du lit.

— Tant mieux. Elle a besoin de beaucoup de repos pour pouvoir se remettre tout à fait, dit-elle à voix très basse. Je reviendrai à un autre moment.

Elle tourna les talons et s'apprêtait à sortir, lorsque Adam la rappela.

— Attendez un instant, dit-il, en la rejoignant près de la porte. Il faut que je vous parle. Vous avez pu effectuer le test et le confier au labo ?

— Oui. Hier soir.

— Pas de problème ?

— Aucun. Le labo dit qu'on aura les résultats d'ici quatre ou cinq jours.

— Je sais. J'ai demandé que ce soit traité en urgence.

Faith regarda vers le lit dans lequel dormait Megan.

— Vous avez raison. Il vaut mieux résoudre ce problème le plus vite possible. Pourrez-vous dire à Megan que je suis passée ?

— Bien sûr, répondit-il, tout en sachant pertinemment qu'il n'en ferait rien, parce qu'il ne voyait pas l'intérêt d'encourager les espoirs de sa fille quant à l'identité de la jeune femme.

Mais, au moment où Faith passait la porte, une petite voix s'éleva.

— Je ne dors pas.

Faith se retourna avec un grand sourire.

— Coucou, Megan ! Comment vas-tu ?

— Mieux. J'attendais ta visite. Tu ne rentres pas ? s'inquiéta-t-elle, en voyant que Faith restait sur le seuil.

La jeune femme consulta Adam du regard.

— Faith est venue te lire une histoire, dit-il à sa fille. Mais ce n'est peut-être pas raisonnable. Tu as encore l'air très fatigué.

— Non, non, se récria précipitamment Megan. Je ne suis plus fatiguée du tout !

Adam hésita un instant, se demandant s'il ne commettait pas une erreur, en acceptant que la jeune femme reste.

— Alors, si tu n'es plus fatiguée…

Le sourire radieux de sa fille lui montra qu'il avait eu raison d'accepter.

— Tu peux venir dans le lit, près de moi ? demanda Megan au moment où Faith s'apprêtait à s'asseoir dans la seconde chaise installée à côté de son lit.

— Je crois que je me ferais gronder par les infirmières si je faisais ça, répondit Faith. Mais si tu veux, je peux approcher la chaise tout près pour pouvoir te montrer les images.

— D'accord.

— Quel livre voudrais-tu que je te lise ?

Elle les étala tous sur ses genoux pour que Megan puisse choisir.

Adam retourna s'asseoir sur sa chaise, observant l'interaction entre Faith et Megan.

La ressemblance entre elles était si frappante qu'il avait par moments envie d'ignorer purement et simplement ce que lui avait dit son avocat à propos de l'infime probabilité pour que Faith soit la mère de Megan.

D'un autre côté, plus il observait la jeune femme, plus il doutait qu'elle pût être la femme avec laquelle il avait couché. Rien dans son comportement ni dans sa façon de parler ne correspondait au souvenir qu'il avait gardé de Christie. Sans compter le fait qu'il avait le plus grand mal à croire que cette jeune femme si discrète ait pu un jour être strip-teaseuse…

L'amnésie ne pouvait sûrement pas changer une personnalité aussi profondément.

Ou peut-être que si, après tout. Il aurait dû poser la question au Dr Carson.

Enfin… qui que soit cette jeune femme, il ne pouvait nier qu'elle savait très bien s'y prendre avec Megan. Ce qui, du reste, ne faisait que corroborer l'excellente réputation qu'elle avait dans l'ensemble du service pédiatrique.

Il ne tarda pas à remarquer quelque chose qui le surprit : alors que Megan voulait sans cesse parler, il était évident que ce n'était pas le cas pour Faith. Adam s'était attendu à ce qu'elle pose des questions, dans l'espoir que les réponses déclencheraient une remontée de souvenirs. Or, chaque fois que Megan faisait allusion à sa mère, Faith ramenait gentiment son attention sur l'histoire qu'elle était en train de lire. En fait, elle traitait Megan comme si elle avait été n'importe laquelle des jeunes patientes du service auxquelles elle rendait visite.

Comme elle était venue pendant sa pause déjeuner, elle annonça bientôt qu'elle devait retourner travailler, mais promit qu'elle repasserait le soir, avant de rentrer chez elle.

Lorsque Megan tendit les bras vers elle pour lui

demander un gros baiser, Faith ne consulta même pas Adam du regard. Elle se pencha et enroula ses bras autour de la petite fille et la serra fort contre elle, en lui souhaitant de se remettre très vite. Puis elle se redressa, lança un bref coup d'œil dans la direction d'Adam et sortit.

— J'aurais bien voulu qu'elle reste plus longtemps, soupira Megan, dès que Faith eut disparu.

Adam préféra changer de sujet.

— Comment te sens-tu ? lui demanda-t-il.

— J'ai un peu faim. Tu crois que je pourrais avoir à manger ?

— Je suppose que oui. Veux-tu que j'aille demander de la glace ?

— Oui, s'il te plaît, répondit-elle poliment.

— Je m'en occupe. Je reviens tout de suite.

Il avait à peine fait quelques pas dans le couloir, qu'il vit sa belle-sœur venir à sa rencontre.

— Je viens de croiser Faith. Elle est passée voir Megan ?

— Oui. Elle lui a lu une histoire.

— Et comment Megan a-t-elle réagi à sa présence, aujourd'hui ?

— A peu près comme hier.

— Je sais que tu t'inquiètes, mais je crois que tu ne devrais pas. Je suis sûre qu'elle va réussir à surmonter ce problème, d'une façon ou d'une autre.

— J'espère que tu as raison. Je me sentirai beaucoup mieux, quand on aura reçu les résultats du test.

Il se passa la main dans les cheveux, l'air à la fois soucieux et très las.

— Je n'arrive pas à croire à ce qui nous arrive, dit-il d'une voix sourde.

— C'est pour le moins étrange, c'est certain. Si on découvre que Faith est bien Christie, alors on pourra se poser la question de savoir si elle n'a pas été frappée d'amnésie depuis beaucoup plus longtemps qu'elle ne le pense.

— Faith n'est pas Christie, s'obstina-t-il d'un ton buté.

— Je sais que tu refuses d'y croire et pourtant je suis bien obligée de te dire que je trouve qu'elle ressemble de façon stupéfiante aux photos que j'ai vues.

— Oh, non, gémit Adam, pas toi aussi ! J'ai déjà bien assez de mal comme ça avec Megan !

— Je ne dis pas que je crois qu'elle est Christie, mais que tu devrais te préparer à l'éventualité que le test nous révèle qu'elle l'est.

— Inutile, puisqu'elle ne l'est pas.

Lori leva les mains en l'air en signe de reddition.

— D'accord, d'accord, admettons qu'elle ne le soit pas. Ne trouves-tu pas étrange que Megan ne puisse pas se rendre compte qu'elle n'est pas sa mère ?

— Elle est très perturbée en ce moment, avec l'opération…

— Elle me paraît fatiguée, mais tout à fait lucide. En tout cas, qui que soit cette jeune femme, j'avoue que j'ai de la peine pour elle. Ça doit être terrible de ne plus savoir qui l'on est.

— Bien sûr, ce ne doit pas être facile à vivre. Mais mon problème à moi, c'est le bonheur de ma fille, un point c'est tout.

— Ça te dérange tant que ça qu'elle ressemble à Christie à ce point ?

— Du tout.

Il avait parfaitement conscience de mentir de façon éhontée, mais, d'une part, il ne voulait pas avouer à sa belle-sœur que Faith l'attirait et, d'autre part — surtout, peut-être… —, il préférait ne pas se demander pourquoi.

— Je me montre prudent, reprit-il, c'est tout. Tu as déjà rencontré d'autres personnes qui souffraient d'amnésie ?

— Non.

— Moi non plus. Par contre, je me suis pas mal documenté sur le sujet et je t'assure que la perte de mémoire dont elle souffre est très rare.

— Et alors ? Pourquoi n'aurait-elle pas une forme

d'amnésie très rare ? Que veux-tu insinuer, au juste ? Qu'elle serait en train de faire semblant ?

C'était en effet l'une des hypothèses qu'il avait envisagées, mais l'entendre formuler à voix haute par Lori lui faisait voir que c'était ridicule.

— Amnésie ou pas, nous ne savons rien de son passé.

— Tu pourrais en parler au médecin qui l'a recueillie. Il semble lui faire toute confiance.

Adam n'osa pas reconnaître qu'il avait déjà fait. Ni non plus qu'il avait mené sa propre enquête dans les différents services de l'hôpital et que rien n'était venu justifier ses inquiétudes.

— Je me demande juste si elle ne cache pas quelque chose, admit-il néanmoins d'un ton soucieux.

— Comment pourrait-elle cacher quelque chose qu'elle ne peut pas se rappeler ? Enfin bref, on verra bien, conclut Lori. J'ai à peine deux heures devant moi, alors je vais aller les passer avec ta fille.

— Comprends-moi bien, insista Adam, il est impératif que je protège ma fille et que j'agisse au mieux de ses intérêts.

— C'est exactement ce que tu fais en l'autorisant à voir Faith, répondit Lori, avant d'entrer dans la chambre de Megan.

Bien sûr, pensa Adam, il avait autorisé sa fille

à voir Faith. Mais uniquement parce qu'elle avait fondu en larmes quand il avait suggéré qu'il vaudrait sans doute mieux que la jeune femme ne revienne plus.

Alors elle était revenue. Chaque jour. Avec de nouveaux livres. Et, chaque fois, Megan avait retrouvé le sourire et même le rire.

Plusieurs fois, il était arrivé que Lori se trouve là pendant l'une de ces visites, et toutes les trois avaient passé leur temps à bavarder et à rire, comme si ç'avait été la chose la plus naturelle du monde. Adam n'avait pu s'empêcher de se sentir un peu exclu de ce bonheur simple et de cette complicité joyeuse.

Le sixième jour après l'admission de Megan à l'hôpital, il se trouvait chez lui en train de prendre son petit déjeuner, lorsqu'un coursier du laboratoire apporta les résultats du test.

Le cœur battant, il déchira l'enveloppe avec une hâte fébrile pour en sortir le feuillet dactylographié.

L'ADN de Faith ne correspondait pas à celui de Megan.

Chapitre 6

Adam abandonna son petit déjeuner pour filer droit à l'hôpital, soulagé de pouvoir enfin mettre un terme au stress si pesant des jours derniers.

Il avait prévu de se rendre directement à la chambre de Megan, mais, alors qu'il attendait l'ascenseur, il aperçut Faith qui entrait dans le hall. Elle marchait d'un pas vif, les joues rosies par le froid, quelques mèches de ses cheveux blonds s'échappant d'un gros bonnet de laine rouge. Elle ne l'avait pas vu et bifurqua aussitôt en direction de la garderie. Au même instant, un petit coup de sonnette annonça l'arrivée de l'ascenseur au rez-de-chaussée. Il aurait dû s'y engouffrer et monter voir Megan, mais il ne le fit pas.

Il traversa le hall en courant pour rattraper la jeune femme.

— Bonjour, la salua-t-il en arrivant à son niveau.

Elle continua de marcher, lui répondant d'un bref bonjour.

— Il faut que je vous parle.

— Je n'ai pas beaucoup de temps, ce matin. Est-ce que ça peut attendre jusqu'à cet après-midi, quand j'irai voir Megan dans sa chambre ?

— Justement, c'est pour ça que je voulais vous parler. Vous n'aurez plus besoin de lui rendre visite. Je viens de recevoir les résultats du test.

Faith s'arrêta net.

— Vous n'êtes pas Christie Anderson.

Elle était brusquement devenue livide.

— Alors Megan s'est trompée ? murmura-t-elle d'une voix altérée, visiblement en état de choc.

Il lui tendit le rapport et, tandis qu'elle lisait les résultats, elle lui rappela Megan, la première fois où il l'avait ramenée chez lui. Perdue. Vulnérable. Et comme il l'avait fait avec sa fille, il eut envie de la réconforter.

— Je suis désolé que ce ne soit pas la nouvelle que vous attendiez.

— Mais c'est la nouvelle que vous attendiez, vous, n'est-ce pas ?

Les yeux soudain brillants de larmes retenues, elle lui rendit les papiers, tourna les talons et reprit la direction de la garderie.

— Faith ! Attendez !

Mais elle ne s'arrêta pas. Il la rattrapa en quelques

enjambées, la dépassa et se planta devant elle. Elle le contourna d'un pas vif.

— Je vous en prie, je voudrais vous parler un instant, insista-t-il, allongeant le pas pour continuer à la suivre.

— Je pense que vous avez dit tout ce qu'il y avait à dire, répondit-elle d'une voix sourde.

Il aurait voulu lui agripper le bras pour l'arrêter, mais le souvenir de sa réaction la dernière fois où il avait fait ce geste l'en dissuada.

Tandis qu'il la regardait disparaître dans la garderie, il se prit à regretter de lui avoir dit quoi que ce soit. Qu'est-ce qui lui avait pris de lui annoncer les résultats au beau milieu d'un couloir d'hôpital, au mépris de la plus élémentaire considération pour les sentiments de cette jeune femme ?

Il fixa le papier qu'il tenait à la main, remua lentement la tête, en se demandant ce qu'il était advenu du merveilleux sentiment de soulagement qu'il avait éprouvé quelques minutes plus tôt.

Maintenant, il allait devoir annoncer la nouvelle à Megan. Une perspective qui ne l'enthousiasmait pas franchement. Il savait que ce serait un moment très pénible, sans doute très douloureux, même, pour la petite fille.

Lorsqu'il arriva dans la chambre, il fut heureux de trouver Lori assise près du lit.

— Quelle surprise ! s'exclama-t-elle, je croyais qu'aujourd'hui tu ne pouvais pas venir avant l'heure du déjeuner.

— Changement de programme, dit-il brièvement.

Lorsqu'il regarda sa fille, il ne put s'empêcher de remarquer à quel point ses cheveux étaient du même blond que ceux de Faith. Mais, à présent, cette comparaison ne rimait plus à rien.

— Tu te sens un peu mieux aujourd'hui, ma puce ? demanda-t-il à la petite fille.

— Oui. J'ai mangé tout mon petit déjeuner.

— Le chirurgien est passé tout à l'heure et il pense qu'elle va bientôt pouvoir rentrer à la maison, ajouta Lori.

— Voilà une excellente nouvelle !

Adam approcha l'autre chaise du lit.

— Tu ne penses pas, Megan ?

Elle haussa ses petites épaules.

— En tout cas, j'ai trouvé quelqu'un qui va pouvoir s'occuper de toi à la maison, annonça-t-il. Elle s'appelle Gwen et c'est une dame très gentille.

— Pas encore une autre nounou ! protesta Megan, en croisant les bras d'un air déterminé.

Il jeta un coup d'œil à Lori, qui se contenta de lever un sourcil. Il reconnaissait volontiers qu'il n'avait pas eu beaucoup de chance avec les baby-sitters, depuis que sa fille était venue vivre chez lui. Il avait essayé plusieurs formules, mais aucune n'avait marché. Et c'était uniquement grâce à la gentillesse de Lori qu'il avait pu retrouver sa tranquillité d'esprit, parce qu'elle avait bien voulu réorganiser son emploi du temps pour pouvoir s'occuper de sa nièce.

— Elle ne vient pas de l'agence, insista-t-il, en s'appliquant à parler d'une voix calme. C'est une de mes amies.

Megan leva les yeux au ciel.

— Elle va te plaire. Elle est très gentille.

— Pourquoi il faut toujours que j'aie une nounou ? Pourquoi est-ce que je ne peux pas juste rester avec Lori ?

— Je suis sûr que Lori aimerait beaucoup que tu continues à aller chez elle, mais rappelle-toi que, dans quelques semaines, elle va avoir un bébé.

— Oui, je sais. Et je vais l'aider avec le bébé. Hein, Lori ?

Lori se pencha pour serrer la main de l'enfant.

— Oui, ma puce, tu vas m'aider…

— Tu vois bien ! s'exclama Megan d'un air triomphant. Alors, comme ça, c'est pas la peine de faire venir une nounou !

— Nous reparlerons de ça plus tard, dit Adam en réprimant de justesse un énorme soupir de lassitude. Pour le moment, j'ai quelque chose de très important à vous dire à toutes les deux.

Il sortit de sa poche la feuille des résultats du test ADN.

— Tu te rappelles quand je t'ai parlé du test qui pouvait être fait pour voir si Faith était ou non ta maman ?

La petite fille hocha la tête sans répondre.

— Eh bien, je viens de recevoir les résultats, dit-il, en montrant l'enveloppe qu'il tenait à la main.

Megan eut alors une réaction très étonnante : elle baissa les yeux, s'enfonça dans son lit et lui tourna le dos, s'enfouissant le visage dans son oreiller.

Lori lui posa doucement une main sur l'épaule.

— Tu vas pouvoir te reposer dans une minute, ma chérie. Tu ne veux pas entendre d'abord ce que ton papa veut te dire ?

Le « non » étouffé était à peine audible.

Adam échangea avec Lori un regard anxieux.

— Megan, insista-t-il, c'est très important.

Comme elle ne répondait pas, il reprit d'une voix aussi douce que possible :

— Je suis désolé, Megan. Je sais que ce n'est pas ce que tu voulais entendre, mais Faith n'est pas ta maman.

Il s'attendait à ce qu'elle proteste, à ce qu'elle fonde en larmes, même. Mais elle garda juste le visage enfoui dans l'oreiller. Alors il lui glissa délicatement une main sous la joue pour lui tourner la tête et l'obliger à le regarder.

— Megan, c'est la vérité, il va falloir que tu l'acceptes. Les gens ne reviennent pas du ciel. Tu me crois, n'est-ce pas ?

La fillette hocha la tête sans répondre et baissa de nouveau les yeux, mais pas avant qu'Adam ne voie dans son regard qu'elle n'était pas aussi surprise qu'il l'aurait cru.

— Tu savais déjà que Faith n'était pas ta maman, c'est ça ?

Elle garda les yeux baissés, mais hocha la tête une fois encore.

— Quand l'as-tu su ? lui demanda Lori.

— Le premier jour… Quand elle est venue me voir, répondit Megan d'une petite voix. Elle ne parlait pas du tout comme maman.

Adam comprenait très bien ce qu'elle voulait dire. Il avait eu la même réaction en entendant Faith parler, mais cela faisait tellement de temps qu'il n'avait pas vu Christie qu'il aurait été incapable de dire si la différence d'élocution pouvait s'expliquer par la maturité.

— Pourquoi ne l'as-tu pas dit ?

— Parce que si je te l'avais dit, tu ne l'aurais

jamais laissée revenir me voir ! Et j'aime bien quand elle me lit des histoires. Maman était toujours pressée de tourner les pages. Mais Faith, elle aime regarder les images et en parler avec moi. J'espère qu'elle va revenir aujourd'hui avec une nouvelle histoire. Elle a dit qu'elle reviendrait.

— Elle ne va pas revenir aujourd'hui, Megan, dit Adam d'une voix ferme.

— Pourquoi ? Elle est malade ?

— Non, elle n'est pas malade.

— Alors pourquoi ?

— Elle venait te rendre visite, parce qu'on ne savait pas si elle était ta maman ou non. Maintenant qu'on sait, il n'y a plus vraiment de raison qu'elle revienne.

— Mais si, il y en a. Je l'aime et elle m'aime et elle aime me faire la lecture ! Elle me l'a dit. Et même, des fois, quand je ferme les yeux et que je l'écoute, j'ai l'impression d'entendre parler les fleurs.

Adam trouvait, lui aussi, la voix de Faith exceptionnellement mélodieuse, mais il se voyait mal le reconnaître devant sa fille et sa belle-sœur.

— Je suis sûr que Lori accepterait de te faire la lecture, si tu le lui demandais. N'est-ce pas. Lori ?

— Bien sûr ! Moi aussi, j'adore les livres, acquiesça Lori avec un grand sourire.

— Mais je voudrais voir Faith…, insista Megan d'une petite voix tremblante.

Adam échangea un regard avec sa belle-sœur et jugea plus prudent de changer de sujet.

— Le médecin a dit que tu allais bientôt pouvoir rentrer à la maison. C'est une très bonne nouvelle, ça !

— Peut-être que je pourrais l'appeler, déclara tout à coup Megan, en attrapant le téléphone posé sur sa table de chevet. Tu connais son numéro ?

Lori évita à Adam de répondre en prenant le téléphone des mains de l'enfant.

— Elle est en train de travailler, maintenant. On ne peut pas la déranger.

Megan hocha la tête d'un air résigné.

— Alors tu crois qu'elle pourra venir à la maison pour me voir ?

— Peut-être, répondit Lori.

Voyant Megan bâiller, Adam recula sa chaise et se leva.

— Il faut que tu te reposes, maintenant. Et moi, il faut que j'aille parler au médecin.

— Je viens avec toi, dit Lori en se levant à son tour.

Ils sortirent tous les deux dans le couloir et Lori attendit qu'ils se trouvent hors de portée de voix pour arrêter son beau-frère.

— Faith t'a dit qu'elle ne reviendrait plus voir Megan ?

— Pas exactement.

— Qu'est-ce qu'elle a dit exactement, quand tu lui as annoncé le résultat du test ?

— Pas grand-chose.

— Ça ne m'étonne pas. C'est une fille très discrète et sûrement très pudique. Je ferais peut-être mieux de passer la voir à la garderie, ajouta-t-elle d'un air inquiet.

— Pourquoi ?

— Parce que je me fais du souci pour elle. Ça a vraiment l'air d'être une très chic fille et je suis sincèrement désolée pour elle.

Adam dévisagea la jeune femme un moment en silence.

— Explique-moi donc ce qu'il y a chez cette femme qui te fasse éprouver le besoin de la défendre.

— Je ne sais pas, admit Lori avec un haussement d'épaules. Peut-être est-ce parce que son amnésie la rend si vulnérable, pour le moment.

— Megan aussi est vulnérable. C'est pour ça qu'au début je n'étais pas très chaud pour que Faith lui rende visite. Et j'avais raison de m'inquiéter, apparemment. Tu as entendu ce que Megan vient de dire : elle savait que Faith n'était pas sa mère et pourtant elle nous a laissés croire le contraire.

— Parce qu'elle avait peur que tu n'autorises pas Faith à lui rendre visite si elle te disait la vérité !

— Mais elle me prend pour quoi ? Un ogre ?

Au lieu de répondre, Lori glissa un bras sous celui de son beau-frère.

— Allez, viens. Je t'offre un café.

— Mais qu'est-ce que je vais faire, maintenant ? Elle s'est beaucoup attachée à cette femme.

— Je ne dirais pas qu'elle s'est attachée. Je pense qu'elle réagit de la façon dont n'importe quel enfant normal réagirait envers une adulte qui, de toute évidence, adore les enfants. Tu as vu comme Faith sait bien s'y prendre avec elle ? Ça ne m'étonne pas que tout le monde l'apprécie autant dans le service pédiatrique.

— Qu'est-ce qui te permet de dire ça ?

— Eh bien… j'en ai parlé avec le chef de service.

— Et tu m'accuses d'être soupçonneux !

Ils avaient atteint la cafétéria et Lori alla chercher un café pour Adam avant de se laisser tomber sur l'une des chaises avec un énorme soupir. Adam prit place en face d'elle.

— C'est une bonne nouvelle que Megan soit bientôt autorisée à rentrer à la maison.

— Tu ne me demandes pas pourquoi je suis allée parler de Faith avec le chef de service ?

— Non. J'ai des priorités autres que de discuter d'une femme que je ne connais pas, dit-il, en fouillant dans sa poche pour en ressortir une feuille de papier qu'il lui tendit.

— Qu'est-ce que c'est ?

— Une liste de nounous possibles. J'ai déjà contacté toutes ces personnes par téléphone. Chacune d'elles m'a dit qu'elle serait intéressée par le job, mais je voulais d'abord discuter avec toi avant d'en choisir une. Megan ne paraissait pas franchement emballée par mon amie Gwen.

— Sans doute parce qu'elle se rappelle ce que valait ton amie Erika comme baby-sitter, répondit Lori d'un ton mi-figue mi-raisin. Ça ne me paraît pas du tout une bonne idée d'engager une ex-petite amie pour s'occuper d'elle.

Adam préféra ignorer le commentaire.

— Toutes ces jeunes filles m'ont été envoyées par des agences.

— Tu n'en as pas besoin, Adam.

— Et pourquoi pas ?

— Parce que c'est moi qui vais me charger de Megan.

— Je croyais que tu préférais ne pas être responsable de Megan à plein temps. Tu as toujours dit que tu préférais ne servir que de position de repli.

— Peut-être, oui. Mais j'ai beaucoup réfléchi

depuis. Et pas uniquement parce que je me sens coupable pour cette histoire de péritonite. J'aime beaucoup m'occuper de Megan et je veux continuer à la prendre avec moi à la maison. Cette enfant est un véritable rayon de soleil.

— Tu as oublié que tu étais enceinte ?

— Tu ne crois pas que ce serait difficile ? J'ai l'impression d'être une sorte de monstre particulièrement disgracieux, digne des temps préhistoriques.

— Mais non, voyons, protesta Adam sans grande conviction. Trêve de plaisanterie, qu'est-ce qui va se passer quand le bébé va arriver ? Tu vas te retrouver coincée plusieurs jours à l'hôpital et, une fois rentrée chez toi, il va te falloir un certain temps pour t'ajuster à ta nouvelle vie avec un nouveau-né.

— J'ai l'intention de me faire aider.

— Dans ce cas, tu peux avoir besoin de cette liste.

— Hors de question. J'ai déjà décidé de la personne que j'allais employer. J'ai vérifié ses références et elles sont excellentes.

— Parfait. Alors comment s'appelle cette merveille ?

Lori le regarda droit dans les yeux.

— Faith.

— Tu ne parles pas sérieusement !

— Bien sûr que si. Faith fera une nounou tout à fait remarquable et tu le sais aussi bien que moi, Adam. Elle a prouvé qu'elle avait un contact exceptionnel avec les enfants et Megan l'aime déjà beaucoup. Le Dr Carson ne tarit pas d'éloges sur elle, tout comme le chef du service pédiatrique, d'ailleurs.

— Ça ne me paraît pas une bonne idée, s'obstina Adam.

— Et pourquoi pas ?

Il n'avait nullement l'intention d'exposer à sa belle-sœur les véritables raisons de son refus.

— Parce que la situation serait trop… gênante, dit-il, faute d'avoir trouvé un meilleur mot.

Et parce que celui qu'il avait employé lui semblait qualifier assez bien la tension qui existait entre la jeune femme et lui.

— Et puis elle souffre d'amnésie…

— En quoi ça l'empêcherait-il de s'occuper de Megan ?

Adam but une gorgée de café avant de répondre.

— Nous n'avons pas la moindre idée de qui elle est, de son passé, ni non plus de l'endroit d'où elle vient.

— Je croyais que tu avais parlé avec suffisamment de gens pour t'assurer que son histoire était légitime.

— Ça ne signifie pas pour autant que je veuille d'elle comme nounou pour ma fille.

— Elle serait uniquement là pour m'aider. Si ça se trouve, elle ne passera que deux ou trois jours seule avec Megan. Je ne sais pas comment je vais me sentir après la naissance du bébé, mais ne t'en fais pas, je suis plutôt de constitution robuste. Je vais sans doute me remettre très vite.

— Je préférerais que tu engages une des filles de cette liste. Megan s'est déjà beaucoup attachée à Faith. Que se passera-t-il, le jour où elle va retrouver la mémoire et s'en aller ? Megan en aura le cœur brisé.

— Adam, il n'y a absolument rien qui puisse te garantir que la personne que tu vas engager — quelle qu'elle soit — reste avec Megan aussi longtemps que tu le souhaiterais. Je sais que tu voudrais protéger ta fille de tout ce qui pourrait la faire souffrir, mais tu ne peux pas la protéger de la vie, Adam !

— Je peux essayer, dit-il sobrement.

— Il y a une différence considérable entre une personne qui meurt et une personne qui s'en va. Et puis ce n'est pas comme si Megan n'avait pas d'image féminine de référence dans sa vie. Elle m'a, moi. Il faut juste que tu te rendes compte que je vais avoir besoin d'aide, si je veux arriver à gérer à la fois un bébé et une petite fille de six ans.

— Toutes ces personnes sont des professionnelles.

— Je sais, oui. On en a essayé trois en six semaines, lui rappela-t-elle. Sans compter une ex-petite amie, ajouta-t-elle avec un petit sourire ironique.

— C'est difficile de trouver des gens compétents.

— Je le sais, oui. Il est surtout extrêmement difficile de trouver à la fois une personne en laquelle on puisse avoir une totale confiance et quelqu'un avec qui Megan se sente bien. Elle a déjà traversé suffisamment d'épreuves, entre la perte de sa mère et le fait d'avoir dû s'adapter à une nouvelle vie avec un père qu'elle n'avait jamais vu auparavant. Sans parler du changement d'école. Bref, il n'y a rien d'étonnant à ce qu'elle n'ait aucune envie de passer la majeure partie de sa journée avec une parfaite inconnue.

— Faith aussi est une parfaite inconnue, objecta Adam.

— A tes yeux, peut-être. Mais pas aux siens. Elle la considère comme une amie. Je les ai beaucoup observées toutes les deux, tu sais ? Il est très facile de comprendre pourquoi Megan s'entend si bien avec Faith. C'est une personne délicieuse, gentille, calme et surtout très apaisante. Tu ne trouves pas ?

« Apaisant » n'était pas précisément l'adjectif qu'Adam aurait choisi pour décrire l'effet que Faith avait sur lui.

— Nous ne savons pas grand-chose d'elle, répéta-t-il.

— Je commence à me demander si elle n'a pas été élevée dans une ferme.

— Qu'est-ce qui te fait dire ça ?

— Eh bien hier, pendant qu'elle était en train de lire à Megan une histoire sur la vie dans une ferme, la petite a raconté que sa maman l'avait emmenée voir des porcs à une foire locale et qu'ils sentaient très mauvais. Et Faith a répondu que chaque animal avait sa propre odeur et qu'il y avait une douceur indéniable — ce sont ses propres termes — dans l'odeur des vaches, des poulets et même des porcs.

— Une « douceur indéniable » ? fit Adam, en levant un sourcil dubitatif.

— Oui. Et un peu plus tard, devant une image qui montrait une vache en train d'être traite par une machine, Faith a expliqué à Megan que ça marchait aussi bien à la main et que c'était même plus facile pour les petites mains des enfants, parce qu'ils pouvaient attraper les mamelles de la vache sans les pincer.

— Et alors tu as dit quelque chose ?

— Oui, qu'on avait l'impression qu'elle parlait d'expérience. Alors elle m'a regardé avec un petit haussement d'épaules, comme si elle avait été la première étonnée de savoir une telle chose.

— Donc, si on se résume, tu penses que parce qu'elle a été élevée dans une ferme, elle ferait une excellente nounou ?

— Non, bien sûr, je ne fais pas de raccourci aussi primaire, mais tu ne trouves pas qu'elle a l'air sain et naturel ?

— Admettons… Mais qu'est-ce qui te fait croire que s'occuper de Megan pourrait l'intéresser ?

— Je ne sais pas, mais on pourra toujours le lui demander. Je sais qu'elle adore faire du bénévolat à l'hôpital. Pourquoi ne voudrait-elle pas être payée pour faire quelque chose qu'elle aime ?

Adam jugea inutile de suggérer que le seul fait qu'il soit le père de Megan suffirait sans doute à la dissuader d'accepter le job.

— Alors ? insista Lori. Qu'en penses-tu ? Est-ce que je lui demande si ça l'intéresse ?

Il n'hésita qu'un bref instant.

— Non, je vais le faire moi-même. J'espère simplement qu'on n'aura pas à le regretter…

***

Faith aurait volontiers travaillé pendant l'heure du déjeuner, si la surveillante n'avait pas insisté pour qu'elle prenne sa pause. Rester occupée lui paraissait pourtant le meilleur moyen de ne pas penser aux résultats du test ADN.

Elle aurait dû s'y attendre. Malgré l'insistance de Megan à répéter qu'elle était sa mère, Faith avait l'impression que ce n'était pas la réalité. Elle avait cependant espéré que les tests ADN lui donneraient une identité, à défaut de lui restaurer la mémoire. Hélas, rien de tel ne s'était produit et elle était revenue à la case départ.

La seule chose qui avait changé, c'était qu'elle avait rencontré une délicieuse petite fille qui lui serrait le cœur… et un homme très séduisant qui éveillait en elle des émotions qu'elle aurait préféré laisser dormir.

Depuis le jour où Adam Novak avait franchi la porte de la garderie pour la première fois, elle éprouvait des difficultés à se sortir son image de la tête. Et pas uniquement parce qu'il aurait pu lui fournir une connexion avec son passé. Il y avait quelque chose dans la façon dont il la regardait qui faisait s'accélérer son rythme cardiaque et frémir son corps tout entier. Elle trouvait surprenant qu'il soit encore célibataire — elle l'avait appris de Megan —, mais beaucoup moins étonnant qu'il ait — toujours selon sa même informatrice — « des tas de petites amies ». Oui, décidément, Adam Novak était un homme très séduisant. Beaucoup trop pour la tranquillité d'esprit d'une malheureuse jeune femme déjà complètement chamboulée par sa perte d'identité.

Le seul point positif, dans cette affaire de test ADN, c'était que, maintenant, elle n'aurait plus besoin de le revoir.

Le revers de la médaille — car il y en avait toujours un, n'est-ce pas ? — étant qu'elle ne reverrait plus Megan non plus. Adam Novak s'était montré très clair, lorsqu'il lui avait expliqué qu'il n'y avait plus de raison qu'elle revienne rendre visite à sa fille.

Et pourtant... Elle avait très envie de continuer à venir lui lire des histoires.

Alors elle profita de sa pause déjeuner pour passer acheter une carte de vœux à la boutique cadeaux de l'hôpital et s'installa dans un coin tranquille de la cafétéria pour écrire un mot à la petite fille. Elle était en train d'écrire, lorsqu'une voix d'homme lui fit suspendre son geste.

— Bonjour, Faith.

Elle leva les yeux et vit Adam Novak debout devant elle, un plateau à la main.

— Je peux m'asseoir à côté de vous ?

Elle s'apprêtait à refuser, mais il ajouta :

— Je suis sincèrement navré pour ce matin.

— Pourquoi ? Vous ne m'avez dit que la vérité.

— Je n'étais pas obligé de vous la dire de cette façon. Est-ce que je peux m'asseoir un instant ? J'aimerais beaucoup vous parler.

— Ma pause déjeuner est presque terminée, répondit-elle, espérant qu'il comprendrait l'allusion et partirait.

Il n'en fit rien.

— Je n'en ai pas pour longtemps. C'est à propos de Megan.

A regret, elle lui fit signe de prendre la chaise en face d'elle. Lorsqu'il posa son plateau sur la table, elle remarqua pour la première fois à quel point ses doigts étaient longs et minces. Etrange, pensa-t-elle, Megan lui avait dit que son père construisait des bateaux et, pourtant, il n'avait pas du tout les mains calleuses d'un travailleur manuel.

— Je suis sincèrement désolé pour ce matin, répéta-t-il, en dépliant sa serviette sur ses genoux. Je n'aurais jamais dû vous annoncer les résultats de façon aussi brutale.

La jeune femme eut un petit haussement d'épaules désabusé.

— Tout ça est du passé, maintenant. Comment va Megan ?

— Bien.

— Vous lui avez parlé des résultats ?

— Oui. Elle l'a mieux pris que je ne l'aurais cru. Beaucoup mieux, en fait.

Il n'avait pas touché à son assiette et continuait à la dévisager avec ce regard intense qui la troublait tant.

— Vous pensez qu'elle n'a pas été surprise ?

Adam acquiesça d'un hochement de tête.

— Apparemment, elle a su dès le premier jour de votre rencontre que vous n'étiez pas Christie.

— Ça ne me surprend pas outre mesure.

— Vous voulez dire que vous saviez qu'elle simulait, lorsqu'elle disait que vous étiez sa mère ?

— Cela paraissait plausible. Il y a tout de même pas mal de différences entre Christie et moi.

Elle aurait aimé qu'il commence à déjeuner pour que son attention se porte sur autre chose que sur son visage, mais il continuait à la dévisager avec intensité, comme s'il était pour la première fois en train de remarquer ces différences, lui aussi.

— Vous aviez raison. C'était bien que vous passiez du temps avec elle, pour qu'elle puisse remarquer ces différences.

— J'ai beaucoup aimé passer du temps avec elle. C'est une enfant délicieuse.

— Elle aussi apprécie beaucoup votre compagnie. Ce qui est d'ailleurs l'une des raisons pour lesquelles je voulais vous parler. Comme vous l'avez sans doute compris, Megan a encore beaucoup de mal à s'adapter à sa nouvelle vie avec moi. A sa décharge, ça représente pour elle un énorme changement. Passer d'une petite ville à une grande ville, d'une mère maintenant décédée à un père qu'elle ne connaît que depuis très peu de temps…

— Oui, bien sûr, je comprends. Ça fait beaucoup à gérer pour une enfant si jeune. Pour vous aussi, sans aucun doute.

— Doux euphémisme… commenta-t-il avec un sourire un peu las.

Il but une gorgée de café et remarqua, à ce moment-là, la carte posée devant Faith.

— C'est pour Megan ?

— Oui. Je voulais lui souhaiter un prompt rétablissement.

— Vous ne pensez pas qu'il vaudrait mieux le faire en personne ?

— Je pensais que vous y verriez une objection.

— Je suis sincèrement désolé pour ce matin, s'excusa-t-il encore une fois. Ce que je voulais dire, c'est que vous n'aviez pas besoin de vous sentir obligée de rendre visite à Megan.

— Je ne me suis jamais sentie obligée, monsieur Novak.

— Appelez-moi Adam, je vous en prie, dit-il

avec cet irrésistible sourire qui la troublait tant. Je suis très heureux que vous me disiez cela, parce que Megan vous aime vraiment beaucoup, ce qui m'amène à la seconde raison pour laquelle je voulais vous parler. Elle va être autorisée à sortir de l'hôpital dans deux ou trois jours et demande déjà si vous allez continuer à être son amie.

— Vous voulez dire que vous aimeriez que je reste en contact avec elle ?

— Serait-ce possible ?

— Bien sûr. Elle peut m'appeler chez les Carson. Je pourrais aussi lui écrire, proposa-t-elle.

— En fait, je pensais à autre chose. Avec l'accouchement imminent de Lori, je vais avoir besoin que quelqu'un surveille Megan aux heures où elle ne sera pas en classe. Ce serait une situation temporaire. Lori ne sait pas exactement de combien de temps elle va avoir besoin pour se remettre, après la naissance du bébé, mais elle est d'une nature aussi robuste qu'optimiste et pense que ça ne devrait pas excéder une quinzaine de jours.

— Etes-vous en train de me proposer un emploi ? lui demanda Faith, les yeux écarquillés de surprise.

— Oui.

— Mais… mais je ne peux pas travailler pour vous, balbutia-t-elle.

— Vous ne pouvez pas ou bien vous ne voulez pas ?

C'était l'un et l'autre à la fois, mais elle ne pouvait pas le lui dire.

— Je ne pense pas que ça serait raisonnable, si l'on considère tout ce qui s'est passé.

— Megan sait que vous n'êtes pas sa mère.

— Oui. Mais je suis encore amnésique. Je ne sais pas où je serai dans trois semaines. Sans doute encore ici chez les Carson, mais si je me réveillais demain matin en me rappelant tout à coup que j'ai une famille dans une autre ville ou dans un autre Etat…

— Alors vous partiriez, acheva-t-il à sa place. C'est exactement ce que j'ai dit à Lori.

Elle aurait dû s'en douter. C'était la tante de Megan qui l'avait poussé à lui faire cette proposition. Ce n'était pas simplement parce qu'il avait remarqué à quel point elle s'entendait bien avec sa fille.

Elle ne put s'empêcher de se sentir très déçue.

— Ecoutez, insista Adam, c'est une situation temporaire. Si votre mémoire revient et que vous n'êtes plus intéressée par ce poste, la seule chose que vous aurez à faire sera d'appeler Lori. Ça fait combien de temps, déjà, que vous souffrez d'amnésie ? Un mois ? Il est possible que ça dure encore pendant un mois ou deux, non ?

— Vous êtes en train de me demander de faire des projets basés sur la probabilité que je serai encore amnésique dans un mois ?

— Ne vaut-il pas mieux avoir un projet et se rendre compte par la suite qu'on n'en a finalement pas besoin, plutôt que de n'avoir aucun projet, alors qu'on aurait besoin d'en avoir un ?

Il avait raison. Et la perspective d'avoir un emploi rémunéré était tentante pour la jeune femme. Cela lui permettrait de ne plus se sentir un fardeau pour les Carson, qui s'étaient montrés si généreux avec elle.

Elle était tentée. Très tentée. Une seule chose l'arrêtait : l'homme assis en face d'elle. Voulait-elle vraiment se mettre dans une position qui l'obligerait à le voir de façon régulière ?

— Je n'en ai pas parlé à Megan, parce que je ne voulais pas lui donner d'espoir tant que vous n'auriez pas répondu.

— Mais vous en avez discuté avec Lori.

— Oui. Elle voulait être là lorsque je vous en parlerais. Je suppose qu'elle pensait qu'elle réussirait mieux à vous convaincre que je ne pourrais le faire. Et elle avait sans doute raison, admit-il avec un demi-sourire que Faith trouva tout à fait attendrissant.

Elle baissa les yeux.

— Je ne pense pas que ce serait raisonnable pour moi d'accepter votre offre...

— Ecoutez, ne me donnez pas de réponse aujourd'hui. Prenez le temps d'y réfléchir. Ça vous laissera la possibilité d'en parler avec la responsable de la garderie et avec les Carson. Qu'en dites-vous ?

— D'accord.

— Si je n'ai pas de nouvelles de vous, je demanderai à Lori de vous appeler dans deux ou trois jours. Je pense, de toute façon, qu'il vaut mieux que vous puissiez bavarder avec elle, parce qu'elle sera mieux à même que moi de vous expliquer tout en détail.

— Excusez-moi, mais il va falloir que j'y aille, dit Faith, après avoir jeté un coup d'œil à l'horloge murale. Ma pause déjeuner est terminée.

Il se leva en même temps qu'elle.

— Je suis certain que Megan préférerait que vous lui portiez cette carte en personne.

— Je vais le faire, promit-elle, avant de quitter à la hâte la cafétéria.

Tout en se dirigeant d'un pas vif vers la garderie, elle réfléchissait à la proposition d'Adam Novak. D'un côté, elle avait envie d'accepter, de l'autre, elle craignait que ce soit une erreur. Quel dommage, pensa-t-elle, que personne ne puisse prendre cette décision à sa place !

Allons donc, se reprit-elle aussitôt, elle n'était pas femme à se laisser dicter sa conduite par les autres.

Elle s'arrêta net. Interloquée. D'où lui venait cette certitude ? Qu'est-ce qui lui avait fait penser ça à ce moment précis ?

Elle décida aussitôt de mettre en pratique les conseils du Dr Carson. Elle ferma les yeux et se concentra fortement pour essayer de faire revenir sa mémoire. Mais, hélas, comme ç'avait si souvent été le cas au cours des semaines précédentes, ses efforts demeurèrent vains.

Elle ne réussit pas à se rappeler comment elle savait qu'elle refusait qu'on lui dicte sa conduite.

Elle allait peser tranquillement le pour et le contre du job qu'il venait de lui proposer et elle prendrait sa décision en fonction de ce qu'elle estimerait bon pour elle.

Elle était maîtresse de son propre destin.

Cette pensée lui mit du baume au cœur.

Chapitre 7

Lorsque Faith passa voir Megan, en fin de journée, avant de rentrer chez elle, elle découvrit que la petite fille était tout à fait au courant du projet. Dans son enthousiasme, l'enfant déploya des trésors d'argumentation pour la convaincre d'accepter, à commencer par le fait qu'elles allaient toutes les deux « s'amuser comme des folles ».

Mais ce fut Lori qui l'aida à prendre sa décision. Elle mit en avant le fait que, même si son job allait consister essentiellement à s'occuper de Megan, elle devrait se considérer comme son assistante, puisque, après tout, c'était bien elle, Lori, qui avait besoin d'aide !

Faith discuta ensuite avec les Carson, qui jugèrent la perspective intéressante pour elle, puis avec la surveillante de la garderie, qui lui assura qu'elle pourrait continuer à venir les jours où elle ne travaillerait pas pour les Novak.

Alors elle accepta.

Située dans un quartier très arboré, non loin de l'hôpital, la maison de Lori était aussi spectaculaire qu'originale. Formée d'un assemblage de cubes de bois et de verre de tailles différentes, juxtaposés pour certains, empilés pour d'autres et sans ordre apparent, elle avait l'air d'un jeu de construction pour bébé géant. Il y avait tellement de parois vitrées — ouvrant sur l'extérieur ou servant de cloisons intérieures ou encore découpées dans le toit — que, même dans la maison, on avait l'impression de se trouver dans un immense jardin.

Lori accueillit Faith avec une joie évidente et lui proposa aussitôt de lui montrer les lieux, avant qu'elles ne s'installent autour d'une tasse de thé pour bavarder. Megan était partie avec son père chez le médecin pour sa visite de contrôle postopératoire.

Lori emmena donc Faith faire le tour de la maison, une suite de vastes pièces très claires et très hautes de plafond, dans certaines desquelles avaient été aménagées des mezzanines.

— J'ai gardé le meilleur pour la fin… Voici mon endroit favori, fit Lori en arrivant dans la véranda. Quel que soit le temps, qu'il pleuve, qu'il vente ou qu'il neige, je m'installe ici et j'ai l'impression d'être en plein air, tout en restant bien au chaud. En fait, je ne me sens heureuse que dans la nature. Mais on est sans doute tous plus ou moins dans ce cas, non ?

— C'est vrai, oui. Même l'hiver ne me dérange pas.

— Vous skiez ?

— J'avoue que je n'en sais rien.

Lori lui posa une main sur le bras.

— Excusez-moi... Ma question était stupide...

— C'est sans importance. Je ne comprends pas moi-même pourquoi il y a certaines choses que je sais, sans qu'aucun souvenir n'y soit associé, et d'autres que je ne sais pas.

— Ce doit être très perturbant.

— Assez, oui, reconnut Faith avec un imperceptible haussement d'épaules. C'est extraordinaire à quel point on n'a pas l'impression de se trouver en ville, ici !

— N'est-ce pas ? C'est ce qui nous a plu. On a un peu l'impression de vivre à la campagne. En été, avec les feuilles des arbres, on ne voit même plus les maisons des voisins. Vous voyez ce grand toit gris, là-bas, sur la gauche ?

Faith suivit la direction vers laquelle Lori pointait le doigt.

— C'est le garage d'Adam. Sa maison est juste là, derrière ce groupe de conifères.

— C'est vraiment très près.

— Pas autant qu'on pourrait le croire, parce qu'il y a un petit étang entre nos deux maisons. En fait, si l'on veut aller à pied jusque chez Adam, on est obligé de faire un grand détour en suivant la rue.

Les deux jeunes femmes allèrent ensuite s'installer dans la cuisine, aussi vaste et claire que le reste de la maison. Un grand vase de fleurs multicolores, posé sur la table, conférait à la pièce une atmosphère printanière, malgré la température hivernale qui régnait dehors.

Pendant qu'elles prenaient le thé, Lori donna à Faith la liste des tâches qu'elle aurait à effectuer et quelques indications concernant l'emploi du temps de Megan. Au bas d'une des deux pages, Faith lut : « Préparer le dîner d'Adam et de Megan. »

— Megan dîne toujours seule avec son père ?

— Rarement, en fait. Ce qui se passe la plupart du temps, c'est qu'elle finit par dîner avec nous parce que Adam rentre trop tard du bureau. Ça ne vous dérange pas de faire la cuisine ?

— Du tout, non, répondit Faith, se demandant si Adam savait que c'était elle maintenant qui allait préparer son dîner.

Peu de temps après, justement, Adam appela pour prévenir Lori que Megan et lui étaient rentrés de leur rendez-vous. Plusieurs jours s'étaient écoulés depuis la dernière fois que Faith l'avait vu et elle ne put se défendre d'un petit pincement d'appréhension, en pensant que le moment était venu pour elle de se retrouver face à face avec lui.

A part ses dimensions imposantes, la maison d'Adam n'avait rien de commun avec le style contemporain et presque futuriste de celle de Lori. C'était une construction en brique à un étage, qui ressemblait tout à fait à celles que l'on trouvait dans les revues de décoration que Faith avait souvent feuilletées chez les Carson.

Lori entra dans la maison sans frapper et ce fut Megan qui vint à leur rencontre, son petit visage éclairé d'un sourire timide.

— Quel plaisir de te voir debout! s'exclama Faith. Tu dois te sentir mieux, non?

— Beaucoup mieux. J'ai le droit de faire plein de choses, mais il faut encore que je fasse attention... Je peux pas aller jouer dehors.

— Ça tombe bien, commenta Lori, tout en prenant le manteau de Faith pour aller l'accrocher avec le sien dans le vestiaire de l'entrée. Il fait très froid dehors.

— Un froid de canard, renchérit Faith. Mais tu vas voir qu'on va bien s'amuser à l'intérieur.

— On pourra faire des gâteaux?

— Je pense qu'avant de faire des projets, il faut d'abord qu'on en parle à ton papa, dit Lori. Il m'a dit que ta maîtresse t'avait envoyé du travail à faire à la maison.

A cet instant, la voix grave d'Adam résonna dans le grand hall dallé.

— Exact, et elle a déjà tout fait. Elle a travaillé très dur pour avoir fini avant votre arrivée.

Il se tourna vers Faith et plongea son regard dans le sien, avec cette intensité qui la troublait tant.

— Comment allez-vous ?

— Très bien, merci, répondit-elle d'un ton qu'elle espérait détaché, un peu déstabilisée de le trouver encore plus séduisant que dans son souvenir.

— Qu'a dit le médecin ? demanda Lori.

— La cicatrisation se fait très bien, mais il faut rester vigilant et suivre ses instructions à la lettre. Pas de sauts, par exemple, n'est-ce pas Megan ?

Megan acquiesça d'un hochement de tête.

— Il faut que j'aille au bureau maintenant, ajouta Adam, en se dirigeant vers le vestiaire dont il sortit une grosse veste en cuir. Lori, tu veux bien montrer la maison à Faith ?

— Non, c'est moi !, s'empressa de dire Megan, en glissant sa petite main dans celle de la jeune femme.

— Tu penses être rentré pour le dîner ou

tu veux que je prenne Megan à la maison ? lui demanda encore Lori.

— Je devrais pouvoir rentrer à une heure raisonnable, ce soir...

Pendant qu'il enfilait sa veste, Faith ne put s'empêcher de remarquer à quel point ses épaules étaient larges. Et il y avait beaucoup d'autres choses qu'elle n'avait encore pas remarquées chez Adam Novak. Beaucoup de choses qui faisaient décidément de lui un homme très séduisant.

Elle se sentit soulagée, lorsque Megan la tira par la main.

— Tu voudras bien faire des cookies avec moi ?

Faith jeta un coup d'œil à Lori, qui acquiesça d'un imperceptible hochement de tête à sa question muette.

— Bien sûr ! Et on pourra aussi jouer à des jeux de société.

— Ou encore lire des histoires, suggéra Lori. Megan a une très belle collection de livres, n'est-ce pas, ma puce ? Tu sais ce que tu devrais faire ? Emmener Faith dans ta jolie chambre pour lui montrer tous les livres que tu as.

Megan leva les yeux vers la jeune femme.

— Tu veux bien ?

— Bien sûr. J'aimerais beaucoup que tu me montres ta chambre.

— Alors c'est par là, dit la petite fille en se tournant pour l'entraîner vers l'escalier.

Mais la voix d'Adam les arrêta.

— Et alors ? Je n'ai pas droit à un baiser ? demanda-t-il en s'accroupissant, pour se mettre au niveau de la fillette.

Faith lâcha la main de Megan et la poussa doucement vers son père. Il la serra contre lui, pendant qu'elle lui embrassait la joue, puis il se releva et salua à la cantonade.

— A ce soir, tout le monde ! Je t'appelle en rentrant, ajouta-t-il à l'attention de sa belle-sœur.

Lori partit peu de temps après lui et Faith se retrouva seule avec Megan. La petite fille lui reprit aussitôt la main pour l'emmener faire le tour du propriétaire.

— Là, c'est le salon, et là, c'est la cuisine, expliqua-t-elle, en pointant sa main libre dans une direction puis dans l'autre. Les toilettes sont ici, au cas où tu voudrais y aller, ajouta-t-elle en montrant une porte fermée à droite de l'escalier.

— Merci. Je m'en souviendrai.

— Il y a d'autres toilettes en haut, mais je préfère celles-ci, parce que c'est les moins grandes.

Faith se rendit très vite compte que presque tout était « grand » dans la maison d'Adam. Les pièces aussi bien que le mobilier. Le salon, par exemple, était meublé d'immenses canapés en cuir chocolat. La maison n'était pas aussi claire que celle de Lori, pourtant Faith la trouva chaleureuse et accueillante.

— J'ai pas le droit de monter vite les escaliers, expliqua Megan, en montant les marches une à une. Il faut que je fasse très attention.

— De toute façon, il vaut toujours mieux faire attention dans les escaliers.

Elles atteignirent le premier étage.

— Ça, c'est une chambre d'amis, et ça, c'est encore une chambre d'amis, expliqua encore la fillette, en désignant deux portes fermées. Et ça, c'est la chambre d'Adam, ajouta-t-elle en pointant le doigt sur les doubles portes au bout du couloir. Elle est très grande avec un lit énorme, fit-elle, en écartant les bras autant qu'elle le pouvait. Tu veux la voir ?

Elle se précipitait déjà pour ouvrir la porte, quand Faith l'arrêta.

— Non, non. Je préfère voir ta chambre à toi.

— La mienne est beaucoup plus jolie, déclara Megan d'un ton satisfait, en glissant de nouveau sa petite main dans celle de Faith.

La chambre était en effet ravissante. Les murs peints en blanc étaient bordés, au niveau du plafond, d'une frise de petites fleurs roses et le sol était recouvert d'un grand tapis bleu ciel imprimé de marguerites roses et blanches. C'était surtout le lit qui retenait l'attention : un très joli lit ancien à baldaquin, entouré d'un rideau rose pâle.

— Quelle chambre ravissante ! s'exclama Faith sincèrement, en se disant que la petite fille vivait vraiment comme une princesse.

— Elle n'est pas aussi belle que ma chambre à la maison, mais elle est plus grande.

La jeune femme nota que, lorsque Megan disait « la maison », elle faisait encore référence à celle dans laquelle elle avait vécu avec sa mère.

— Et regarde tous mes livres !

Une bibliothèque couvrait tout un pan de mur.

Elle s'agenouilla devant l'étagère du bas et étendit les bras autant qu'elle le pouvait.

— Tous ceux-là, c'est ceux de ma maman…

Ils avaient l'air vieux et fatigués, comparés aux livres tout neufs des autres étagères, et Faith se sentit triste à la pensée de cette pauvre femme qui ne pouvait plus faire la lecture à sa délicieuse petite fille.

Megan alla ensuite chercher sur son lit une poupée de chiffon dont la robe rose était toute tachée.

— Et ça, c'est Mme Fou-Rire. Avant, elle faisait un joli bruit de rire quand on la retournait comme ça — elle mit la poupée la tête en bas et la redressa —, mais ça ne marche plus. Maman dit que des fois, les choses deviennent juste vieilles et qu'il n'y a rien à faire.

— C'est vrai, acquiesça Faith, remarquant que plusieurs autres poupées, toutes neuves, étaient posées dans un coin et semblaient à l'abandon. De toute évidence, seule Mme Fou-Rire avait les faveurs de l'enfant.

Tandis qu'elle regardait Megan réinstaller amoureusement la poupée à sa place sur le lit, Faith avisa un cadre posé sur la table de chevet. C'était une photo de Christie et Megan. La jeune femme entourait tendrement sa fille de ses bras et toutes les deux paraissaient très heureuses. On le voyait non seulement à leur sourire, mais aussi à leurs yeux. Faith prit le cadre dans sa main pour regarder de plus près cette femme à qui elle était censée tant ressembler.

— C'est moi et ma maman, annonça Megan toute fière.

Faith ne fit aucun commentaire. Elle aurait voulu pouvoir demander à Megan si elle trouvait vraiment qu'elle ressemblait à la jeune femme de la photo, mais bien sûr elle ne pouvait pas.

— Tu veux voir mon dressing?

— Bien sûr. Montre-le-moi.

— C'est par là…

La petite fille la précéda dans une pièce étroite et tout en longueur dans laquelle tous les portants et les étagères avaient été installés à hauteur d'enfant.

— Tous ces vêtements pour une seule petite fille ! ne put s'empêcher de s'exclamer Faith.

— Lori adore faire des courses, expliqua Megan avec un haussement d'épaules et une petite grimace comique.

— Je vois ça, oui.

— J'avais beaucoup moins de choses quand j'habitais avec maman, tu sais ?

Elle se mit à genoux, attrapa une grande boîte en carton rectangulaire et l'ouvrit.

— Et voilà mes nouveaux patins à glace. Je n'ai pas encore pu m'en servir à cause de mon opération. Regarde comme ils sont jolis, ajouta-t-elle en en sortant un pour mieux le faire admirer.

— Très jolis, approuva Faith.

— Peut-être qu'on pourra aller faire du patin à glace quand j'irai mieux.

— Peut-être, répéta Faith, ne voulant pas gâcher son bel enthousiasme. Ta maman t'a appris à en faire ?

— Oui. Elle était superbonne ! On en faisait toujours derrière la maison.

— Vous habitiez au bord d'un lac ?

— Non. C'est oncle Tom qui nous avait fabriqué

une patinoire rien que pour nous ! Et juste avec le tuyau d'arrosage ! J'ai demandé à Adam si on pouvait en faire une dans son jardin, mais il a dit non.

Une fois encore, Faith nota que Megan parlait de son père en l'appelant par son prénom et qu'elle avait dit « son » jardin et pas « notre » jardin. De toute évidence, elle ne considérait pas du tout la maison comme la sienne.

Elle remit les patins dans leur boîte, et toutes deux ressortirent du dressing pour reprendre la visite détaillée de la chambre. Il y avait une table d'enfant de bois peint rose pâle avec ses quatre chaises assorties, une maison de poupée avec tout un mobilier miniature et deux gros paniers en osier remplis de jouets et d'animaux en peluche.

De toute évidence, Adam Novak avait fait de son mieux pour tenter de gagner le cœur de sa fille. Hélas, il était tout aussi évident que ce n'était pas de choses matérielles dont Megan avait besoin pour son bonheur.

Il ne faut pas se contenter de rester dans son coin à prier pour les gens. Il faut aller les aider.

Faith se figea en entendant cette voix de femme résonner dans sa tête. Elle ferma aussitôt les yeux, espérant que ça l'aiderait à mettre un visage ou un souvenir sur cette voix.

— Pourquoi tu fermes les yeux ? Tu as sommeil ?

Faith rouvrit les yeux et sourit à la petite fille.

— J'étais en train d'imaginer toutes les choses amusantes qu'on va pouvoir faire, maintenant que tu es sortie de l'hôpital et que tu vas mieux.

— Comme faire des cookies, par exemple ?

— Exactement. Comme faire des cookies.

— Je suis rudement contente que tu sois venue pour être ma nounou !

Faith serra la petite fille contre elle en un geste plein de tendresse.

— Moi aussi, je suis contente, ma poupée. Très contente.

Adam découvrit assez vite que l'arrivée de Faith dans leur quotidien n'avait pas changé grand-chose à sa routine. Il continuait à laisser Megan chez Lori le matin et, lorsqu'il rentrait le soir, c'était toujours sa belle-sœur qui l'accueillait. Il savait par Megan que Faith venait pendant la journée, à des heures variant selon son emploi du temps à la garderie de l'hôpital et les responsabilités que lui avait assignées Lori.

Ce soir-là pourtant, lorsqu'il entra dans la cuisine, il trouva non seulement sa belle-sœur et sa fille, mais aussi Faith. Toutes les trois étaient assises autour de la table en train de jouer aux petits chevaux. Elles se tournèrent d'un seul mouvement vers lui et le dévisagèrent du même air étonné.

— Qu'est-ce que tu fais là ? lui demanda Lori.

— Imagine-toi que j'habite ici, répondit-il, mi-figue mi-raisin, en posant sur le comptoir le courrier et ses clés.

— Ça, je le sais, dit Lori en riant. Mais tu ne rentres jamais aussi tôt, d'habitude.

— Exact. Mais Greg m'a prévenu que vous aviez des plans pour le dîner. Alors, je ne voulais pas te mettre en retard.

— Si tu avais téléphoné, j'aurais pu te dire qu'il était inutile que tu rentres si tôt, puisque Faith était là.

— Je vois, oui, commenta sobrement Adam, tout en pensant que la jeune femme semblait plutôt perturbée par son arrivée.

Il avait très bien remarqué qu'elle avait baissé les yeux dès qu'elle l'avait vu entrer. Et qu'elle les gardait, depuis, obstinément rivés sur le jeu, sans doute pour ne pas risquer de croiser son regard.

— Aucune importance, ajouta-t-il en retirant sa

veste en cuir. De toute façon, j'étais prêt à rentrer. Qu'est-ce qui sent si bon dans cette cuisine ?

— Un ragoût, claironna Megan. Et j'ai aidé Faith à le faire ! C'est moi qu'ai épluché les carottes, hein, Faith ?

— Toi toute seule, renchérit Faith avec un sourire indulgent.

— Et, regarde, elle m'a fait une belle tresse !

Elle tourna la tête pour que son père puisse constater.

— Et on a fait des marionnettes en chiffon et puis aussi de la peinture avec les doigts ! Faith a accroché mon dessin sur le mur, t'as vu ?

Adam se tourna et vit ce qui lui parut être un gros soleil violet brillant au-dessus de trois personnages verts. Il ne demanda pas de qui il s'agissait, de peur d'apprendre qu'il ne faisait pas partie du lot.

— Voilà qui me paraît une énorme quantité d'activités pour une jeune fille qui est supposée se reposer…

— Elle a fait une sieste dans l'après-midi, intervint Lori. D'ailleurs, elle est en pleine forme et je ne serais pas du tout surprise que le médecin lui annonce à sa prochaine visite qu'elle est prête à retourner à l'école.

— Je suis vraiment obligée ? gémit Megan avec une grosse grimace.

— Mais oui, ma puce, lui dit sa tante, en la serrant contre elle. Ta maîtresse et tous tes amis ont hâte de te revoir. Olivia Martin a appelé presque tous les jours pour savoir quand vous alliez pouvoir recommencer à jouer ensemble.

— Sandra aussi a appelé, pour dire qu'elle faisait un goûter d'anniversaire la semaine prochaine, annonça Megan d'un ton soudain ragaillardi.

— Tu vois bien ? dit Lori. Quand tu n'es pas à l'école, tu manques des tas de trucs sympas !

— Oui, mais j'aime bien être ici avec toi et Faith.

— Ne t'inquiète pas, on se retrouvera tous les soirs quand tu rentreras de l'école. A propos de rentrer, ajouta-t-elle en jetant un coup d'œil à sa montre, je suis désolée de devoir abandonner ce jeu en route, mais il faut que je rentre à la maison.

— Oh, non ! protesta la petite fille. Juste au moment où mon dernier cheval allait rentrer à l'écurie ! Tu peux pas rester un tout petit peu ?

— Désolée, ma puce. Mais comme ton papa vient de le dire, j'ai un dîner important avec ton oncle Greg. Alors il ne faut pas que je sois en retard.

— Mais il va nous manquer un joueur ! insista Megan.

— Peut-être que ton papa va pouvoir prendre

ma place, suggéra Lori, en jetant un coup d'œil discret à son beau-frère.

Avant qu'Adam ne puisse répondre, Megan croisa les bras et prit un air buté.

— Sûrement pas ! Il ne joue jamais aux petits chevaux !

— On ne peut pas dire que j'ai eu beaucoup de temps libre, ces temps-ci, se défendit Adam.

Apparemment, personne ne l'entendit.

— Peut-être que je ferais mieux de rentrer avec vous, suggéra Faith, qui, de toute évidence, n'avait pas l'air plus enthousiasmée qu'Adam par la perspective de continuer le jeu avec lui. Vous avez sans doute des tas de choses à me faire faire, n'est-ce pas ?

— Mais non. Restez ici et jouez avec Megan.

— Mais je suis censée travailler.

— Vous êtes en train de travailler : vous êtes en train de préparer le dîner d'Adam et de Megan.

— Je peux très bien m'occuper du dîner tout seul.

— Ne sois pas ridicule. De toute façon, Faith et Megan ont déjà pratiquement tout fait et je suis sûre que Faith préfère terminer, n'est-ce pas, Faith ?

Adam en doutait fort, mais, comme il s'était déjà rendu compte qu'il n'était pas dans la nature de la jeune femme de se montrer contrariante, la réaction de Faith ne le surprit pas.

— Ne vous inquiétez pas, dit-elle à Lori, je mettrai tout sur la table avant de partir.

— Ce sera très gentil à vous, lui dit Lori avec un sourire.

Puis elle se leva de sa chaise en exhalant un long soupir.

— Ça m'étonnerait que j'arrive à tenir deux semaines de plus. Ça devient de plus en plus difficile de faire même les choses les plus insignifiantes.

— Le terme est très proche maintenant.

— Le ciel vous entende, Faith ! s'exclama Lori en riant. Allez, ma puce, dit-elle ensuite à sa nièce, fais-moi un gros baiser pour me donner du courage.

Megan se leva pour embrasser sa tante, puis se rassit aussitôt, impatiente de reprendre le jeu.

Lori se tourna ensuite vers Faith.

— Vous avez vraiment été un trésor pendant toute cette semaine, lui dit-elle en la prenant par les épaules pour l'embrasser, elle aussi. Merci infiniment. On se voit demain matin. Même endroit, même heure.

En passant devant son beau-frère, toujours debout près de la porte, elle murmura pour lui seul :

— Je t'avais bien dit qu'elle était géniale, hein !

Puis elle sortit en les laissant là tous les trois.

Adam s'était douté depuis le début que ce genre de situation finirait par se produire. Faith avait beau être officiellement l'employée de Lori, elle ne s'en trouvait pas moins dans sa maison à lui, en train de s'occuper de sa fille et de préparer leur dîner.

Dès que Lori fut partie, il se tourna vers Faith, qui s'était déjà levée et qui était en train d'enfiler deux grandes moufles de protection pour sortir un plat du four.

— Quoi que puisse en dire ma belle-sœur, il est tout à fait inutile que vous restiez ici pour vous occuper de nous. Je sais qu'elle me considère comme parfaitement incompétent dans une cuisine, mais je vous assure que je suis tout à fait capable de me nourrir.

— Je ne pense pas que ce soit à propos de vous qu'elle s'inquiète, répondit Faith, tout en se penchant pour ouvrir la porte du four.

— Personne n'est jamais mort de malnutrition sous mon toit, dit-il sèchement.

La jeune femme ne répondit rien, mais elle lui jeta un regard qui lui fit comprendre qu'elle lui aurait volontiers envoyé l'un des deux énormes gants à la figure. Il eut du mal à réprimer un sourire.

— C'est quoi la malnutrition ? demanda Megan, et Adam se rendit compte qu'elle avait suivi chacun des mots de leur conversation.

Il prit la pile de courrier qu'il avait posée sur le comptoir et la tendit à sa fille.

— Tu pourrais être gentille et aller poser ça sur mon bureau ?

La fillette s'exécuta d'assez bonne grâce.

Lorsqu'elle fut hors de portée de voix, Adam se retourna vers Faith.

— Je vous le répète, il n'est nullement nécessaire que vous restiez vous occuper de notre dîner.

— Bref, vous voulez que je m'en aille, dit-elle d'un ton très calme, en sortant du four un grand plat en terre cuite pour le poser sur le plan de cuisson.

— Je vous offre la possibilité de rentrer plus tôt chez vous, ce soir. J'aurais cru que ça vous ferait plaisir.

— Qu'est-ce qui vous permet de croire une chose pareille ?

— Le fait que la plupart des gens ont en général hâte de rentrer chez eux à la fin d'une journée de travail.

Elle tourna son attention vers le plat, dont

elle remua le contenu avant de le remettre dans le four.

— Megan s'attend à ce que je termine le jeu avec elle.

— Comme l'a fait remarquer Lori, vous pourrez très bien le finir ensemble demain.

— Je pense que Megan préférerait que nous terminions ce jeu ce soir avec elle. Vous et moi.

— Impossible. J'attends un coup de fil professionnel important. Je n'ai pas le temps de jouer.

— Eh bien, c'est très regrettable ! Jouer en famille à des jeux de société ne peut être que très bénéfique pour Megan. D'ailleurs, elle commence peu à peu à retrouver sa joie de vivre, comme vous l'avez sûrement remarqué.

Si elle avait voulu le culpabiliser, c'était réussi.

— D'accord, je vais jouer avec elle. Mais après le dîner.

— Très bien. Je suis sûr qu'elle en sera ravie.

A cet instant, Megan revint dans la pièce et remonta aussitôt sur sa chaise.

— Alors, on peut finir ce jeu, s'il vous plaît ? Mon pauvre petit cheval voudrait bien rentrer à l'écurie ! Qui va prendre le tour de Lori ?

Elle regarda d'abord Faith puis son père.

Adam se sentit incapable de résister. Il fit signe à Faith de s'asseoir, puis s'assit à son tour.

— Quelle couleur suis-je ? demanda-t-il, en désignant les petits chevaux répartis sur le jeu.

— Tu es le bleu, répondit Megan. Moi, je suis le vert et Faith est le rouge. Tu sais jouer ?

— Je pense que je m'en souviens. Ton oncle Greg et moi avons passé des heures à jouer à ça quand on était petits.

— Tu lances les dés et tu déplaces ton cheval, comme ça, lui expliqua tout de même Megan, en faisant rouler ses dés sur la table. Tu vois ? Là, j'avance de six cases. Chaque cheval doit arriver jusqu'à son écurie là-haut. Toi, comme tu as le cheval bleu, il faut que tu arrives à l'écurie bleue.

Adam acquiesça d'un hochement de tête, pressé de terminer pour retourner dans son bureau.

Il lança ses dés, obtint quatre et avança de quatre cases pour venir poser son cheval sur une case où se trouvait déjà le cheval rouge de Faith. Il leva les yeux et vit que la jeune femme et Megan le dévisageaient d'un air impatient.

— Quoi ?

— Tu te rappelles plus ? Il peut pas y avoir deux chevaux sur la même case, expliqua Megan.

Elle prit le cheval bleu et, d'un petit coup sec, envoya valser le cheval rouge.

— Désolé, Faith, s'excusa Adam d'un air contrit.

Comme il s'y attendait, la jeune femme ne dit pas un mot. Elle fit, par contre, une chose qui le prit complètement au dépourvu : elle plissa son nez en une petite grimace de défi enfantin. Une réaction qu'il trouva amusante et attendrissante. Et qui lui fit supposer que la jeune femme possédait peut-être un tempérament beaucoup plus fantaisiste que son apparence réservée ne pouvait le laisser supposer.

Elle ne parlait que pour annoncer le nombre de cases dont elle allait avancer son cheval. Megan, en revanche, parlait assez pour eux trois, enchantée d'approcher de la victoire. Lorsque son cheval atteignit l'écurie, elle poussa un « youpi ! » retentissant qui fit éclater de rire les deux adultes.

— Bravo, Megan, bien joué, la félicita Adam.

Il venait de ramasser son cheval pour le ranger dans la boîte, lorsque sa fille l'arrêta.

— Mais non, pas encore ! Il faut qu'on sache qui est le deuxième.

A cet instant, son téléphone sonna et il lut sur l'écran que c'était l'appel qu'il attendait.

— Désolé, il faut que je prenne cet appel. Megan, va ranger ce jeu dans ta chambre. Et après, mets ton manteau et tes gants. Dès que j'aurai fini, nous irons raccompagner Faith chez elle.

La jeune femme releva vivement la tête, mais ne formula aucune protestation. Ce fut Megan qui s'en chargea.

— Et le dîner?

— Nous aurons tout le temps de dîner après avoir accompagné Faith, dit-il d'un ton sans réplique, avant de quitter la pièce pour mettre définitivement un terme à toute discussion.

Pendant qu'il téléphonait, il entendit des pas dans l'escalier et sut que sa fille avait fait ce qu'il lui avait demandé. Après avoir raccroché, il retourna dans la cuisine pour s'apercevoir que Faith avait été beaucoup moins impressionnée que Megan par sa petite démonstration d'autorité.

Elle s'était attaché un torchon autour de la taille et s'occupait du repas.

Lorsqu'elle le vit revenir dans la cuisine, elle le gratifia d'un petit sourire poli.

— Je croyais avoir dit que je m'occuperais du dîner, dit-il d'une voix grave.

— Lori m'avait prévenu que vous feriez sûrement de la résistance.

— Je ne fais pas de la résistance! s'indigna-t-il. C'est juste que je préfère faire les choses moi-même!

Elle se tourna pour lui faire face.

— Si vous ne voulez pas de moi ici, vous n'avez qu'à le dire et je respecterai votre souhait. Mais n'essayez pas de prétendre que vous aimez cuisiner, alors que Lori m'a dit que c'était elle qui le faisait pour vous presque tous les soirs.

Adam se demanda ce que sa belle-sœur avait pu lui dire d'autre…

Sans plus s'occuper de lui, la jeune femme recommença à vaquer à ses occupations. Elle faisait preuve d'une efficacité et d'une rapidité étonnantes, et il pensa que pour quelqu'un qui n'avait découvert sa cuisine qu'à peine quelques jours auparavant, elle avait vraiment l'air de se sentir comme un poisson dans l'eau.

— Je ne vois pas bien comment je vais pouvoir vous raccompagner chez vous, alors que vous avez déjà mis presque tout le repas sur la table, fit-il remarquer.

— Vous n'avez pas besoin de me raccompagner. Je vais prendre l'autobus.

— Vous prenez le bus tous les jours pour vous rendre chez Lori ?

— Oui.

Il fronça les sourcils. Il ne savait même pas où se trouvait l'arrêt de bus dans le quartier et, en tout cas, il n'aimait pas du tout l'idée de Faith toute seule dans le froid et l'obscurité en train d'attendre son bus.

— Ma voiture est plus confortable qu'un autobus.

— Sans doute, convint-elle avec un imperceptible haussement d'épaules, tout en disposant les couverts à côté des assiettes, mais ça ne rimerait à rien. Le temps que vous rentriez, le repas serait froid.

— Vous avez dit que c'était un ragoût, n'est-ce pas ? Dans ce cas, ça ne pose aucun problème. Je n'aurai qu'à le laisser dans le four jusqu'à notre retour.

A cet instant, Megan fit irruption dans la cuisine, traînant derrière elle sa parka fourrée. Quand elle vit que la table était mise, elle lâcha sa parka et grimpa sur sa chaise.

— C'est le pain qu'on a fait cuire hier ? demanda-t-elle à Faith, en tendant la main pour se servir une tranche.

— Megan ! Qu'est-ce que c'est que ces façons ? la réprimanda Adam. On ne commence à pas se servir avant que tout le monde ne soit à table ! De toute façon, nous n'allons pas dîner tout de suite.

Megan reposa sa main sur ses genoux, et ses épaules affaissèrent.

— J'ai faim, dit-elle d'une toute petite voix.

— Ne t'inquiète pas, c'est prêt, dit Faith en lui jetant un coup d'œil par-dessus son épaule.

De toute évidence, constata Adam, que cela lui plaise ou non, Faith s'apprêtait à servir le dîner. Il en fut très contrarié. Ce soir, il n'avait aucune envie que qui que ce soit le serve. Surtout pas Faith. En fait, ce dont il avait envie, ce soir, c'était que la jeune femme reste dîner avec eux.

— Voilà, annonça Faith en gratifiant la petite-fille d'un large sourire, tu vas pouvoir dîner, ma puce. Maintenant, je vous laisse. Il ne vous manque rien ?

— Si. Il nous manque vous. Allez donc chercher une assiette supplémentaire pour pouvoir vous joindre à nous.

Megan poussa un petit cri de surprise.

— Tu vas vraiment dîner avec nous ? demanda-t-elle, les yeux brillant d'excitation.

— J'aimerais bien, mais les Carson m'attendent.

— Tu peux pas les appeler et leur dire que tu restes dîner ici ? Tu pourrais t'asseoir à côté de moi. S'il te plaît, dis oui ! insista-t-elle avec un regard suppliant.

Faith n'hésita qu'un court instant avant d'accepter.

— Entendu, je vais les prévenir. Ça me fait très plaisir de dîner avec toi, ajouta-t-elle avec un gentil sourire à l'adresse de la petite fille.

Son sourire disparut instantanément, en revanche,

lorsqu'elle se tourna vers Adam. Le regard qu'elle lui jeta signifiait sans l'ombre d'un doute que c'était uniquement pour Megan qu'elle avait accepté de rester.

Au moment où elle s'asseyait à côté de la petite-fille, celle-ci sauta de sa chaise pour aller allumer la télévision.

— Qu'est-ce que tu fais ? s'étonna Faith.

— On regarde toujours les actualités pendant le dîner, répondit-elle.

Faith regarda Adam d'un air perplexe.

— Mais comment pouvez-vous avoir la moindre conversation ?

Adam n'osa pas lui répondre que, télévision ou pas, il n'y avait de toute façon jamais beaucoup de conversation entre eux.

— Laisse, Megan, dit-il à sa fille. On peut très bien se passer de regarder les actualités ce soir.

Il tendait la main pour se servir une tranche de pain, lorsque Megan l'arrêta d'un « attends ! » impérieux, avant de se tourner vers Faith.

— On dit pas les grâces d'abord ?

— Les grâces ? s'étonna Adam.

— Oui, on ferme les yeux et on baisse la tête et on dit une petite prière au bon Dieu pour lui dire merci.

— Oh ! Bien sûr qu'on peut dire une petite prière…

Pendant tout le dîner, Adam observa le comportement de sa fille et il se rendit compte que, en un laps de temps très court, Faith avait déjà réussi à exercer sur elle une énorme influence. Avec lui, sa fille s'était toujours montrée polie mais réservée. Alors qu'avec Faith elle était enjouée, exubérante même... et bavarde comme une pie. Bref, tout à fait épanouie.

Lori disait que c'était parce que Faith était naturellement portée vers les gens et d'une profonde gentillesse. Il savait que c'était vrai.

La veille encore, il avait eu un exemple de l'influence positive de Faith sur sa fille : ayant entendu son père dire à Lori qu'il tenait l'un de leurs voisins pour un parfait imbécile, Megan lui avait fait remarquer d'un ton grave que ce n'était « pas bien de dire du mal des gens ».

Oui, Faith était profondément gentille. C'était indéniable. Mais, tandis qu'il la regardait aider Megan à beurrer une tranche de pain, il se prit à regretter de ne pas en savoir davantage sur son passé. Qu'avait-elle laissé derrière elle ? Qui ? Elle ne portait pas d'alliance, mais cela ne signifiait pas pour autant qu'elle n'avait pas quelque part un mari en train de l'attendre. Encore qu'il eût du mal à imaginer comment un homme marié à elle aurait pu ne pas déclarer sa disparition à la police.

Elle était tout à fait le genre de femme que l'on

épouse. Le genre que lui-même avait toujours évité comme la peste.

Il ne lui avait pas fallu longtemps pour admettre qu'il était attiré par elle. Mais il s'agissait uniquement d'une attirance physique. Rien d'autre. Il n'y avait pas d'autre explication possible, parce qu'elle ne ressemblait à aucune des femmes avec lesquelles il était sorti jusqu'à présent.

Comme si elle avait eu conscience des pensées qui lui troublaient l'esprit, Faith se tourna vers lui à ce moment-là. Il n'eut pas besoin de sourire, d'incliner la tête ou de la regarder de la façon dont un homme regarde une femme pour lui faire comprendre qu'il aurait envie d'aller plus loin. C'était inutile. Elle le lisait dans ses yeux et il le lisait dans les siens.

Elle détourna vivement la tête pour reporter son attention vers Megan, mais il vit que ses joues avaient rosi et, pour la première fois — alors qu'il considérait la timidité chez une femme comme désuète et à la limite du ridicule —, il trouva cela charmant et même attendrissant. Elle semblait vraiment aussi innocente que Megan et, pourtant, il était convaincu qu'elle n'avait pu atteindre l'âge adulte sans qu'il n'y ait eu au moins un homme dans sa vie.

Il se sentit navré de voir le dîner se terminer si vite. Lorsqu'il lui proposa de l'aider à débarrasser, la jeune femme refusa, mais accepta l'aide de Megan. Alors il alla dans son bureau classer quelques papiers en les attendant. Il avait laissé ouvertes la porte de la cuisine et celle de son bureau, et il pouvait voir sa fille et Faith s'affairer toutes les deux en bavardant gaiement. Le tableau qu'elles formaient d'un bonheur simple et domestique l'attendrit plus qu'il ne l'aurait voulu.

Il pensait que la jeune femme allait refuser son offre de la reconduire chez elle, mais le surprit une fois encore en acceptant. Elle s'installa à côté de Megan sur le siège arrière, ce qui permit à Adam de jeter de discrets coups d'œil dans le rétroviseur pour la regarder. Elle l'intriguait comme jamais aucune autre femme ne l'avait intrigué auparavant. Peut-être parce qu'elle représentait un mystère à résoudre…

Lorsqu'ils atteignirent la maison des Carson, Megan s'était endormie et il avait commencé à neiger.

— Je vais vous accompagner jusqu'à votre porte, dit-il en descendant de voiture.

Mais elle ne l'attendit pas, sortit de son côté et se dirigea d'un pas vif vers la maison. Elle avait à peine franchi quelques pas qu'elle s'étala de tout son long sur le sol gelé recouvert de neige.

— Pourquoi ne m'avez-vous pas attendu ? lui demanda-t-il, se précipitant pour l'aider à se relever.

Elle ne répondit pas mais grimaça.

— Ça va ?

— Oui, juste un peu mouillée, dit-elle en tendant devant elle ses mains couvertes de neige.

— Vous ne devriez vraiment pas sortir sans gants, par un froid pareil.

Il sortit un mouchoir de sa poche et commença à lui tamponner doucement les mains, s'attendant à ce qu'elle les dégage d'un geste brusque. Mais elle demeura inerte, sans réaction, et il se rendit compte qu'elle s'était figée, les yeux dans le vague.

— Faith ?

Elle cligna les yeux, puis le dévisagea, visiblement désorientée.

— Ça va ? demande-t-il de nouveau.

— Oui, je… je viens d'avoir un flash…

— Qu'avez-vous vu ?

— Il faisait terriblement froid et j'étais en train d'étendre une lessive sur une corde, dehors. J'avais à peine le temps de fixer des pinces à linge sur les draps avant qu'ils ne deviennent rigides de gel. Mes mains étaient toutes rouges.

Il lui recouvrit les deux mains des siennes et les approcha de son visage pour souffler de l'air tiède dessus.

— Et quoi d'autre ?

— Rien, hélas…

Elle referma les yeux, comme si ç'avait pu

l'aider à se rappeler davantage mais, après quelques instants, elle les rouvrit et remua la tête d'un air d'impuissance navrée.

— C'est tout. Juste une image.

Ses épaules s'affaissèrent et une grosse larme coula le long de sa joue.

Elle semblait tellement triste et désemparée qu'il eut envie de la réconforter. Tenant toujours ses deux mains dans les siennes, il les porta à ses lèvres et y posa un baiser.

— Vous avez les plus beaux yeux du monde, Faith. Ne pleurez pas. Tout va finir par s'arranger.

Comme si elle venait tout à coup de prendre conscience de leur proximité, elle baissa les yeux et dégagea ses mains, puis essuya sa larme du bout des doigts.

— Il faut que j'y aille, maintenant, dit-elle d'une voix sourde, avant de tourner les talons et de repartir vers la maison, sans même avoir relevé les yeux vers lui.

Il n'essaya pas de la retenir.

Chapitre 8

Mars arriva sur le Minnesota comme une brise bienfaisante. Les températures montèrent, les nuages disparurent et les enfants purent recommencer à jouer dehors. A l'exception de Megan, condamnée à rester le nez collé à la fenêtre, les bras croisés sur le dossier du canapé, à regarder avec envie ses petits voisins s'amuser dans la neige.

— Tu crois que je vais pouvoir ressortir jouer dehors, un jour ? demanda-t-elle à Faith avec un énorme soupir d'impatience.

— Dès que nous aurons la bénédiction de ton père, répondit la jeune femme, tout en piquant son aiguille dans le pantalon qu'elle était en train de recoudre.

Megan laissa retomber le rideau et s'affala dans le canapé.

— Mais la neige sera complètement partie, d'ici là !

— J'en doute.

— Je peux pas sortir juste un peu ? Je te promets que je ferai pas de luge.

— Si je t'autorise à sortir, ton père sera très fâché contre moi.

— On n'a pas besoin de lui dire !

— Bien sûr que si. Et si on faisait un peu de calcul, à la place ?

La fillette poussa un gémissement de protestation.

— J'ai envie de faire quelque chose d'amusant.

— Et alors ? Le calcul, ça peut être très amusant.

— Non, moi je trouve pas. Toi, tu dis toujours que c'est amusant de travailler.

— Parce que c'est la vérité.

— Eh ben, moi, j'espère que je deviendrai jamais grande, décréta Mégane, en croisant les bras sur la poitrine d'un air vindicatif. Parce que je veux pas passer mon temps à travailler.

Faith posa à côté d'elle le pantalon qu'elle avait fini de racommoder.

— Les adultes ne travaillent pas tout le temps.

— Adam, si !

Argument imparable, impossible à réfuter, puisqu'elle était justement venue garder Megan ce samedi, pendant que son père travaillait.

— Si seulement je pouvais retourner chez moi...

— Tu es chez toi, Megan, dit Faith d'une voix douce.

— Je veux dire, dans ma maison, à Silver Bay. Oncle Tom, lui, il travaille pas tout le temps.

— Tu m'as dit qu'il partait en bateau pour des périodes de plusieurs mois.

— En été, oui. Mais pas en hiver. En hiver, il jouait toujours avec moi. On faisait des batailles de boules de neige. Une fois, il m'a même construit un fort grand comme ça !

Et pour donner plus de poids à son affirmation, elle se leva et tendit la main très haut au-dessus de sa tête, espérant que Faith aurait une idée de la hauteur impressionnante du fort en question.

— Il te manque ?

— Beaucoup. Il va venir me voir quand il aura fait réparer sa voiture. J'espère qu'il y aura encore de la neige quand il arrivera. Comme ça, tu pourras voir comment il fabrique un fort. Adam a dit qu'il allait pouvoir dormir dans la chambre bleue.

— Dis-moi, Megan, pourquoi est-ce que tu n'appelles pas Adam « papa » ?

— Parce que...

— Parce que quoi ?

Elle garda les yeux baissés.

— Parce que Adam, c'est son nom.

— Tous les enfants appellent leur père « papa »...

— Je sais.

— Alors pourquoi est-ce que toi, tu ne le fais pas ?

Megan vint s'asseoir tout près d'elle, baissant la voix :

— Si je te dis quelque chose, tu me promets que tu ne le diras à personne ?

— Si tu veux que ça reste un secret entre nous, je n'en parlerai à personne, je te le promets.

Comme la fillette ne disait rien, Faith lui prit la main.

— Tu voudrais que ça reste un secret entre nous ?

Megan hocha la tête.

— C'est pas vraiment mon papa, dit-elle alors, l'air grave.

— Qui t'a dit ça ?

— J'ai entendu Mandy, la petite amie d'oncle Tom, en parler avec lui. Elle a dit qu'elle croyait pas qu'Adam était mon papa. Et moi non plus, je ne le crois pas, parce que maman m'a dit que mon vrai papa est au ciel et que les gens ne peuvent pas redescendre du ciel. T'as qu'à demander à Adam.

Faith fronça les sourcils. Elle repensa au test

ADN, lorsqu'il lui avait dit que les résultats allaient déterminer de façon indiscutable si elle était ou non la mère biologique de Megan. Elle ne se rappelait pas l'avoir entendu dire qu'il était lui-même le père biologique de l'enfant. Elle avait simplement supposé qu'il l'était et personne ne lui avait jamais donné des raisons de penser qu'il ne l'était pas. Du moins pas jusqu'à présent. Or, tout à coup, Megan venait de faire naître dans son esprit un tas de nouvelles questions.

Par exemple, pourquoi Adam n'avait-il pas vu Christie depuis plus de six ans ? Avaient-ils jamais été mariés, ou bien Faith avait-elle simplement supposé qu'ils l'avaient été, parce qu'il lui avait dit dès le départ qu'il était le père de Megan ? Quelle avait été exactement sa relation avec la jeune femme ? Etait-il possible qu'il ne soit pas le père biologique ? Mais, s'il ne l'était pas, alors pourquoi Christie l'aurait-elle désigné dans son testament comme tuteur légal de sa fille ?

Elle ne pouvait poser aucune de ces questions à une enfant et, pourtant, elle avait le sentiment que les réponses auraient pu lui expliquer l'étrange relation qui existait entre Megan et son père.

— Tu es bien sûre que tu n'as pas tout simplement mal compris ce que ton oncle disait ?

— Sûre ! Oncle Tom voulait être mon tuteur, mais le juge voulait pas. Mandy a dit que c'était parce que oncle Tom avait pas beaucoup d'argent. Et que c'est juste pour ça que le juge avait dit qu'Adam était mon papa.

Faith eut soudain l'impression qu'elle venait de passer outre à un énorme panneau où était marqué « Entrée interdite » et qu'elle se trouvait maintenant au beau milieu d'un domaine privé. Il s'agissait d'affaires spécifiquement familiales et cela ne la concernait en rien. Pourtant, elle ne put s'empêcher de faire une remarque.

— Pourtant, j'ai entendu ta tante Lori dire que tu étais très Novak.

— Elle a juste dit ça, parce qu'elle est obligée de faire semblant, elle aussi. Tu veux voir une photo de mon oncle Tom ? demanda-t-elle soudain, changeant brusquement de sujet, comme le font si souvent les enfants.

Elle n'attendit même pas la réponse et se précipita dans l'escalier en criant qu'elle allait la chercher.

Pendant son absence, Faith repensa à ce qu'elle venait d'entendre. Elle savait qu'il existait toujours deux versions d'une même histoire et qu'elle n'avait encore entendu que l'une des deux — sans doute sujette à caution —, mais elle ne put s'empêcher de regretter de ne pas se sentir plus à l'aise avec Adam, ce qui lui aurait permis de discuter avec lui des convictions erronées de sa fille. En admettant, bien sûr, qu'elles soient effectivement erronées. Plus que toute autre chose, elle voulait adoucir la terrible souffrance que l'enfant ressentait encore de la perte de sa mère.

Quelques brèves minutes plus tard, Megan était de retour, chargée d'un gros album photos qui semblait avoir connu des jours meilleurs. Les bords étaient déchirés et, lorsque Megan souleva la couverture, une feuille de plastique en tomba.

— Il a l'air vieux, cet album, fit remarquer Faith, pendant que Megan commençait à tourner les pages.

— C'était celui de maman. Tiens, le voilà ! C'est lui !

Elle lui montra la photo d'un homme blond, vêtu d'un jean et d'un sweat-shirt, assis sur le pont d'un bateau avec une canne à pêche à la main.

— Des fois, il m'emmène pêcher, expliqua Megan d'un ton plein de fierté.

Elle continua de tourner les pages, sans prêter attention aux photos qui tombaient.

— Tu ferais peut-être mieux d'aller ranger cet album, suggéra Faith. Il a l'air très fragile.

— Je veux d'abord te montrer ma maison. Attends un peu… Ça y est, c'est celle-là !

Faith regarda le petit lodge rustique niché à flanc de coteau, au-dessus du lac Supérieur. Il semblait d'allure très modeste et aurait eu besoin d'être repeint, mais le petit jardin était joliment fleuri. Le fait que Megan le préfère à la vaste demeure cossue d'Adam prouvait simplement que la petite fille n'accordait pas grande valeur aux signes extérieurs de richesse.

— Une bien jolie maison, commenta-t-elle.

— Et là, c'est moi en train de nager, poursuivit Megan, en lui montrant une photo d'elle en train de plonger dans une petite piscine gonflable en plastique bleu.

— Tu ne nages pas dans le lac ?

— Oh, non, l'eau est glacée ! J'ai essayé une fois et c'était tellement froid que je suis sortie toute violette et en claquant des dents. Oh, regarde ! s'écria-t-elle tout à coup, en laissant tomber l'album pour se précipiter jusqu'à la fenêtre. Il reneige ! Des énormes flocons ! Oh, s'il te plaît, on peut pas sortir un petit peu ? Juste un tout petit peu ? S'il te plaît ?

Faith sentit sa résistance faiblir. Malgré ce qu'avait dit Adam, elle ne pensait pas que Megan court plus de risques qu'à jouer dehors dans la neige avec une grosse parka qu'à courir à l'intérieur de la maison.

— Tu sais quoi ? Si tu me promets de faire très attention, je veux bien que tu sortes un peu. Mais pas de glissade et pas de course, d'accord ?

Megan hocha la tête, tout excitée.

— Tu viens avec moi ?

— Bien sûr. Moi aussi, j'adore la neige.

— Regarde ce superbe bonhomme de neige ! s'exclama Robert Novak, au moment où Adam tournait pour venir ranger sa voiture dans l'allée. Megan doit aller beaucoup mieux...

— Pas assez cependant pour construire un bonhomme de neige, répondit Adam à son grand-père, se demandant si les enfants des voisins étaient venus jouer dans son jardin.

Pourtant, lorsqu'il descendit de voiture et put inspecter le bonhomme de plus près, il constata que tous les éléments qui avaient servi à l'habiller venaient bien de chez lui. Des énormes lunettes violettes — achetées à Megan pour un goûter déguisé auquel elle avait été invitée le mois précédent — à la nappe de jardin artistiquement drapée autour de son gros ventre en une sorte de toge romaine.

— Très réussi, commenta Robert Novak, en tapotant la tête du bonhomme avec sa canne. Et en plus, tu ne vas même pas avoir besoin de dégager la neige de l'allée. Quelqu'un l'a fait pour toi.

Adam fronça les sourcils. Nul doute que Faith s'y était attaquée. Elle passait son temps à nettoyer, ranger ou déplacer quelque chose. Lori avait raison : le travail ne lui faisait vraiment pas peur.

— Je suppose qu'il est trop tard pour que je voie mon arrière-petite-fille, dit Robert en montant les marches du perron. Comme d'habitude, on est restés plus tard que prévu au Salon nautique.

C'était la raison pour laquelle Adam avait insisté pour que son grand-père reste dormir chez lui plutôt que de rentrer seul en voiture jusque chez lui, sur la rivière Sainte-Croix. Beaucoup de routes secondaires n'avaient pas encore été dégagées.

— Megan est sans doute déjà couchée, mais tu pourras la voir demain matin, dit Adam en ouvrant la porte d'entrée.

— Elle sera levée avant qu'on parte ?

— Oh, oui, elle sera levée, répondit Adam avec un petit rire. Pour ça, fais-lui confiance !

Il entra devant son grand-père pour pouvoir éteindre le système de sécurité et s'aperçut alors qu'il n'avait pas été enclenché. Il fronça les sourcils, contrarié. Il avait pourtant dit à Faith qu'il voulait que le système d'alarme fonctionne en permanence.

— Où est cette fameuse « Super Nanny » dont Lori m'a rebattu les oreilles ? demanda Robert, tandis qu'Adam l'aidait à retirer son manteau.

— Sans doute dans le salon. Viens, je vais te la présenter.

Ils trouvèrent en effet Faith dans le salon, pelotonnée dans l'un des grands canapés en cuir, les yeux clos, un livre ouvert sur les genoux. De toute évidence, elle s'était endormie en pleine lecture.

— Ravissante petite chose, murmura le grand-père avec un hochement de tête approbateur.

— Elle n'est pas franchement petite, grand-père, murmura Adam à son tour, ne voulant ni réveiller Faith ni, encore moins, laisser son grand-père croire que lui aussi trouvait la jeune femme séduisante.

— Exact. Mais en tout cas, elle est très jolie. Je suppose qu'il va falloir que j'attende demain matin pour pouvoir lui parler. Comme pour Megan.

— Elle ne sera pas là demain matin.

— Ah, non ? Et pourquoi pas ?

— Parce que je vais la reconduire chez elle ce soir. Lori ne va pas au Salon demain. C'est elle qui va venir ici s'occuper de Megan.

— Alors je ferais mieux de m'éclipser en vitesse. Je ne voudrais surtout pas te déranger dans ton tête-à-tête avec cette ravissante jeune fille, murmura Robert avant de disparaître, non sans l'avoir gratifié d'un clin d'œil malicieux.

Adam s'était attendu à ce que son grand-père fasse une plaisanterie de ce genre. Il avait commencé dès que la voix de son petit-fils avait mué et qu'il lui avait poussé de la barbe au menton. En général, Adam se contentait de hausser les épaules avec un sourire affectueux, mais, ce soir, en voyant Faith pelotonnée comme un petit chat dans son canapé, il se rendit compte qu'il n'avait pas du tout envie de plaisanter.

A cet instant, la jeune femme bougea dans son sommeil, et son chemisier s'entrebâilla, laissant apercevoir un soutien-gorge blanc tout simple. Adam se fit la réflexion que cette simplicité correspondait bien à la personnalité de la jeune femme, qu'il aurait en effet mal imaginée portant de la lingerie sexy ou sophistiquée.

Comme si elle avait senti le regard d'Adam sur elle, Faith ouvrit les yeux et, sans doute surprise de le voir là devant elle, se redressa vivement.

— Je suis désolée, s'excusa-t-elle, je dois m'être endormie.

— Rien d'étonnant, avec tout le mal que vous vous êtes donné pour déneiger l'allée du jardin. Sans parler du bonhomme de neige, bien sûr, ajouta-t-il avec un sourire un peu narquois.

— Megan mourait d'envie de sortir, se défendit-elle aussitôt. Mais j'ai fait très attention à ce qu'elle ne se fatigue pas trop.

— Ce n'était pas un reproche. Par contre, je ne considère pas du tout que déneiger l'allée fasse partie de vos tâches.

— Ça ne me dérange pas.

— Moi, si. Néanmoins, je vous en remercie. Est-ce que tout s'est bien passé pendant mon absence ?

— Megan est allée se coucher à 20 heures. Vous avez reçu plusieurs appels. J'ai noté les messages sur un bloc que j'ai laissé à côté du téléphone dans la cuisine, dit-elle, tout en glissant ses pieds dans ses chaussures. Nous avons commandé une pizza, comme vous l'aviez suggéré. Il en reste un petit morceau que j'ai mis dans le réfrigérateur.

— Parfait, dit-il, essayant de ne pas remarquer à quel point elle était attirante, quand elle était encore tout ensommeillée.

— Le taxi est déjà là ?

— Non, c'est moi qui vais vous reconduire chez vous.

— Mais Lori m'a dit de prendre un taxi pour que vous n'ayez pas besoin de réveiller Megan.

— Nul besoin de réveiller Megan, mon grand-père est venu passer la nuit ici. Il dort au premier et il l'entendra, si elle a besoin de quelque chose. Vous êtes prête ?

Elle hocha la tête et le précéda dans le hall pour aller prendre son manteau dans le vestiaire. Elle attendit, debout près de la porte, pendant qu'Adam pianotait le code du système d'alarme.

— L'alarme n'était pas sous tension, quand je suis rentré, fit-il remarquer.

— Je dois avoir oublié de la remettre en marche tout à l'heure, excusez-moi.

— C'est pour votre propre protection, vous savez ?

— Contre quoi ?

— Contre qui, surtout. Contre le genre de gens qui ne respectent pas la propriété des autres. D'où l'importance des systèmes d'alarme.

Elle le regarda d'un œil dubitatif, visiblement peu convaincue de l'utilité de la chose et il se demanda si cela venait uniquement de sa perte de mémoire, ou bien alors du fait qu'elle ait pu vivre dans un endroit — un quartier très préservé, une petite ville à la campagne — où l'ensemble des habitants ne ressentait aucun besoin de système d'alarme.

Ils échangèrent à peine quelques mots pendant le trajet en voiture. Lorsqu'il s'arrêta devant la maison des Carson, il s'attendait à ce qu'elle s'éclipse aussitôt, comme à son habitude, aussi se trouva-t-il très surpris lorsqu'elle se tourna vers lui, l'air grave.

— Je suis heureuse que nous ayons cette occasion de nous retrouver seuls tous les deux.

— Vraiment ?

Il la vit prendre une profonde inspiration et se

redresser, visiblement pour se donner le courage de se lancer.

— Oui. Il y a une chose dont je voudrais vous parler.

— Parfait.

Il attendit, mais elle demeura silencieuse, triturant nerveusement le bout de son gant.

La curiosité fit imaginer à Adam tout un tas de choses, y compris la possibilité qu'elle fût lasse de continuer à se comporter comme si l'indéniable tension sexuelle entre eux n'avait pas existé.

— Ecoutez, Faith, dit-il enfin d'un ton rassurant, je vous promets que je ne mords pas. Dites-moi ce qui vous préoccupe. Peut-être pourriez-vous commencer par me donner un indice, pour que je puisse vous aider.

Elle lui jeta un regard timide — qu'il trouva tout simplement irrésistible — et inspira une nouvelle fois très profondément.

— Megan m'a dit quelque chose qui m'inquiète beaucoup.

— Je vous écoute…

— Je me sens un peu gênée, vous comprenez, parce qu'elle m'a dit que… c'était un secret. Je pense néanmoins que c'est quelque chose qu'il faut absolument que vous sachiez.

— Est-ce qu'elle continue à croire que sa mère

pourrait revenir ? demanda-t-il, le cœur soudain serré.

— Non. Nous avons parlé de ça et je pense qu'elle comprend maintenant que ça n'arrivera pas.

— Alors de quoi s'agit-il ?

Faith se mordit la lèvre inférieure avant de répondre.

— Megan pense que vous… ne voulez pas être son père.

— Quoi ?

— Elle pense que vous ne voulez pas être son père, répéta-t-elle d'une voix calme.

— Elle vous a dit ça ?

Il était visiblement sonné.

— Oui. Elle pense que c'est le tribunal qui vous a ordonné de s'occuper d'elle.

— Mais c'est grotesque ! D'où a-t-elle pris une idée pareille ?

— Apparemment, elle a surpris une conversation entre son oncle et la petite amie de celui-ci, dans laquelle ils mettaient en doute votre paternité.

— Vous voulez dire que ma fille ne croit pas que je suis son père biologique ?

La jeune femme hocha la tête.

— L'êtes-vous ? lui demanda-t-elle d'une voix grave.

— Oui. Et Tom Anderson le sait parfaitement.

Tout comme son écervelée de petite copine. Ç'a d'ailleurs été prouvé par un test ADN.

Il ne précisa pas que le test avait été fait à sa demande, à lui.

— Et Megan le sait ?

— Qu'il y a eu un test ADN ? Non. A l'époque, je n'ai pas jugé nécessaire de le lui expliquer. Mais inutile de vous dire que si j'avais pu supposer un seul instant qu'elle pourrait penser que je faisais juste semblant d'être son père… alors je lui aurais tout expliqué dans les moindres détails. Comment s'étonner, sachant cela, qu'elle soit si malheureuse de vivre ici !

— Elle a dû s'adapter à beaucoup de choses nouvelles depuis la mort de sa mère.

— Je le sais. C'est la raison pour laquelle je fais tout ce que je peux pour qu'elle se sente chez elle ici. Elle va dans une bonne école, elle n'a jamais eu besoin d'aller dans une garderie, elle a une garde-robe toute neuve et je ne parle pas de sa chambre. Vous avez vu par vous-même qu'elle a tout ce dont un enfant peut rêver.

— Peut-être que ce n'est pas de choses matérielles qu'elle a besoin, suggéra Faith d'une voix douce.

— Dès qu'elle ira mieux, nous prendrons quelques jours de vacances. Ça nous fera le plus grand bien de pouvoir nous évader un peu.

— Il ne s'agit pas tant de s'évader que d'être ensemble. Megan a plus que tout besoin de sentir qu'elle fait partie de votre univers. Ne pourrait-elle pas vous aider dans votre travail ?

— Mon travail ? Je suis architecte naval, comment diable pourrait-elle m'aider à dessiner des bateaux ?

— Je parle de tâches domestiques qu'il peut vous arriver de faire à la maison. Même si elle est très jeune, il y a des tas de choses qu'elle peut faire avec vous. Des choses simples, bien sûr. Comme plier le linge, balayer la cuisine ou encore ranger la vaisselle. Si vous lui montrez ce qui a besoin d'être fait en le faisant avec elle, non seulement vous passerez du temps ensemble, mais en plus elle se rendra compte à quel point le travail peut être épanouissant.

L'espace d'un court instant, Adam éprouva l'impression étrange d'avoir remonté le temps pour se retrouver au début du siècle précédent.

— Mais enfin, Faith, je n'ai pas de temps pour les tâches ménagères ! C'est la raison pour laquelle j'ai engagé une employée de maison.

— Je sais. Je sais aussi que vous n'avez pas avec votre fille une relation satisfaisante.

La remarque de la jeune femme ne l'étonna pas outre mesure. N'importe quelle personne passant un peu de temps avec eux pouvait se rendre compte qu'il se sentait mal à l'aise dans son rôle de père.

Ce qu'il refusait de croire, en revanche, c'était que son échec puisse tenir au fait qu'il n'avait pas pris le temps de montrer lui-même à sa fille comment balayer une cuisine.

— Ecoutez, Faith, je vous assure que j'apprécie énormément que vous vouliez m'aider à trouver le moyen de me rapprocher de Megan. Mais ce n'est pas aussi simple que vous le croyez. Il y a six mois encore, Megan ignorait qu'elle avait un père et moi, j'ignorais que j'avais une fille.

Le regard de Faith exprima la surprise et il s'attendit à ce qu'elle lui demande davantage de détails. Pourtant, elle n'en fit rien. Elle se contenta de le dévisager d'un air plein de compassion.

— La mère de Megan ne m'a jamais dit que j'avais une fille, reprit-il, essayant de ne pas trahir l'amertume qu'il ressentait encore en repensant au jour où le notaire l'avait appelé, six mois plus tôt. Apparemment, poursuivit-il, chaque fois que Megan lui posait des questions à ce sujet, Christie lui disait que j'étais mort et que j'étais monté au ciel.

— Je sais. Megan m'a expliqué ça. C'est l'une des raisons pour lesquelles elle se sent si désemparée vis-à-vis de vous.

— J'ai essayé de lui expliquer que sa mère s'était

trompée et que je n'étais jamais allé au ciel. Mais je ne suis pas sûr qu'elle me croie, ajouta-t-il avec un petit rire sans joie. De toute façon, si elle ne croit pas non plus que je sois son vrai père, alors rien de ce que je dis n'a sans doute pour elle la moindre importance.

— Pourquoi sa mère lui a-t-elle dit que vous étiez mort ?

— Je l'ignore. J'avoue que je me suis très souvent posé la question, mais sans jamais trouver de réponse satisfaisante. De toute évidence, elle ne voulait pas de moi dans la vie de Megan. Peut-être qu'elle pensait que je ne ferais pas un bon père.

— Si ç'avait été le cas, pourquoi vous aurait-elle désigné comme tuteur ?

Il haussa les épaules d'un air las, les yeux perdus dans le vague.

— Je crains hélas que nous ne le sachions jamais. Quelles qu'aient pu être ses raisons, rien ne me rendra les six premières années de ma fille que je n'ai pas vécues avec elle.

— Pour Megan aussi, c'est une perte très regrettable, dit Faith de sa voix douce.

— D'une façon ou d'une autre, croyez-moi, je réussirai à rattraper tout ce temps perdu !

— Si vous ne voulez pas faire de tâches ménagères, vous pourriez essayer de chanter avec elle…

— Je chante abominablement faux.

— La voix d'un père est toujours douce aux oreilles de son enfant, insista-t-elle avec un sourire.

Adam la dévisagea un moment en silence, se demandant de nouveau qui elle était et ce qui dans son passé avait pu faire d'elle la femme qu'elle était devenue.

— Lorsque je regarde Megan, reprit Faith, je vois une petite fille qui éprouve un terrible besoin d'appartenance. Et, croyez-moi, c'est une chose que je comprends très bien, ajouta-t-elle d'une voix sourde.

Il se demanda si c'était la raison pour laquelle Megan et elle s'étaient aussitôt senties attirées l'une vers l'autre. Parce que l'une comme l'autre avaient perdu une partie de leur passé.

Ils demeurèrent ensuite un long moment en silence.

— Je vous remercie de m'avoir parlé, dit-il enfin. J'aurai une conversation avec Megan dès demain matin.

— Vous vous rappellerez ce que je vous ai dit, n'est-ce pas ? Que c'était un secret qu'elle voulait partager avec moi ?

— Ne vous inquiétez pas. Je trouverai une façon d'amener le sujet sans que vous soyez mentionnée.

Elle hocha la tête et tendit la main vers la poignée de la porte.

— Attendez…

Elle lui jeta un de ses petits coups d'œil timides par-dessus son épaule, et cela eut raison de ses belles résolutions. Il se pencha vers elle et posa ses lèvres sur les siennes. Il s'attendait à ce qu'elle recule précipitamment, mais elle émit un petit gémissement très doux et le laissa l'embrasser un instant avant de s'écarter. Il lut dans ses yeux qu'il l'avait eue par surprise, mais qu'elle n'avait pas trouvé cela déplaisant.

— C'était plutôt agréable ?

Mais elle avait retrouvé sa timidité et baissa les yeux.

— Nous ne pouvons pas faire ça, murmura-t-elle d'une voix rauque, tout en cherchant à tâtons la poignée de la portière.

— Pourquoi ?

— Parce que je n'ai pas de passé, répondit-elle en ouvrant la porte.

— Je vais vous raccompagner jusqu'à votre porte.

— Ce n'est pas nécessaire, merci. Bonne nuit.

Et, sans lui laisser le temps de dire un autre mot, elle disparut.

Chapitre 9

Faith passa des heures à se tourner et à se retourner dans son lit, sans parvenir à trouver le sommeil. D'abord, parce qu'elle se sentait très mal d'avoir trahi la confiance de Megan en révélant son secret. Ensuite, à cause du baiser d'Adam…

Elle pouvait trouver une justification au premier de ces deux éléments, parce qu'elle avait agi à la fois dans l'intérêt de Megan et dans celui de son père.

Pour ce qui concernait le baiser, en revanche, elle avait beaucoup plus de difficultés, consciente du fait que ce n'était pas parce que c'était agréable que c'était nécessairement bien.

Ç'avait pourtant été délicieux…

Et c'était bien là le problème…

De toute façon, le seul fait de ne pas savoir quels événements ni quelles personnes avaient rempli sa vie avant l'accident était sans doute une raison suffisante pour la dissuader de s'engager dans une relation avec Adam Novak.

C'est du moins la décision à laquelle elle parvint aux premières lueurs de l'aube, juste avant de s'endormir enfin.

Le lendemain matin, Mary Carson s'étonna de la trouver dans la cuisine de si bonne heure.

— Je ne m'attendais pas à vous voir debout si tôt un dimanche matin !

— Je n'arrivais pas à dormir, avoua Faith avec un haussement d'épaules résigné.

— Un souci dont vous voudriez parler ?

Faith ne se sentait pas encore prête à parler à qui que ce soit de ses sentiments pour Adam.

— Non, je me sentais juste un peu agitée. Ça me ferait peut-être du bien d'aller marcher un peu. Vous aimeriez venir avec moi ?

— Ça m'aurait fait très plaisir, mais c'est nous qui sommes responsables du déjeuner dominical de la paroisse, cette semaine. Avery aide dans la cuisine et moi, je sers à table. Il y a toujours une ambiance très sympathique, et si vous voulez vous joindre à nous... Vous pensez bien qu'on accueille les volontaires à bras ouverts, conclut-elle en riant.

Lorsqu'elle se retrouva un peu plus tard dans la salle paroissiale et qu'elle vit le nombre de gens qui attendaient d'être servis, Faith fut ravie d'avoir accepté d'aider. Cela lui donnait l'impression de pouvoir — bien modestement — rendre aux Carson une partie de la gentillesse qu'ils lui avaient montrée.

Quand la dernière personne fut servie, Faith se sentit fourbue, mais le sentiment d'accomplissement qu'elle éprouvait valait largement quelques douleurs aux pieds ou au dos.

Pendant qu'elle attendait qu'Avery et Mary finissent de s'occuper du côté paperasserie de l'affaire, elle en profita pour jeter un coup d'œil autour d'elle.

Au début de son installation chez les Carson, ceux-ci lui avaient proposé d'assister aux offices religieux avec eux, mais elle avait décliné leur offre.

Autant prier seule en silence lui était naturel, autant prier avec l'ensemble d'une communauté religieuse — sans savoir quoi faire et en ignorant tout de son passé religieux — lui aurait paru une forme d'usurpation.

Avery lui avait dit qu'elle allait peut-être découvrir qu'elle savait très exactement quoi faire dans une église et, pourtant, quelque chose l'avait retenue de tenter l'expérience.

Maintenant, en revanche, puisqu'elle avait le temps d'explorer sans s'inquiéter de la présence de personnes autour d'elle, elle décida d'en profiter pour aller voir si quoi que ce soit lui paraissait familier.

Elle s'arrêta un instant devant les grandes doubles portes puis en ouvrit une et jeta un coup d'œil à l'intérieur. L'église était vide.

Elle entra et avança d'un pas lent le long de l'allée centrale, examinant l'intérieur. Rien de tout cela ne lui semblait familier. Ni les vitraux filtrant le soleil du début d'après-midi, ni les rangs de bancs de bois, ni l'autel drapé dans un linge blanc.

Elle s'assit sur un banc, prit l'un des petits livres rouges placés devant chaque place, l'ouvrit et commença à le feuilleter. C'était un livre de chants et elle se rendit compte, en regardant les titres, qu'aucun d'eux n'évoquait de mélodie dans sa tête. Elle reposa le livre à sa place et resta un instant assise, les yeux fermés, essayant de retrouver un souvenir qui aurait pu la relier à un endroit de ce type.

Elle entendit la porte s'ouvrir, des voix murmurer, puis la porte se refermer. Pourtant, lorsqu'elle se retourna, il n'y avait personne derrière elle. Alors elle se leva et retourna vers l'entrée. En sortant, elle trouva Avery et Mary derrière la porte, avec quelques autres personnes.

— Nous ne voulions pas vous déranger, s'excusa Mary.

— Vous ne m'avez pas dérangée du tout. J'étais juste assise. C'est très paisible, à l'intérieur.

— N'est-ce pas… Faith, je voulais vous présenter quelqu'un qui nous est très cher et qui dirige notre petite communauté religieuse.

Faith se tourna vers l'homme qui se tenait à côté d'Avery, mais ce fut une femme brune qui lui tendit la main.

— Pasteur Foster, se présenta-t-elle avec un grand sourire.

— Enchantée de vous rencontrer, balbutia Faith, gênée de se sentir rougir. Ça faisait longtemps que j'avais envie de faire votre connaissance et…

Mais elle n'entendit pas la suite, parce que, à l'instant même où elle serrait la main du pasteur, elle eut un flash de mémoire.

Elle se trouvait dans une pièce faiblement éclairée où une femme était assise sur un lit, en train de brosser ses cheveux, qui lui descendaient jusqu'à la taille. « Il faut que tu ailles te confesser au pasteur », l'entendit-elle dire.

Elle en resta pétrifiée, incapable d'articuler le moindre mot pour répondre au pasteur qu'on venait de lui présenter. Aussi se trouva-t-elle très soulagée, lorsque Avery intervint.

— Nous organiserons très prochainement une rencontre entre vous, mais dans l'immédiat, je crois que nous ferions mieux de rentrer à la maison. La météo annonce des pluies verglaçantes.

Tandis qu'ils retournaient vers la voiture, Mary glissa son bras sous celui de la jeune femme.

— Vous ne vous attendiez pas à ce que le pasteur soit une femme, n'est-ce pas ?

— Du tout, non.

— Ne soyez pas gênée. Des tas de gens ont la même réaction que vous. Le pasteur y est habitué, depuis le temps.

Faith sourit poliment, se demandant si elle devait ou non raconter aux Carson son flash de mémoire.

Quelque chose la retint. Peut-être le sentiment de culpabilité qui l'avait submergée au moment où elle s'était remémoré cet instant. Elle se demandait quelle faute elle pouvait bien avoir commise pour que quelqu'un lui dise d'aller la confesser à un pasteur.

Elle y pensa pendant tout le trajet du retour et aurait sans doute continué d'y penser pendant toute la journée, si elle n'avait pas trouvé, en arrivant chez les Carson, un message téléphonique de Lori demandant, d'une voix tendue, qu'elle la rappelle aussi vite que possible.

Elle composa immédiatement le numéro de chez Adam. Ce fut Megan qui répondit.

— Allô, Megan, c'est Faith. Je peux parler à Lori, s'il te plaît ?

— Coucou, Faith. Tu pourrais venir t'occuper de moi ? Lori se sent pas bien du tout et il faut absolument qu'elle aille se coucher.

— Tu peux lui apporter le téléphone pour que je lui parle ?

— J'y vais.

Un instant plus tard, elle entendit la voix de Lori au bout du fil. Sourde, lasse, très différente de sa voix habituelle.

— Megan dit que vous ne vous sentez pas bien, il y a un problème ?

— Non, tout va bien, je suis juste très fatiguée. Je pense que j'ai passé beaucoup trop de temps debout hier au Salon nautique et que je le paye aujourd'hui. J'ai l'impression que le bébé appuie très fort.

— Je vais venir m'occuper de Megan pour que vous puissiez rentrer chez vous vous reposer, proposa aussitôt Faith.

— Vous êtes certaine que ça ne vous dérange pas ?

— Non, j'en serai ravie, au contraire. Je n'ai rien de prévu pour cet après-midi.

— Ce serait très gentil de votre part. A quelle heure voulez-vous que je vienne vous chercher ?

— Vous ne venez pas me chercher. Vous restez couchée. Ou bien je prends un taxi ou bien je vais demander à Avery de me déposer. Laissez-moi juste le temps de me changer et j'arrive. En attendant, repassez-moi Megan au téléphone, s'il vous plaît.

La petite voix de Megan résonna à l'autre bout de la ligne.

— Tu vas venir, Faith ?

— Oui. Mais, en attendant, je veux que tu me rendes un grand service : assure-toi que Lori reste allongée sans bouger. D'accord ?

— D'accord. Tu veux que je lui prépare à déjeuner ? Je sais très bien faire les sandwichs au beurre de cacahouètes.

— Attends plutôt que j'arrive. Je n'en ai pas pour longtemps.

— D'accord.

Mais il y avait autre chose que Faith voulait demander à Megan avant de raccrocher.

— Tu as parlé à ton papa ce matin, avant qu'il ne s'en aille ?

— Oui. Il était pas du tout fâché qu'on soit sorties. Il a trouvé notre bonhomme de neige magnifique. Et grand-père aussi. En fait, c'est pas mon grand-père, c'est le grand-père d'Adam. Il est resté dormir à la maison, parce qu'il fallait qu'ils retournent tous les deux au Salon nautique aujourd'hui et que grand-père voulait pas rentrer jusqu'à sa maison, parce que c'est très loin. Il est très sympa. Il raconte toujours des histoires drôles et il aime beaucoup jouer aux échecs chinois. Devine combien de fois j'ai gagné ?

— Tu me raconteras ça quand j'arriverai. Je raccroche maintenant pour pouvoir venir aussi vite que possible, d'accord ?

— N'oublie pas d'apporter une paire de moufles pour quand on retournera jouer dehors, lui recommanda Megan avant de raccrocher.

Faith préféra ne pas lui dire que la météo annonçait de la pluie plutôt que de la neige. D'après leur brève conversation, elle supposa qu'Adam n'avait pas encore soulevé le problème de sa paternité, ou alors qu'il avait réussi à le faire de façon à ce que Megan ne puisse pas établir de rapprochement avec le secret qu'elle lui avait confié.

Le temps qu'elle finisse de se changer, il avait déjà commencé à pleuvoir. Cette fameuse pluie verglaçante si redoutable qu'avait annoncée la météo. Heureusement, Avery et Mary insistèrent pour la conduire jusque chez les Novak.

En arrivant, elle constata que Megan avait bien suivi ses instructions : Lori était allongée sur le canapé, un oreiller sous la tête et un plaid sur les jambes. La petite fille avait également préparé sur un plateau tout un assortiment de victuailles :

des cookies, des crackers, du *cottage cheese*, un jus d'orange et une pomme.

— Vous avez vu, dit Lori, en remarquant le regard de Faith, Megan voulait s'assurer que je ne meure pas de faim !

— J'ai tiré le rideau pour qu'elle se repose, mais elle n'a pas voulu fermer les yeux !

— Désolée, ma puce, dit Lori, mais je me sens bien trop patraque pour pouvoir dormir.

— Patraque comment ? demanda Faith, en retirant sa veste.

— J'ai mal au dos, mal au ventre, mal aux pieds. Enfin, inutile de vous faire perdre votre temps à écouter mes jérémiades. Je ferais mieux de rentrer chez moi.

— Je ne crois pas que ce soit une bonne idée, Lori. Les conditions météo sont très mauvaises. Il tombe un mélange de glace et de pluie qui a transformé la chaussée en véritable patinoire. Un temps à ne pas mettre une femme enceinte dehors, conclut-elle avec un petit rire pour détendre l'atmosphère et ne surtout pas laisser voir à Lori que son état l'inquiétait. Je pense que vous serez beaucoup mieux ici avec nous, en attendant le retour de Greg.

— Tu vas voir, on va bien s'occuper de toi, dit Megan en lui écartant délicatement du front une mèche de cheveux, comme sa tante l'avait si souvent fait pour elle, lorsqu'elle était à l'hôpital.

— Mais je ne suis pas très drôle, quand je suis dans cet état, protesta Lori.

— Et alors ? On n'a pas besoin que tu nous fasses rire ! s'exclama Megan. De toute façon, nous deux, on va aller dehors voir notre bonhomme de neige.

Faith laissa passer cette déclaration sans commentaire et se tourna vers Lori.

— Aimeriez-vous que je vous fasse une tasse de thé ?

— Volontiers, oui, accepta Lori, tout en se plaquant la main sur le côté du ventre avec une grimace de douleur.

Pendant que Faith faisait chauffer l'eau dans la bouilloire, Greg appela pour dire qu'il était hors de question que Lori sorte par un temps pareil. Megan et Faith revinrent donc dans le salon près d'elle pour lui apporter son thé et des magazines, mais elle devint tout à coup très agitée. Elle bascula ses jambes sur le côté pour se redresser en position assise et posa ses deux mains à plat sur son énorme ventre.

— Je ne sais pas bien à quoi ce bébé est en train de jouer, mais il appuie beaucoup trop fort sur ma vessie. Vous pouvez m'aider à me lever,

Faith ? Il va encore falloir que je retourne aux toilettes. J'y passe ma vie, depuis ce matin !

Faith lui tendit la main pour l'aider.

— Le bébé me paraît extrêmement bas, fit-elle remarquer, lorsqu'elle la vit debout.

— Ne m'en parlez pas ! Il appuie tellement fort que j'ai l'impression qu'il va finir par tomber par terre.

— C'est peut-être normal, le terme est proche.

— Pas tant que ça, non. Quand je suis allée voir mon accoucheur, avant-hier, il m'a dit que j'en avais encore pour au moins une semaine.

— A vous voir, en tout cas, on ne dirait pas que vous allez pouvoir tenir une semaine de plus.

— Je commence à le croire, grimaça Lori en se dirigeant d'un pas lent vers la salle de bains.

— Vous avez déjà senti des contractions ? s'inquiéta Faith, en la voyant se déplacer si difficilement.

— Je ne sais pas. Je me sens tellement patraque que je serais incapable de le dire. Je me sens juste… bizarre.

— Bizarre ?

— Oui, ce n'est pas très élégant à dire, mais… j'ai l'impression d'avoir fait pipi dans ma culotte. Oh, mon Dieu ! s'exclama-t-elle en baissant les yeux sur son pantalon, j'ai vraiment fait pipi !

— C'est la poche des eaux qui doit être en train de fuir, dit Faith d'une voix calme, en voyant les traînées humides le long des jambes du pantalon de Lori.

La jeune femme fixait Faith sans bouger, visiblement en état de choc, quand elle eut tout à coup l'impression qu'un gros ballon d'eau venait de lui éclater entre les jambes.

— Rectification, dit Faith d'une voix toujours aussi calme, la poche des eaux vient de se rompre.

— Quelle horreur ! Qu'est-ce que je fais, maintenant ? J'en ai mis partout !

— Ne vous inquiétez pas, je vais nettoyer tout ça. Vous, allez donc retirer ces vêtements trempés, dit-elle en la poussant gentiment en direction de la salle de bains, avant d'appeler Megan, qui était au premier.

— Megan ? Est-ce que ton père a un peignoir que Lori pourrait utiliser ?

— Oui, dans la salle de bains, je l'apporte tout de suite.

— Merci, ma puce. Descends-moi aussi quelques serviettes éponges, s'il te plaît.

On entendit une cavalcade à l'étage au-dessus et, quelque secondes plus tard, la fillette dévalait l'escalier avec son chargement. Faith lui prit les serviettes des mains et tendit le peignoir à Lori.

— Je m'occupe du sol, lui dit-elle d'une voix douce. Vous, occupez-vous de vous. Allez mettre ce peignoir.

Mais Lori resta plantée là, comme pétrifiée, regardant Faith commencer à éponger le sol.

— Le médecin avait dit que le bébé ne naîtrait pas avant une semaine !

— Eh bien, on dirait que le médecin s'est trompé, constata Faith, toujours aussi calme. Allez vous changer, vous vous sentirez mieux…

Cette fois-ci, Lori obtempéra et revint quelques secondes plus tard, enveloppée dans le peignoir d'Adam.

— Souriez, lui dit Faith, vous allez être maman !

— Mais je ne suis pas prête du tout ! se plaignit Lori, visiblement au bord des larmes.

— Bien sûr que si, vous êtes prête. Maintenant dites-moi : qui voulez-vous qu'on appelle ?

— Greg ! Mon Dieu, où est passé mon téléphone ? s'affola-t-elle, regardant partout autour d'elle.

Faith prit le téléphone de la maison sur la table basse et le lui tendit.

— Utilisez celui-ci, ce sera plus rapide. On cherchera le vôtre plus tard.

Lori composa le numéro et expliqua rapidement à son mari ce qui venait de se passer.

— Il rentre tout de suite pour venir me conduire à l'hôpital. Mais je me demande si je ne ferais pas mieux d'appeler une ambulance, ajouta-t-elle, de plus en plus agitée.

— Vous devriez appeler votre médecin, d'abord. Voulez-vous que je compose le numéro ?

— Non, non, ça va aller.

Faith vit l'anxiété de Lori s'apaiser au fur et à mesure qu'elle parlait avec son médecin. Elle semblait nettement plus calme lorsqu'elle raccrocha.

— Je me sens mieux, dit-elle. Le docteur a dit que ce n'était pas la peine que je me précipite à l'hôpital, tant que je n'avais pas de contractions, et que je pouvais attendre Greg. Il m'a dit de me détendre et de noter la fréquence et la durée des contractions, lorsqu'elles commenceraient.

— Est-ce que Greg va s'arrêter chez vous pour récupérer vos affaires ?

— Vous avez raison. Il faut qu'il passe les prendre. Ma valise est prête.

Elle rappela son mari et Faith la vit grimacer plusieurs fois, tandis qu'elle lui donnait ses instructions.

— Vous avez mal ? lui demanda-t-elle, lorsqu'elle eut raccroché.

— J'ai eu deux fois une sorte de crampe pendant que je parlais à Greg, répondit-elle.

Son visage se plissa soudain en un rictus de douleur.

— Oooh… ça recommence. Et cette fois-ci, ça fait beaucoup plus mal !

A ce moment-là, le téléphone de la maison sonna et Faith décrocha le combiné mural à l'entrée de la cuisine.

Son cœur fit un bond dans sa poitrine lorsqu'elle reconnut la voix d'Adam.

— Greg vient de me dire ce qui s'était passé. Tout va bien ?

— Oui. Lori vient d'avoir son accoucheur au téléphone et il lui a conseillé d'attendre l'arrivée de Greg. En tout cas, ne vous inquiétez pas pour Megan, je peux rester avec elle aussi longtemps que ça sera nécessaire.

— Merci infiniment. Ça ne devrait pas prendre trop de temps, on arrive.

— Vous voulez dire que vous venez avec Greg ?

— Oui, c'est moi qui conduis. Il est si nerveux que je préfère ne pas lui confier le volant d'une voiture, surtout par un temps pareil. A quoi ça ressemble, chez vous ?

Faith alla écarter le rideau de la fenêtre de la cuisine et jeta un coup d'œil dehors.

— Glacé. Tout est complètement glacé. Une

véritable patinoire, comme je le disais tout à l'heure à Lori.

— C'est bien ce que je craignais.

— Vous pensez que vous allez avoir du mal à arriver ?

— Non, mais ça risque de nous prendre plus de temps que prévu. Vous avez mon numéro de portable, appelez-moi s'il y a du changement, d'accord ?

— Oui.

Elle allait raccrocher, lorsqu'il ajouta :

— Je suis vraiment très heureux de vous savoir là, vous savez…

Elle fixa le combiné un moment avant de raccrocher, puis elle entendit un cri venant du salon. Elle s'y précipita et trouva Lori roulée en boule sur le canapé, grimaçant de douleur.

— Désolée, s'excusa cette dernière, mais j'ai abominablement mal au dos.

— Tournez-vous, je vais vous masser, lui proposa Faith, en l'aidant à se redresser.

Le massage parut soulager un peu Lori, mais elle demeura très agitée, se levant et se rasseyant sans cesse, incapable de trouver une position confortable. Et, comme au bout d'une heure, il n'y avait toujours aucune nouvelle de Greg et d'Adam, elle recommença à s'affoler.

— Je vais les appeler pour voir où ils en sont,

dit Faith, en composant le numéro du portable d'Adam.

Elles découvrirent alors que les deux hommes avaient fort peu progressé, la visibilité mauvaise et les routes glacées les obligeant à rouler à vitesse très réduite.

— Combien de minutes entre deux contractions ? demanda Faith, après que Lori eut poussé un nouveau cri de douleur.

— Il n'y a pas de minute du tout. Elles arrivent l'une après l'autre ! Oh, Faith, j'ai tellement peur ! Je crois que je vais avoir le bébé maintenant !

Faith posa une main à plat sur l'estomac de la jeune femme pour pouvoir sentir les contractions. Lori avait raison : elles se succédaient sans interruption. Faith attrapa le téléphone et composa le numéro des urgences, demandant une assistance médicale immédiate.

— Je croyais qu'on attendait Greg pour qu'il me conduise à l'hôpital ? demanda Lori, les yeux agrandis d'angoisse.

— Non. Je pense qu'il ne vaut mieux pas, répondit Faith en composant le numéro de téléphone d'Adam.

Exactement comme elle l'avait fait avec l'opérateur du quinze, elle parla très calmement.

— Je voulais vous dire que je viens d'appeler

une ambulance pour qu'on emmène Lori à l'hôpital.

Adam ne posa aucune question, ce qui n'étonna pas la jeune femme : il pouvait sûrement entendre les gémissements de Lori en fond sonore.

— Si l'ambulance a autant de difficultés que nous à circuler, elle risque de mettre un certain temps à vous atteindre.

— C'est mauvais à ce point-là ?

— La chaussée est complètement gelée. On ne peut pas dépasser le quinze à l'heure et on a déjà dû faire plusieurs détours à cause d'accidents qui bloquaient les routes. Faith, croyez-vous que vous allez pouvoir gérer la situation ?

— Oui, répondit-elle d'un ton ferme. Dites à Greg que tout est sous contrôle. Je vous appelle, dès que l'ambulance arrive.

— Comment ça se passe, pour eux ? demanda Lori, dès qu'elle eut raccroché.

— Pas de problème majeur, mentit Faith pour la rassurer, mais ils sont obligés d'aller plus lentement que prévu.

— Et l'ambulance ? Pourquoi n'est-elle pas encore là ?

— Parce qu'on vient à peine de les appeler.

Elle alla mouiller un gant d'eau froide et revint le poser sur le front de Lori, puis mit une main à plat sur son ventre. Quelque chose lui disait que le bébé allait venir très vite.

— Lori, où pensez-vous que vous seriez le plus confortablement installée ?

— Oh, je serai très bien de toute façon. Ils viennent de refaire complètement le département d'obstétrique de l'hôpital et…

— Non, Lori, pas à l'hôpital. Ici. Je veux dire : où voulez vous accoucher ici, dans la maison ? Pensez-vous que vous allez pouvoir monter jusqu'à l'une des chambres d'amis du premier étage ?

— Mais je ne peux pas accoucher ici ! paniqua aussitôt Lori. Mon médecin n'est pas là ! Greg n'est même pas là, non plus !

— Vous n'avez pas besoin d'eux. C'est vous qui allez faire tout le travail et moi je serai là pour attraper le bébé. Je sais comment il faut faire, Lori. Il faut que vous me fassiez confiance.

Une contraction plus violente que les autres interrompit provisoirement la panique de la jeune femme.

— Je ne crois pas que je vais pouvoir monter l'escalier, gémit-elle, lorsque la contraction fut passée.

— Pas de problème. Alors on va le faire ici, dans le salon. Il fait bon avec le feu dans la cheminée.

C'est à cet instant-là que Faith se rendit compte

que Lori n'était pas la seule personne paniquée dans la pièce. Elle se tourna vers Megan.

— J'ai besoin que tu montes dans ta chambre un moment. Tu veux bien ?

— Mais je veux aider !

— Je pense que ça sera plus facile pour Lori si tu es dans ta chambre, n'est-ce pas ? demanda Faith en se tournant vers Lori.

— Non, ça va. Si j'étais à l'hôpital, elle serait autorisée à entrer dans la salle de travail.

Elle tendit la main pour prendre celle de sa nièce.

— Tu sais quoi, ma poupée ? Tu vas être mon coach en attendant qu'oncle Greg arrive, d'accord ?

Megan hocha la tête d'un air grave, montrant à quel point elle prenait son rôle au sérieux.

Faith regarda d'abord Lori puis Megan.

— Très bien. Lori, je vais vous laisser seule un court instant. Il faut que j'aille chercher certaines choses. J'emmène Megan avec moi, ça ira ?

Elles allèrent d'abord dans la cuisine, où Faith remplit d'eau les deux plus gros récipients qu'elle put trouver et les mit sur le feu. En attendant que l'eau boue, elles se dépêchèrent d'aller chercher dans la salle de bains des ciseaux, des draps propres et des gants. Faith trouva même dans l'armoire à pharmacie une seringue et des gants stériles.

— Il nous faut aussi quelques pinces à linge, dit Faith à Megan, tout en ouvrant et refermant rapidement les tiroirs. Tu crois que ton père en a ?

— Ce n'est pas lui qui s'occupe de la lessive, c'est Jill. Et ses affaires à elle sont au sous-sol, dans la buanderie.

Faith dégringola l'escalier et alla fourrager dans les tiroirs de la buanderie, où elle trouva tout un assortiment de lessives variées, mais pas de pince à linge. Elle trouva en revanche une pince métallique qu'elle mit dans sa poche, avant de remonter l'escalier quatre à quatre. Elle savait qu'elle n'avait que très peu de temps devant elle.

Avec l'aide de la petite fille, elle installa la salle d'accouchement devant la cheminée.

— Megan, viens avec moi te laver les mains…

Elles se savonnèrent et se rincèrent les mains plusieurs fois, avant que Faith ouvre le paquet contenant les gants stériles et les enfile. Puis elle retourna dans le salon, l'oreille tendue pour guetter la sonnette annonçant l'arrivée des infirmiers.

Mais elle cessa bien vite de surveiller la porte pour se concentrer sur Lori.

— Laissez votre corps faire le travail, tout va bien se passer.

— Je ne peux pas, gémit Lori, déjà épuisée. C'est trop dur…

— Mais si, vous pouvez. C'est sans doute la douleur la pire que vous allez jamais connaître, mais ce sera aussi la plus facile à oublier.

Le téléphone sonna et Faith fit signe à Megan d'aller répondre.

— Elle peut pas venir au téléphone, oncle Greg! entendit-elle la petite fille crier. Le bébé va naître maintenant!

Dès qu'elle eut raccroché, Megan revint en courant.

— C'était oncle Greg. Il a dit qu'ils étaient presque là.

Ni Faith ni Lori n'eurent le temps de commenter. A cet instant précis, le sommet du crâne du bébé apparut. Faith posa la main dessus pour l'empêcher de sortir trop rapidement.

— Maintenant, cessez de pousser, Lori, et faites la respiration du petit chien.

Lori fit ce qu'on lui demandait et la tête du bébé tourna. Faith vit alors le front, puis le reste du visage.

— Poussez une dernière fois très fort, après ce sera fini…

Lori poussa avec un grand cri. Le corps du bébé glissa dans les mains de Faith et elle eut l'impression que son corps entier venait d'être parcouru par une décharge électrique. Le bébé commença à crier instantanément et Faith le souleva pour le montrer à sa mère.

— Qu'il est beau…, murmura Lori, le visage soudain baigné de larmes d'épuisement et de joie.

Avec la seringue, Faith débarrassa le nez et la bouche du bébé des sécrétions qui les encombraient. Puis elle prit des ciseaux et coupa le cordon ombilical.

— Donne-moi la pince métallique que j'ai posée là, dit-elle à Megan.

La petite fille s'exécuta, toujours avec le sérieux impressionnant que requérait à sa tâche.

Ensuite Faith enveloppa le bébé dans un grand drap de bain et le posa doucement dans les bras de sa mère, juste au moment où l'on sonnait à la porte.

Megan courut ouvrir, et deux infirmiers entrèrent au pas de charge. Faith leur laissa bien volontiers prendre en charge la suite des opérations. Adam, Greg et un monsieur aux cheveux gris arrivèrent juste après.

Quelques minutes plus tard, Lori, le bébé et Greg partaient pour l'hôpital dans l'ambulance avec les deux infirmiers. Faith commença alors à ranger la salle de travail improvisé.

— Lori a fait pipi par terre, expliqua Megan à son père, tandis qu'il balayait le salon du regard.

— Mais non, voyons, corrigea Faith. Elle a perdu les eaux. J'ai déjà tout essuyé et il ne reste plus aucune trace.

Adam hocha la tête d'un air songeur.

— Vous vous rendez compte ? Mon neveu va pouvoir raconter plus tard qu'il est né dans mon salon ! dit-il avec un petit rire. En tout cas, Faith, un grand bravo pour vous. Les infirmiers ont dit que vous vous étiez débrouillée comme une vraie pro !

— C'est gentil de leur part, mais je n'ai pas fait grand-chose, en réalité. C'est Lori qui a fait tout le travail.

— Nous deux, on a attrapé le bébé ! Hein, Faith ?

— Megan est restée pendant tout le temps ?

Megan confirma d'un hochement de tête vigoureux, les yeux écarquillés d'excitation.

— Tu aurais dû voir ça ! La tête est sortie en premier, puis les épaules et après le ventre et à la fin les petits pieds. Il était tout recouvert d'une espèce de bouillie dégoûtante, précisa-t-elle avec une grimace éloquente. Et il avait des choses dans le nez que Faith a dû retirer avec…

— C'est bon, l'interrompit Adam en tendant une main devant lui, je vois le tableau.

Il se baissa pour ramasser les coussins que Faith avait disposés sur le sol.

— Tu peux nous aider, ça c'est bien, déclara Megan d'un air satisfait. Faith dit qu'il faut qu'on se dépêche d'aller mettre tout ça dans la machine.

— Contentez-vous de le déposer dans la buanderie, la femme de ménage vient demain, elle s'en chargera.

— Il vaut mieux lancer la lessive tout de suite, sinon les taches vont se fixer…

— Ecoute donc cette jeune femme, mon garçon, intervint alors le monsieur aux cheveux gris qui s'était tenu à l'écart depuis son arrivée. Elle me paraît extrêmement compétente.

Il s'avança pour tendre la main à Faith.

— Mademoiselle « Fantastique » Faith, je présume ? dit-il avec un grand sourire. Je suis le grand-père de Megan. Ou plus exactement son arrière-grand-père.

Faith serra dans la sienne la main toute ridée du vieil homme et fut surprise par la vigueur de sa poignée de main.

— J'ai entendu chanter vos louanges par cette petite demoiselle, dit-il en tapotant la tête de Megan avec sa main gauche. Ainsi, d'ailleurs, que par certains des adultes de cette famille, ajouta-t-il, en jetant un coup d'œil malicieux en direction de son petit-fils.

— Je suis ravie de vous rencontrer, répondit Faith avec un grand sourire. J'ai aussi beaucoup entendu parler de vous par une de vos jeunes admiratrices, dit-elle en regardant Megan.

— A propos, Megan..., intervint Adam. Pourquoi ne profiterais-tu pas de la présence de grand-père pour aller faire une partie d'échecs chinois avec lui, pendant que je finis de nettoyer avec Faith ?

Ne voulant pas se retrouver seule avec lui, Faith fut sur le point de demander à Megan de rester, puis elle se ravisa. Elle n'allait tout de même pas priver le grand-père d'Adam de la présence de son arrière-petite-fille, uniquement parce qu'elle craignait qu'Adam ne reparle de ce qui s'était passé veille, lorsqu'il l'avait raccompagnée chez elle.

A son grand soulagement, il s'activa avec elle au rangement du salon, sans faire la moindre mention du fameux baiser.

Lorsqu'ils eurent fini de réunir les linges tachés, Adam descendit devant elle jusqu'à la buanderie. Il sortit d'un placard une bouteille de détergent, le mit dans le compartiment lessive de la machine et régla deux ou trois boutons avant de se tourner vers la jeune femme pour lui prendre le linge des bras. Puis il le fourra dans la machine dont il referma la porte.

— Eh oui, je sais me servir d'une machine à

laver ! dit-il avec un petit sourire narquois à Faith, qui semblait quelque peu surprise de ses talents domestiques. Et si je peux me permettre un conseil, ajouta-t-il en désignant son chemisier, je pense que vous devriez aussi mettre ça à laver.

Faith baissa les yeux et vit qu'elle avait des taches de sang sur les manches.

— Je peux vous prêter une chemise, si vous voulez…

— Inutile, merci. Je laverai ça dès mon retour à la maison.

— Ça risque de ne pas être avant un certain temps. J'ai eu une chance folle d'arriver jusqu'ici sans accident, je préférerais ne pas repartir avant que les camions de salage ne soient passés.

— Mais l'ambulance…

— L'ambulance est très certainement équipée de pneus spéciaux pour ce genre de conditions météo.

— Dans ce cas, je peux sans doute prendre un bus.

— Libre à vous, mais je ne pense pas que vous pourrez faire plus de dix mètres sans vous casser la figure. Comme je viens de vous le dire, c'est déjà un miracle que Greg et moi ayons pu arriver jusqu'ici. Pendant le trajet, nous avons entendu à la radio que les responsables du réseau routier recommandaient instamment aux automobilistes de ne pas prendre la route avant que les camions de salage n'aient pu faire leur travail. Or, ils ne sortiront pas, tant qu'il pleut de la glace.

— Etes-vous en train de m'expliquer que je vais devoir passer la nuit ici ?

— Ce serait si terrible que ça ?

Terrible, non, pensa-t-elle. Mais inconfortable, oui. Elle n'avait, bien sûr, pas de vêtements de rechange ni aucune affaire de toilette.

Sans compter qu'elle avait l'impression que ses jambes allaient se dérober sous elle chaque fois qu'Adam la regardait.

Et puis il y avait le problème du baiser. Un baiser dont ils n'avaient pas encore reparlé. Elle ne l'avait pas oublié et, à en juger par le regard d'Adam, il ne l'avait pas oublié, lui non plus.

— J'ai deux chambres d'amis, ainsi qu'une enfant de six ans et un grand-père d'un âge plus que respectable qui pourront parfaitement faire office de chaperon, fit-il remarquer avec amusement, comme s'il avait pu lire dans les pensées de Faith.

La jeune femme se sentit rougir jusqu'aux oreilles.

— Chaque fois que vous faites ça, j'ai envie de vous embrasser, dit-il avec un sourire malicieux.

— Eh bien, retenez-vous ! On ferait mieux de remonter dans le salon.

— Une minute. Je veux d'abord vous remercier de tout ce que vous avez fait pour ma famille, dit-il avec une sincérité qui assombrit soudain son regard. Vous avez accompli quelque chose de tout à fait remarquable. Et vous l'avez très bien fait.

— Je ne sais pas comment j'ai pu savoir quoi faire, admit-elle.

— Peut-être êtes-vous infirmière ou sage-femme…

— Je ne sais pas, répéta-t-elle avec un haussement d'épaules. Au moment où j'ai vu Lori commencer à avoir ses contractions, je me suis brusquement rendu compte que je savais ce qu'il fallait faire.

— Eh bien, c'est une véritable chance que ce soit vous qui vous soyez trouvée là, et pas moi ! Je n'aurais jamais pu gérer la situation de façon aussi efficace… et en gardant mon calme. Alors, encore une fois, un immense merci.

Il se pencha vers elle et Faith eut l'impression qu'il allait l'embrasser, mais au même moment Megan les appela.

— Hé, là, en bas ! Vous nous avez oubliés ?

— On arrive tout de suite, répondit Adam. Alors, demanda-t-il à Faith, voulez-vous que je vous apporte une chemise ?

— Je n'ai pas vraiment le choix...

— Non, pas vraiment, admit-il d'un ton suave, sans pouvoir réprimer un sourire d'intense satisfaction.

Chapitre 10

Assis à son bureau, Adam huma soudain un fumet délicieux provenant de la cuisine. Il essaya d'abord de l'ignorer, mais bientôt, n'y tenant plus, il se leva pour aller voir ce que Faith et Megan faisaient mijoter de bon. Il avait bien proposé de commander une pizza, mais Faith avait insisté pour cuisiner quelque chose elle-même, ajoutant que, de toute façon, avec l'aide de Megan, cela lui serait très facile.

Il s'arrêta sur le seuil de la cuisine et observa un moment les deux cuisinières en pleine activité. L'affaire semblait fort gaie : elles chantaient toutes les deux une comptine pour enfants qu'il ne connaissait pas, mais qui parlait de flocons d'avoine.

Comme ses affaires étaient encore dans le lave-linge, Faith lui avait emprunté une de ses chemises blanches, qu'elle portait au-dessus d'un de ses bas de pyjama de soie bordeaux. Elle avait eu beau relever les manches de la chemise et les revers du pyjama, elle avait tout de même l'air d'une petite fille qui se serait déguisée avec des vêtements d'adulte.

— C'est moi qui vais éplucher le concombre, déclara Megan du haut du tabouret de bar sur lequel elle s'était juchée.

Adam s'attendait à ce que Faith lui propose quelque chose de plus facile à faire, mais elle se contenta de lui tendre l'épluche-légumes. La fillette la remercia d'un sourire et commença à éplucher le concombre sur une chanson nouvelle que Faith venait d'entonner.

Elle se retourna et aperçut Adam dans l'embrasure de la porte.

— Je croyais que vous aviez du travail…

— Je passais juste voir si vous aviez besoin de quoi que ce soit.

— Non, on se débrouille très bien toutes les deux. N'est-ce pas, Megan ? fit-elle, en se tournant vers la petite fille.

Megan acquiesça d'un « ouais » joyeux, avant de se remettre à chanter.

Adam hocha la tête et retourna à son bureau. Hélas, il se rendit vite compte qu'il ne parvenait plus du tout à se concentrer. Il ne pouvait s'empêcher de penser à Faith. Au lieu d'étudier des diagrammes sur son ordinateur, il aurait très nettement préféré retourner la regarder s'activer dans la cuisine. Pour être honnête, il était bien obligé de reconnaître qu'il avait envie de faire beaucoup plus que de la regarder. Surtout, depuis le baiser.

Heureusement, l'un des représentants commerciaux du groupe appela à ce moment-là, ce qui l'obligea à reporter son attention sur le domaine professionnel. Il venait à peine de raccrocher que Megan apparut à la porte de son bureau.

— Faith m'a dit de venir te chercher. Le dîner est prêt.

— Tu as prévenu grand-père ?

— Ouais, répondit-elle, avant de repartir vers la cuisine en sautillant gaiement.

Lorsque Adam entra dans la pièce, il vit que le couvert avait été mis pour quatre personnes, mais qu'il y avait suffisamment de nourriture pour en nourrir au moins le double.

Visiblement, son grand-père pensa la même chose.

— Quel festin ! s'exclama-t-il en donnant un coup de coude à son petit-fils. Ta petite dame sait y faire pour préparer un vrai repas de dimanche ! Jolie nappe, belle vaisselle et tout le tralala. Félicitations, mademoiselle !

Adam aurait préféré que son grand-père ne parle pas de Faith en l'appelant sa « petite dame ».

D'une part, elle n'était pas franchement petite et, d'autre part, elle n'était pas du tout sienne.

— Faith est en train de m'apprendre à cuisiner ! déclara Megan d'un ton plein de fierté. C'est moi qui ai épluché le concombre toute seule !

Le grand-père d'Adam hocha la tête d'un air approbateur.

— Bravo, ma grande, je suis très impressionné. En plus, je vois que vous les avez préparés à la crème, c'est comme ça que je les aime. C'est d'ailleurs comme ça que me les préparait ton arrière-grand-mère. Voilà une femme qui savait cuisiner ! Et crois-moi, Megan, une bonne cuisinière est une bénédiction pour toute une famille. Alors prends exemple sur Faith, puisque tu as la chance qu'elle veuille bien te transmettre ce talent si précieux !

Adam jeta un coup d'œil furtif à la jeune femme, qui venait de rosir au compliment.

Comme Robert Novak allait commencer à se servir, Megan l'arrêta.

— Les grâces, d'abord, grand-père !

Comme il regardait son arrière-petite-fille d'un œil perplexe, Adam intervint.

— Megan, il faut que tu expliques à ton arrière-grand-père comment tu fais pour les grâces.

— Eh bien, on met ses mains sur ses genoux, on penche la tête, on ferme les yeux et on remercie

Dieu. Et puis on lui demande de bénir ce repas et ceux qui l'ont préparé.

— Bien sûr, trésor. Excuse-moi d'avoir oublié, mais ça fait un bout de temps que je n'avais pas partagé de vrai repas du dimanche.

Adam aurait pu dire la même chose. En général, il travaillait chez lui le week-end et expédiait la corvée du repas en passant un plat surgelé au micro-ondes ou en se faisant livrer une pizza. A moins que Lori ne les invite, Megan et lui, à partager leur repas.

Et, pourtant, il n'avait pas oublié les dimanches qu'il avait passés, enfant, chez sa grand-mère. Et le repas dominical traditionnel qui les réunissait tous autour de la grande table familiale. Ça faisait partie de ses meilleurs souvenirs. Surtout que, l'après-midi, après le repas, son grand-père avait l'habitude de l'emmener dans son atelier pour lui montrer les croquis ou les maquettes de bateaux sur lesquels il travaillait.

— Eh bien, mesdemoiselles, permettez-moi de vous féliciter de nouveau, déclara Robert avec emphase. Ce repas est tout simplement dé-li-cieux.

Megan eut un large sourire et Faith murmura un « merci beaucoup » à peine audible.

Robert Novak se tourna alors vers son petit-fils.

— Quant à toi, mon ami, si tu avais un minimum de jugeote, tu te dépêcherais de mettre le grappin sur cette perle. Pour une fois que tu en tiens une qui sait cuisiner ! Rappelle-toi tout de même que la dernière croyait que la purée n'existait que lyophilisée !

— Quelle dernière ? demanda Megan.

Adam ne savait plus où se mettre. Il aurait dû se douter que son grand-père allait faire allusion à l'une de ses ex-petites amies, ou lui conseiller de s'intéresser à Faith. En une seule tirade, il venait de réussir à faire les deux !

— Grand-père parle juste d'une de mes amies, répondit-il à sa fille d'une voix suave, non sans avoir remarqué la lueur d'amusement qui éclairait le regard de Faith. Si Lori accepte les visites, je suggère qu'on aille la voir demain à l'hôpital, ajouta-t-il pour faire dévier le sujet de conversation.

— Youpi ! s'exclama Megan. Alors je vais manquer l'école ?

— Non, on ira après.

— Mais je veux pas attendre ! protesta la petite fille avec un gros soupir. Pourquoi est-ce qu'il faut que j'aille toujours à l'école ?

— Pour apprendre à lire, à écrire et à compter. Si tu ne sais pas ça, comment espères-tu te débrouiller dans l'existence ?

— Faith m'apprend déjà à compter et à lire, alors...

— C'est exact, intervint Faith, qui avait gardé le silence jusque-là. Mais c'est à l'école, avec les autres disciples, que l'on apprend à vivre et à travailler ensemble.

— C'est quoi, un disciple ?

— Je suppose que Faith veut dire un élève, n'est-ce pas ? lui demanda Adam, étonné.

— Oui.

Il trouva pour le moins étrange qu'elle parle de « disciples » et se demanda si cela ne pouvait pas indiquer qu'elle était originaire d'une autre partie des Etats-Unis. Depuis le premier jour où elle lui avait parlé, il avait remarqué que son langage semblait parfois un peu démodé. Il avait aussi cru déceler une pointe d'accent qu'il avait été, en revanche, incapable de situer.

De toute façon, pendant le dîner, ce fut surtout Megan qui s'exprima. Elle raconta son séjour à l'hôpital par le menu à son arrière-grand-père, et Adam fut ravi que cela détourne la conversation sur autre chose que sa vie personnelle — l'un des sujets de prédilection de son grand-père.

Cela faisait quelques instants qu'il laissait son esprit vagabonder, bercé par le babillage ininterrompu de sa fille, lorsque Faith apporta le dessert.

L'exclamation enthousiaste de Robert Novak le ramena brusquement à la réalité.

— Un crumble aux pommes ! Mon dessert favori ! Décidément, Faith, vous êtes la perle des perles ! Et si ce grand nigaud — il désigna Adam d'un geste du menton — n'est pas capable de s'en rendre compte, alors c'est qu'il mérite de passer le reste de ses jours à se nourrir de surgelés ou de boîtes de conserve !

Adam jeta un rapide coup d'œil à Megan, qui, fort heureusement, concentrait toute son attention sur le crumble dont elle était en train de se servir une portion très généreuse. Quant à Faith, il vit qu'elle pinçait les lèvres pour s'empêcher de sourire.

— Tu veux que je te dise, mon garçon ? reprit son grand-père en agitant un doigt menaçant, tu ne feras pas de vieux os. Des études scientifiques très sérieuses prouvent que les hommes célibataires vivent beaucoup moins longtemps que les hommes mariés.

Adam préféra garder le silence, sachant que répondre à son grand-père ne ferait que l'encourager à enfourcher l'un de ses chevaux de bataille favori : le célibat son petit-fils.

Sujet dont il ne souhaitait pas discuter devant Faith, pas plus que devant sa fille.

Entre-temps, Megan avait englouti son énorme

portion de crumble et repris la conversation en main pour la diriger, cette fois-ci, sur son nouveau petit cousin, Mathew.

Adam savait bien que, tôt ou tard, son grand-père voudrait lui donner son avis sur la jeune femme — parce qu'il lui donnait toujours son avis sur les femmes. C'est pourquoi il ne fut pas surpris qu'après le dîner le vieil homme suggère qu'ils aillent tous les deux prendre un verre de brandy dans le salon.

A peine installé, il attaqua bille en tête.

— Ecoute mon garçon, crois-en l'expérience d'un vieil homme qui sait ce qui est important dans l'existence. Cette petite jeune femme est une véritable perle. Et je te garantis que, si tu la laisses filer, tu passeras le reste de tes jours à le regretter.

— Grand-père, il s'agit d'une employée, dit Adam avec une nonchalance étudiée, tout en remplissant deux verres de brandy.

Robert Novak balaya ce commentaire d'un mouvement de sa main ridée.

— Allons donc, n'essaye pas de te retrancher derrière des arguments fallacieux. Depuis que je te connais, je t'ai toujours vu te débrouiller pour trouver quelque chose à reprocher à chacune des filles avec lesquelles tu es sorti. Donc je te le répète encore une fois, dans l'espoir d'arriver à t'enfoncer ça dans le crâne : celle-ci est exceptionnelle.

— Et tu as découvert ça après seulement une heure de conversation et un crumble aux pommes ?

— Plaisante, si tu veux. Moi, je parle très sérieusement. Rappelle-toi tout de même que j'ai passé toute la journée d'hier avec Lori et que j'en sais beaucoup plus que tu ne le penses sur elle.

Adam lui tendit l'un des deux verres.

— Buvons, grand-père, à une année de prospérité pour les chantiers Novak.

— C'est ça, mon garçon, buvons aux chantiers Novak ! Dis-moi, reprit-il, après avoir bu une première gorgée, j'ai remarqué que Megan parlait beaucoup plus qu'avant.

— En effet. J'ai l'impression qu'elle commence à se sentir mieux ici. Je me demandais… Peut-être que je devrais l'emmener un de ces jours à la boîte, pour lui montrer ce que nous faisons.

— Excellente idée. Tu étais encore plus jeune que ça, la première fois que je t'ai emmené.

— Je me rappelle, oui. J'adorais venir avec toi. Peut-être que ça ne l'intéressera pas du tout, mais…

— Oh, mais si, ça l'intéressera ! coupa son grand-père. Et ce sera très bon pour elle de voir l'endroit où tu travailles.

— C'est ce qu'on m'a dit, oui, dit Adam avec un sourire, sans préciser que c'était Faith qui lui avait mis cette idée dans la tête.

— Maintenant, dis-moi donc ce que tu as pensé de ce catamaran que nous avons vu au Salon sur le stand des chantiers Steinbeck, nos concurrents et néanmoins amis.

Ils s'embarquèrent sur ce sujet qui les passionnait autant l'un que l'autre, et passèrent le reste de la soirée à parler bateaux. Ce qui n'empêcha pas Adam de se rendre compte qu'il ne parvenait pas à se sortir Faith de l'esprit. Le moindre bruit provenant de la cuisine lui rappelait aussitôt qu'elle s'y trouvait, vêtue de sa chemise et de son pantalon de pyjama.

Même si cela l'exaspérait de devoir le reconnaître, il était bien obligé d'admettre que, pendant toute la soirée, il avait pensé la même chose que son grand-père. Que Faith était une fille exceptionnelle. Si exceptionnelle que pas même la possibilité qu'elle puisse avoir un mari et des enfants en train de l'attendre quelque part ne pouvait l'empêcher de se sentir de plus en plus attiré par elle.

Lorsqu'il lui avait proposé de rester dormir chez lui, il ne s'était pas rendu compte de la difficulté que cela représenterait pour lui de savoir Faith à quelques mètres de lui pendant la nuit. Il eut beau travailler fort tard et ne se coucher que bien après minuit, il ne parvint pas à s'endormir. Chaque fois qu'il fermait les yeux, il imaginait Faith allongée dans son lit, ses longs cheveux blonds en corolle sur l'oreiller… Et il se demandait si elle aussi se tournait et se retournait entre ses draps, essayant de s'empêcher de penser à lui, comme lui essayait — sans aucun succès — de s'empêcher de penser à elle.

Il finit tout de même par s'endormir, mais fut réveillé en sursaut par un cri de femme. Il bondit hors du lit, se précipita dans sa salle de bains pour prendre son peignoir, mais vit qu'il ne s'y trouvait pas. Il sortit donc de sa chambre, vêtu de son seul bas de pyjama et courut frapper jusqu'à la porte de Faith.

— Faith ? Il y a un problème ? appela-t-il derrière la porte à voix basse, pour ne pas réveiller les autres occupants de la maison.

Un « oui » étouffé lui parvint après quelques instants.

— Vous êtes sûre ?

Pas de réponse. Juste au moment où il allait frapper de nouveau, la porte s'ouvrit et il se trouva face à la jeune femme. Elle ne portait plus que la chemise qu'il lui avait prêtée quelques heures plus tôt. C'était la première fois qu'il voyait ses jambes nues, puisqu'elle portait toujours des pantalons, et il les trouva très jolies. Elle tremblait des pieds à la tête.

— Que s'est-il passé ?

— J'ai fait un cauchemar. Je suis désolée de vous avoir réveillé.

— Etait-ce à propos de votre passé ?

— Je n'en suis pas sûre. J'espère que non.

Elle frotta sa main contre son bras, comme pour dissiper un frisson, et il vit alors une grosse larme lui couler sur la joue, bientôt suivie d'une autre.

— Faith, pourquoi pleurez-vous ? murmura-t-il, luttant contre son envie de la prendre dans ses bras.

— Parce que je suis fatiguée d'être seule, répondit-elle d'une voix à peine audible.

Il lui enroula doucement les bras autour des épaules et l'attira vers lui.

— Vous n'êtes pas seule, Faith.

— Si, je le suis. Je n'ai ma place nulle part...

— Vous avez votre place ici, avec nous... Avec Megan et moi, et aussi avec Lori et Greg.

Il lui caressa doucement les cheveux, essayant de la réconforter, tandis qu'elle pleurait en silence, la tête appuyée contre son épaule.

— Je n'ai pas ma place ici, dit-elle entre deux sanglots, mais je n'ai pas ma place là-bas, non plus.

— Où est-ce, ce « là-bas », Faith ?

— Je ne sais pas. Un endroit… horrible.

— Pourquoi dites-vous ça ? A cause de votre cauchemar ?

Avec son visage appuyé contre son torse, il sentait la chaleur de son souffle sur sa peau nue. Voyant qu'elle ne répondait pas, il lui souleva le menton du bout des doigts pour l'obliger à le regarder dans les yeux.

— Parlez-moi, Faith. Dites-moi pourquoi vous êtes encore en train de trembler, même maintenant que vous êtes réveillée.

Elle se redressa, les yeux brillant de larmes.

— Les médecins disent que parfois la perte de mémoire peut se produire, parce qu'une personne ne veut pas affronter son passé.

— Oui, bien sûr. Vous avez vécu un traumatisme. On vous a retrouvée blessée sur le bord de la route, quoi d'étonnant à ce que votre esprit ne veuille pas se rappeler les détails ?

Elle remua la tête en signe de dénégation.

— Non, ce n'est jamais à propos de cette nuit-là que je fais des cauchemars.

— A propos de quoi, alors ?

Elle se mordit la lèvre inférieure et réfléchit un instant, avant de répondre d'une voix sourde :

— Un endroit très sombre, où l'on entend crier des gens en colère.

— Qui sont ces gens ?

— Je ne sais pas. Lorsque je rêve, je vois les choses très clairement et pourtant, lorsque je me réveille, il ne me reste que cette impression horrible que je ne vais jamais pouvoir retourner là d'où je viens.

— Ça peut simplement s'expliquer par votre peur de ne pas retrouver votre mémoire, peut-être…

— Je ne le pense pas. Ça paraît trop… réel. Les quelques mots dont je me souvienne sont toujours les mêmes. J'entends la voix d'un homme très en colère qui crie : « Va-t'en et ne reviens jamais ! »

Un frisson lui secoua le corps au moment où elle prononçait ces mots.

— Je n'arrive pas à imaginer qu'un homme puisse vous dire une chose pareille, Faith. Vous êtes une personne infiniment bonne. Il suffit de passer ne serait-ce que quelques minutes avec vous pour pouvoir s'en rendre compte. Vous êtes bonne et compatissante. Je n'arrive pas à croire que vous puissiez faire quoi que ce soit qui justifie une réaction de rejet aussi violente.

De nouveau, elle se détourna de lui.

— Vous ne me connaissez pas.

— Mais si, je vous connais. J'admets que je ne connais pas votre passé, bien sûr, mais je sais quel genre de personne vous êtes. Vous ne pourriez pas faire de mal à qui que ce soit.

Le silence de la jeune femme lui fit comprendre qu'elle n'était pas convaincue. Il aurait voulu la reprendre dans ses bras, mais sa raideur l'en dissuada.

— Vous êtes fatiguée. Voulez-vous que j'aille vous chercher un peu de lait chaud ?

— Je peux y aller toute seule.

— Non. Attendez-moi…

Voyant qu'elle tremblait encore, il alla prendre sur le lit l'édredon en duvet et revint le lui enrouler autour des épaules.

— J'en ai pour deux minutes.

Il se dépêcha de descendre dans la cuisine faire chauffer un mug de lait dans le micro-ondes.

Lorsqu'il revint dans la chambre, il trouva la jeune femme assise au bord du lit, éclairée par la lumière douce de sa lampe de chevet. Avec ses cheveux décoiffés par le sommeil et son regard troublé, elle lui parut plus belle encore que d'habitude. Il lui tendit le mug et la regarda boire à petites gorgées.

— Merci. Je pense que ça va aller, maintenant, murmura-t-elle.

— Vous êtes sûre ?

— Oui, répondit-elle en gardant les yeux

baissés. De toute façon, vous ne devriez pas rester ici. Ce n'est pas convenable.

— Nous ne faisons rien d'autre que de parler, objecta-t-il, amusé et attendri à la fois par sa pudeur.

Il continua à la regarder en silence pendant qu'elle terminait son lait. Quand ce fut fait, elle posa le mug sur la table de chevet et leva enfin les yeux vers lui.

— *Danke*, murmura-t-elle. Ça va beaucoup mieux.

C'était la seconde fois qu'il l'entendait utiliser le mot allemand *danke* pour dire merci.

— Vous vous rendez compte que vous venez de me dire *danke* au lieu de merci ?

A l'expression de son visage, il vit tout de suite que non seulement elle ne s'en était pas rendu compte, mais qu'en plus elle n'y accordait pas la moindre importance. Elle semblait beaucoup plus pressée de le voir sortir de sa chambre.

— Vous devriez partir, maintenant. Je vous assure que je vais tout à fait bien.

— Bien, alors je vais vous laisser, concéda-t-il à regret, pensant que c'était vraiment la dernière des choses qu'il avait envie de faire.

Il resta un moment debout devant elle, la regardant fixer obstinément les motifs du couvre-lit pour éviter de croiser son regard.

Très doucement, pour ne pas l'effaroucher, il lui glissa une main sous le menton et leva son visage vers le sien. Lorsqu'il rencontra enfin son regard, il lut dans ses yeux ce qu'elle aurait tant voulu pouvoir continuer à lui dissimuler : le désir.

Il se pencha pour lui effleurer les lèvres d'un baiser léger. Elle sentait bon le lait chaud, et sa bouche était si douce… Il s'attarda et, lorsque son baiser s'intensifia, Faith laissa échapper un petit gémissement étouffé. Mais, quand il glissa une main sous l'édredon qui lui entourait les épaules, elle le repoussa aussitôt.

— Il ne faut pas, souffla-t-elle hors d'haleine. Je suis désolée, mais…

— Il n'y a pas de quoi être désolée, l'interrompit-il en se laissant tomber sur le lit et à côté d'elle.

— C'est juste que… je ne pense pas que ce soit bien.

Il aurait pu lui dire que son corps avait répondu à sa place, mais il ne voulut pas l'embarrasser.

— Nous sommes tous les deux des adultes, Faith, dit-il d'une voix grave.

— Oui, je suis aussi une femme qui n'a pas la moindre idée de qui elle peut bien être. Ni de ce qu'elle peut avoir laissé derrière elle, acheva-t-elle d'une voix sourde.

— Vous voulez dire que vous avez peur qu'il y ait un homme dans votre passé ?

— Ce n'est pas impossible.

— Je ne peux rien dire contre ça, admit-il avec un petit haussement d'épaules, mais il est aussi tout à fait possible qu'il n'y en ait pas.

Il ne voulait pas admettre que la première éventualité lui paraissait infiniment plus probable que la seconde. La beauté de Faith ne se limitait pas à sa seule séduction physique. Comme l'avait dit son grand-père, c'était vraiment une fille exceptionnelle. Comment imaginer qu'il puisse ne pas y avoir eu d'homme dans sa vie ?

— Et tant que je ne saurai pas…

Elle laissa sa phrase en suspens, mais Adam comprit fort bien ce qu'elle voulait dire : tant qu'elle n'aurait pas acquis la certitude que personne ne l'attendait, elle considérerait qu'elle n'avait pas le droit de s'engager avec lui.

— Vous ne voulez rien faire qui risquerait de faire souffrir quelqu'un, c'est ça ?

Elle hocha la tête sans répondre.

— Je respecte votre point de vue et je le comprends. Je ferais mieux de m'en aller, maintenant, dit-il en se levant.

*
* *

Lorsque Adam entra dans la cuisine le lendemain matin, il fut accueilli par l'arôme délicieux du café en train de filtrer. Il s'aperçut que le four était allumé et vit à l'intérieur un gâteau en train de cuire. Par contre, aucune trace de Faith nulle part.

Il savait qu'elle n'était plus dans sa chambre, parce qu'il avait vérifié avant de descendre qu'il ne restait plus personne au premier étage.

Il vit, alors, que la lumière de l'escalier qui descendait à la buanderie était allumée. Quelques secondes plus tard, il entendit quelqu'un monter des marches, et Faith apparut.

Au lieu de la chemise blanche et du bas de pyjama qu'il lui avait prêtés la veille, elle portait à présent son chemisier rose et son pantalon sombre qu'elle venait apparemment de récupérer dans le sèche-linge. Elle avait attaché ses cheveux en arrière, ce qui lui donnait une allure un peu stricte, sans doute tout à fait en accord avec son rôle de nounou, mais bien éloignée de la vulnérabilité de la jeune femme en pleurs qu'il avait consolée pendant la nuit. Il ne put s'empêcher d'en éprouver un petit pincement de regret.

Lorsqu'elle l'aperçut, elle le salua d'un bonjour timide et rougit aussitôt.

— Excellente journée à vous aussi, Faith, répondit-il avec un sourire, attendri comme d'habitude par cette timidité si étonnamment juvénile.

— Que voulez-vous pour déjeuner ? Des toasts, des œufs au bacon, des crêpes au sirop d'érable ?

— Vous n'avez pas besoin de préparer mon petit déjeuner, vous savez ?

— Mais si, je suis là pour ça.

— Ah, bon ? Et qui vous a dit une chose pareille ? Lori ?

— Elle m'a engagée pour que je puisse la remplacer dans ses tâches habituelles. Café ? ajouta-t-elle en se haussant sur la pointe des pieds, pour attraper un mug sur l'étagère.

Il lui prit le mug des mains.

— On ne peut pas dire que vous ayez remplacé Lori pendant ces deux derniers jours.

Elle prit apparemment ce commentaire pour une critique.

— Vous n'êtes pas satisfait de mon travail ?

— Si, tout à fait. Par contre, vous avez été engagée pour être la nounou de Megan, pas notre femme de ménage.

Elle se planta devant lui, les poings sur les hanches.

— Si je comprends bien, vous me reprochez de trop travailler ?

— Je ne vous reproche rien, se défendit-il.

Mais, au moment même où il lui parlait, il se rendit compte que ça le dérangeait énormément de la voir effectuer des tâches domestiques. Parce qu'il n'avait vraiment aucune envie d'elle comme employée de maison.

Il avait envie d'elle comme petite amie.

— A vous entendre, on croirait pourtant un reproche, persista-t-elle en sortant une poêle du placard. Qu'y a-t-il, encore ? demanda-t-elle en le voyant fixer la poêle. C'est pour faire des crêpes à Megan. Vous autorisez tout de même une nounou à cuisiner pour l'enfant dont elle s'occupe, non ?

Il y avait dans son regard une lueur de provocation qui intrigua Adam. Hélas, à l'instant même où il s'apprêtait à creuser la question, Megan débarqua dans la cuisine en chemise de nuit, la main droite en l'air, sa main gauche soutenant son coude droit. Il vit alors qu'elle avait un gros pansement au bout de l'index.

— Qu'est-ce que tu t'es fait ? s'inquiéta-t-il aussitôt.

— C'est Faith qui m'a mis ça pour faire partir mon écharde, déclara-t-elle d'un air important, en lui brandissant son doigt sous le nez. Tu crois que c'est déjà parti ? demanda-t-elle à la jeune femme.

— Ça devrait. Viens donc près de l'évier, nous allons vérifier.

Megan obtempéra, posant sa main sur le comptoir pour que Faith puisse retirer le pansement. Elle enleva le sparadrap et une sorte de bouillie beige apparut.

— Qu'est-ce que c'est que ça ? demanda Adam avec une petite grimace de dégoût.

— De la mie de pain et du lait, répondit sa fille, pendant que la jeune femme achevait de retirer le pansement et le jetait dans la poubelle. C'est Faith qui me l'a mis hier soir, avant que je me couche.

— Tu as passé toute la nuit avec ça autour du doigt ?

— Oui. J'ai été obligée. Ça me faisait très mal.

Faith passa le doigt de Megan sous l'eau froide avant de le lever devant la fenêtre pour mieux l'examiner à la lumière.

— Je pense que l'écharde est partie, annonça-t-elle en l'examinant de près. Qu'en penses-tu ?

La fillette examina son doigt à son tour, puis appuya délicatement sur son extrémité.

— C'est parti ! J'ai même plus mal ! Merci !

— Ça marche à tous les coups, tu vois, répondit Faith avec un sourire.

— Il faut que j'aille le dire à grand-père. Il

me croyait pas, quand je lui ai dit que la mie de pain faisait partir les échardes.

Et elle sortit de la cuisine en courant.

— Ne prends pas trop longtemps ! cria Faith derrière elle. Après, tu montes vite t'habiller avant de redescendre prendre ton petit déjeuner.

— Elle avait vraiment une écharde ? s'étonna Adam.

— Oui. Vous ne les retirez pas avec de la mie de pain et du lait, vous ?

— Non. En général, j'utilise une aiguille et une pince à épiler.

— C'est beaucoup moins douloureux de faire macérer le doigt toute la nuit sous pansement humide, vous ne croyez pas ?

— Sans doute, si. En général, ajouta-t-il en la voyant sortir du réfrigérateur des œufs et du lait, Megan prend des céréales pour le petit déjeuner.

— Peut-être bien, concéda-t-elle avec un sourire suave, mais elle m'a demandé de lui faire des crêpes pour son petit déjeuner aujourd'hui. C'était demandé gentiment… Vous êtes vraiment sûr que vous n'en voulez pas ? ajouta-t-elle avec un sourire qui lui donna aussitôt envie de la prendre dans ses bras et de l'embrasser.

— Tout à fait sûr, merci. Je les laisse à mon grand-père et à ma fille.

— Au fait, j'ai besoin que vous me disiez ce que vous voulez que je fasse à partir de maintenant.

— A propos de quoi ?

— A propos de Megan. Maintenant que Lori a eu son bébé, voulez-vous que je vienne ici directement le matin ?

Il aurait trouvé beaucoup plus simple — et infiniment plus agréable — qu'elle ne reparte pas le soir, mais il jugea préférable de ne pas exprimer cette opinion à voix haute.

— Il n'est pas nécessaire que vous soyez ici pendant que Megan est à l'école. Lori va sans doute avoir besoin de votre aide dans la journée. Vous n'aurez qu'à aller chercher Megan à l'école le soir, puisque c'est moi qui l'y conduis le matin.

— Oui, mais il y a un problème. Je ne conduis pas.

— Je vais m'occuper de ça tout de suite. En commençant par appeler les autorités compétentes pour connaître la procédure à suivre pour que vous puissiez vous faire remplacer votre permis de conduire. Vous allez peut-être devoir repasser l'examen, mais ça vaudrait le coup. J'ai dans le garage une seconde voiture que vous pourriez utiliser.

— Vous avez deux voitures ? s'étonna-t-elle, comme si ç'avait été un luxe inouï.

— J'ai une décapotable que j'utilise surtout

en été, mais qui peut tout à fait être utilisée par tous les temps. Après tout, rien ne vous oblige à décapoter, n'est-ce pas ?

— C'est que… Je ne suis pas certaine de savoir conduire.

Adam fronça un sourcil perplexe. Faith paraissait âgée d'une trentaine d'années et les seules femmes qu'il connaissait ne sachant pas conduire appartenaient toutes à la génération de son grand-père.

— Ça paraît peu probable. Avez-vous déjà essayé ? Je veux dire, depuis l'accident ?

Faith fit non de la tête.

— Vous savez quoi ? Ce soir, je vous emmènerai sur le parking de l'entreprise et on verra comment vous vous débrouillez avec un volant dans les mains.

— Je croyais que les routes étaient impraticables…

— Ça s'est suffisamment réchauffé depuis hier pour que le verglas fonde. Et Novak Boats a un énorme parking, ce sera parfait pour faire un essai, sans que vous risquiez d'écraser qui que ce soit. Vous pourrez rester un peu plus tard, ce soir ?

— Même en admettant que je sache conduire, il y a peut-être très longtemps que je ne l'ai pas fait, fit remarquer Faith, visiblement pleine d'appréhension.

— Oh, ça ne devrait pas poser de problème

majeur. Ce doit être comme pour la bicyclette, vous savez, le genre de choses que l'on n'oublie jamais.

— Et si je n'ai jamais appris ?

— Alors je vous ferai prendre des leçons. En attendant, je vais m'organiser pour conduire Megan à l'école, cette semaine. Et puis, étant donné que Lori est à l'hôpital, vous devriez en profiter pour prendre une matinée de congé. Vous voulez que je vous reconduise chez les Carson ?

— Ce ne sera pas nécessaire, merci.

Il comprit qu'il serait inutile d'insister.

— Mais, dites-moi, vous n'avez pas eu besoin de recette pour préparer cette pâte à crêpe, fit-il remarquer, en la voyant verser le mélange dans la poêle, étonné qu'elle n'ait pas utilisé de pâte toute prête, comme l'aurait fait Lori. Ou, d'ailleurs, n'importe laquelle des autres jeunes femmes de sa connaissance.

— Je suppose que faire la pâte à crêpe est l'une des choses que je n'ai pas oubliées, répondit-elle avec un léger haussement d'épaules.

Possible, pensa-t-il, tout en réfléchissant qu'il y avait d'autres choses qu'elle n'avait pas oubliées. Par exemple, la façon de confectionner des marionnettes en chiffon ou alors — plus étonnant encore — de se débarrasser d'une écharde avec un cataplasme de mie de pain trempée dans du lait. L'archétype du « remède de bonne femme » qui, s'il ne relevait pas tout à fait du folklore, semblait tout de même pour le moins curieux au XXIe siècle, dans un pays aussi évolué que les Etats-Unis.

Après avoir fait déjeuner Robert Novak et Megan, Faith remit la cuisine dans l'état impeccable où elle l'avait laissée, la veille au soir. Adam réalisa que, depuis l'arrivée de Megan chez lui, c'était la première fois qu'il n'éprouvait pas l'impression de faire une course contre la montre pour réussir à partir à l'heure à l'école.

A cet instant, Megan alluma la télévision. Faith l'éteignit tout aussitôt.

— Pas de temps pour la télé ce matin, Megan. Allez, *rahaus, Fräulein*! Viens donc plutôt mettre ton manteau, dit-elle, en sortant dans le hall pour aller dans le vestiaire.

— Qu'est-ce qu'elle t'a dit? demanda Adam à sa fille.

— Que j'avais pas le temps de regarder la télé, répondit Megan.

— Non, après ça?

— Je sais pas. Des fois, elle dit des choses que je comprends pas.

Parce qu'elle parlait parfois dans une langue étrangère.

Il alla rejoindre la jeune femme dans le hall.

— Dites-moi, Faith, que venez-vous de dire à Megan, à l'instant ?

— Qu'elle n'avait pas le temps de regarder la télévision et de venir mettre son manteau.

— Vous lui avez dit en anglais ?

Elle le regarda d'un air perplexe.

— Qu'est-ce que vous avez cru que je lui disais ?

— Je ne sais pas vraiment.

Il en aurait dit davantage, mais, à cet instant, son grand-père arriva dans le hall.

— Le temps presse, mon garçon. On y va, oui ou non ?

Adam n'eut d'autre possibilité que de remettre à plus tard la discussion sur l'éventuel bilinguisme de Faith.

C'était encore une chose à ajouter à la liste — qui s'allongeait de jour en jour — des observations dont il espérait qu'elles allaient un jour aider à résoudre le mystère de l'identité de la jeune femme.

Chapitre 11

— Alors c'est tout ce qu'il sait faire ? Dormir ? demanda Megan, visiblement très déçue, en regardant son tout nouveau petit cousin dormir dans son berceau, près du lit de Lori.

— Bien sûr que non, il se réveille de temps en temps. Surtout pour réclamer son biberon. Mais j'ai l'impression que, pour le moment, il confond le jour et la nuit. Il a passé toute la nuit réveillé et, du coup, il n'a pas ouvert l'œil depuis ce matin.

— Tu ferais mieux de remettre de l'ordre dans l'horloge biologique de ce jeune homme avant de rentrer chez toi, lui conseilla Adam avec un petit rire, sinon ça promet d'être pénible pour Greg et toi !

— On va se dépêcher d'arranger ça, fais-moi confiance, gronda Greg, en affectant de prendre un ton menaçant.

— Regardez ! s'exclama soudain Megan, il a un petit trou dans le menton !

— Ça s'appelle une fossette, ma puce, lui dit Greg en riant. Je te ferai remarquer que j'ai exactement la même. On appelle ça une « marque de fabrique »...

Adam vit alors Megan fixer le menton de son oncle puis celui de son cousin. Lori se pencha pour sortir avec précaution le bébé du berceau.

— Voyons un peu si on arrive à le réveiller, pour qu'il puisse saluer sa grande cousine.

Elle lui chatouilla la joue du bout de l'index en prononçant son nom d'une voix douce, et aussitôt la petite bouche se mit en mouvement.

Megan se pencha pour l'inspecter de plus près.

— Il a des cheveux, sous le bonnet?

— Oui. Blonds comme les tiens. Regarde, dit Lori en retirant le bonnet bleu ciel pour révéler un fin duvet pâle. Tu ne t'en es pas rendu compte hier, parce qu'il était encore tout mouillé après la naissance.

Adam observa Megan, tandis qu'elle regardait d'abord son oncle et sa tante, puis son petit cousin.

— Pourquoi il a pas les cheveux bruns comme les tiens?

— Parce qu'il a pris le blond du côté Novak, répondit Lori. Ton papa et ton oncle Greg étaient tous les deux très blonds, quand ils étaient petits.

— T'es sûre ? lui demanda la fillette avec un froncement de sourcils sceptique.

— Tout à fait sûre. Si tu veux, je te montrerai une photo d'eux tout petits, quand on sera rentrés à la maison.

Adam doutait qu'une photo suffise à convaincre sa fille qu'il était bien son père biologique.

— D'abord, tous les enfants n'ont pas la même couleur de cheveux que leurs parents, continua Lori, inconsciente des doutes de sa nièce. Et, ensuite, la couleur de naissance peut changer du tout au tout.

— Oui, confirma Greg. Alors ne t'étonne pas si, un beau jour, tu te réveilles toute brune.

— Peut-être restera-t-elle très blonde toute sa vie, comme sa maman l'était, fit remarquer Lori d'une voix douce.

La conversation se poursuivit ensuite sur d'autres sujets, mais Adam vit très bien que Megan, pendant tout ce temps, continuait à examiner tour à tour les adultes présents et son petit cousin en établissant des comparaisons.

Lorsqu'elle continua à lui poser des questions dans la voiture, pendant le trajet du retour, Adam décida de s'arrêter chez un marchand de glaces pour pouvoir mettre les choses au point.

Après avoir commandé un cornet pour chacun, il alla s'asseoir en face de sa fille dans un petit box tranquille. Il était en train de réfléchir à la façon dont il allait pouvoir aborder le sujet, lorsque Megan lui offrit elle-même l'entrée en matière dont il avait besoin.

— Lori dit que les bébés filles ont des bonnets roses quand elles naissent à l'hôpital. Tu crois que j'en ai eu un, moi aussi ?

— Honnêtement, ma chérie, je n'en sais rien du tout. Je n'étais pas à l'hôpital, lorsque tu es née. Et est-ce que tu sais pourquoi je n'y étais pas ?

— Non.

— Parce que je ne savais pas que tu étais née, répondit-il d'une voix très grave, pour donner plus de poids à ses paroles.

— Parce que tu étais au ciel ? demanda la petite fille entre deux coups de langue à sa boule de glace.

— Non, Megan, je ne suis jamais allé au ciel. Nous en avons déjà parlé. Les gens ne peuvent pas revenir du ciel, une fois qu'ils y sont. Jamais. Tu le crois, n'est-ce pas ?

— Oui, admit-elle avec un gros soupir. Mais c'est bien dommage…

Adam eut un hochement de tête compréhensif.

— Ça rendrait les choses plus faciles pour tout le monde, hein ?

— Drôlement plus, oui…

— Megan, je t'assure que si quelqu'un m'avait dit que tu étais née, je serais venu tout de suite. J'aurais passé mon temps, comme ton oncle Greg, à t'examiner sous toutes les coutures pour trouver ce que tu avais hérité de moi et de ta maman et de tous les membres de la famille.

Megan continuait à lécher sa glace sans rien dire et Adam décida qu'il était temps de plonger au cœur des choses.

— Quand le notaire m'a contacté pour me dire que ta maman était morte et que j'étais ton père, au début, je n'étais pas sûr que c'était vrai. J'ai cru qu'il y avait peut-être une erreur.

Megan s'arrêta de lécher sa glace.

— Peut-être qu'il y a vraiment eu une erreur, dit-elle d'une petite voix incertaine.

— Non, Megan. Il n'y avait pas eu d'erreur. Tu sais pourquoi j'en suis absolument certain ? Certain, tu m'entends ?

Megan fit non de la tête.

— Parce que j'ai fait faire un test.

— Comme celui que Faith a fait ?

— Exactement. La différence, c'est que, pour moi, le test s'est révélé positif. C'est-à-dire que ton ADN correspondait bien au mien. Ce qui prouve, sans aucune erreur possible, précisa-t-il en détachant chaque syllabe, que je suis bien ton père. C'est pour ça que le juge a demandé que tu viennes vivre avec moi plutôt qu'avec ton oncle Tom. Et tu sais quoi ? Je suis très heureux qu'il l'ait fait. Parce que je suis très heureux de t'avoir pour fille.

— Même si ça veut dire que tu vas jamais pouvoir te marier ?

— Et pourquoi est-ce que je ne pourrais jamais me marier au prétexte que j'ai une fille ? s'étonna Adam.

— Quand Erica est venue s'occuper de moi, eh ben je l'ai entendue dire au téléphone que tu allais vite t'apercevoir qu'aucune femme ne veut d'un homme qui a déjà un enfant.

Adam réprima de justesse une exclamation peu aimable, tout en regrettant de ne pas avoir écouté Lori, quand elle lui avait déconseillé d'engager une ex-petite amie comme baby-sitter.

— Eh bien Erika s'est trompée ! Exactement comme ta maman s'est trompée, quand elle a cru que j'étais allé au ciel.

Tout à coup, Megan écarquilla les yeux et pointa du doigt la glace de son père qui commençait à dégouliner partout sur sa serviette.

— Tu devrais lécher le cornet en vitesse…

Adam fit ce que sa fille lui suggérait et lécha consciencieusement tout le tour de son cornet.

— A propos de mariage, est-ce que ça te plairait que je me marie ?

— Oui. Mais grand-père dit que je risque d'attendre rudement longtemps. Parce que tu serais pas capable de repérer une femme bien, même si tu l'avais juste sous le nez.

Elle avait pris une voix grave pour imiter son arrière-grand-père et Adam éclata de rire.

— Oh, tu sais, grand-père aussi pourrait bien se tromper, dit-il avant de finir son cornet de glace.

Faith savait qu'un permis de conduire lui rendrait la vie beaucoup plus facile. Si, par exemple, elle voulait pouvoir continuer à s'occuper de Megan, tout en aidant Lori avec son bébé, alors elle aurait besoin d'aller chercher la petite fille à l'école.

Jusqu'au moment où Adam lui avait proposé d'utiliser sa seconde voiture, elle ne s'était jamais posé la question de savoir si elle était capable de conduire. Depuis son arrivée chez les Carson, elle avait soit pris le bus, soit été conduite par l'un des époux.

Etant donné qu'elle n'avait jamais rencontré aucun adulte ne sachant pas conduire, elle avait présumé qu'elle aussi avait un permis. Mais sans état civil, il était impossible de savoir dans quel Etat il lui aurait été délivré.

Pourtant, une fois installée au volant de la Lexus d'Adam, elle se rendit tout de suite compte qu'elle ne connaissait strictement rien aux véhicules à moteur. Aucune intuition, aucun réflexe, contrairement au fait de cuisiner, par exemple, ou au moment de l'accouchement de Lori.

Adam l'avait emmenée sur le parking des chantiers Novak. Il avait appuyé sur un bouton et, comme par magie, le siège en cuir avait glissé vers l'avant pour lui permettre d'atteindre plus facilement les pédales de la luxueuse voiture. Ensuite, il avait ajusté le rétroviseur et lui avait désigné les points de contrôle stratégiques : le frein, l'accélérateur, le levier de vitesses et les clignotants.

Elle avait écouté ses instructions avec attention, la main gauche placée sur le volant, pendant qu'elle utilisait sa main droite pour enclencher les vitesses. Puis elle avait lentement déplacé son pied de la pédale de frein vers la pédale d'accélérateur, sur lequel elle avait appuyé, toujours aussi lentement.

Pas assez, hélas ! La voiture avait fait un bond en avant.

— Le frein ! avait aussitôt crié Adam, mais il avait fallu à Faith un instant pour réaliser qu'il parlait de la pédale de frein. Intervalle pendant lequel la Lexus avait continué à foncer en avant.

— Tournez le volant ! avait alors ordonné Adam.

Le véhicule avait fait un dérapage spectaculaire et s'était arrêté dans un crissement de pneus impressionnant.

— Ouahou…, s'était exclamé Faith d'une voix haletante. Je ne crois pas avoir jamais fait ça avant !

— Apparemment pas, non, avait sobrement répondu Adam, avant de descendre du siège passager pour venir prendre sa place au volant.

Il était resté si silencieux pendant le trajet du retour qu'elle avait pensé qu'il était fâché contre elle.

Pourtant, lorsqu'elle s'était excusée d'avoir failli emboutir sa voiture, il avait juste répondu qu'il n'y avait eu aucun dégât et qu'au moins, à présent, on savait qu'elle avait besoin de leçons.

Hélas, elle avait bientôt appris qu'il ne s'agissait pas simplement de prendre des leçons de conduite avec un instructeur. Pour pouvoir passer son permis de conduire, elle avait besoin d'une pièce d'identité et d'une preuve de domiciliation. Or, elle ne possédait aucun document en mesure de satisfaire les exigences de l'administration.

Une fois encore, elle se trouvait dans une impasse…

Ce qui n'empêcha pas Adam de lui apporter le lendemain un manuel de préparation au permis de conduite.

— Ça vous permettra d'être prête, le jour où tous les obstacles auront été levés. On peut apprendre à connaître une voiture, même si on n'a pas encore le droit de se mettre au volant, avait-il conclu avec une petite lueur dans le regard qui avait fait comprendre à Faith qu'il ne parlait pas uniquement de voitures…

Il aurait été illusoire de prétendre qu'ils n'étaient pas attirés l'un par l'autre. Elle ne pouvait penser à lui ni se trouver dans la même pièce que lui sans que les battements de son cœur ne s'accélèrent. Et elle savait qu'Adam était tout autant affecté par sa présence à elle. Elle le lisait dans son regard, chaque fois qu'il la regardait. Elle l'entendait dans sa voix, chaque fois qu'il lui parlait.

Toutes ces sensations qu'il éveillait en elle lui semblaient nouvelles, inconnues. Et elle se demandait si c'était parce qu'elle n'avait jamais été amoureuse auparavant ou bien parce qu'elle avait perdu le souvenir de relations passées.

Elle avait gardé le souvenir de connaissances acquises, alors comment expliquer qu'elle se soit sentie si novice pour une chose aussi naturelle qu'un baiser, si ce n'est par le fait qu'elle n'ait eu que très peu d'expérience dans ce domaine ? Lorsque Adam avait appuyé sa bouche sur la sienne, elle s'était sentie assaillie par des sensations et des émotions complètement inconnues.

Ce qui l'amenait à se poser la même question que pour la conduite d'une voiture : comment expliquer ce manque total d'expérience, alors que, apparemment, toutes les femmes adultes de son entourage savaient quoi faire dans ces deux domaines ?

Elle ne trouverait sans doute la réponse à ces questions que le jour où elle retrouverait l'accès à sa mémoire. D'ici là, elle savait qu'il valait mieux éviter de passer du temps seule avec Adam. Parce que son esprit avait beau lui dire qu'il serait déraisonnable de penser à lui autrement qu'en tant que père de Megan, elle se rendait bien compte qu'elle avait très envie qu'il lui enseigne bien davantage que la façon de conduire une voiture…

— Tu as prévu quelque chose pour samedi soir ? demanda Greg, en passant la tête par l'entrebâillement de la porte du bureau d'Adam, au siège de la société familiale.

— Oui. Dîner et film, répondit-il, en se reculant dans sa chaise pour s'étirer les deux bras au-dessus de la tête.

— Tu ressors avec Naomi ?

— Du tout, non, dit-il avec un petit rire. Elle me bat froid depuis que je l'ai obligée à écourter notre séjour à Miami.

— Alors avec qui sors-tu ?

— Je n'ai jamais dit que je sortais avec qui que ce soit. Je vais dîner en tête à tête avec Megan et l'emmener voir un film pour enfants. Je ne sais pas d'où vient cette croyance stupide qui veut que les hommes seuls avec enfant attirent les femmes comme des aimants. Crois-moi, c'est une vaste blague !

— Désolé, vieux, j'aimerais compatir, répondit son frère avec un sourire ironique, mais je crois que tu as eu plus que ta part de femmes au cours de ces dernières années. Mais ça reviendra, ne t'en fais pas. Il va juste falloir que tu apprennes à jongler entre le côté père et le côté séducteur de ton personnage.

— Peut-être. En tout cas, pour le moment, je préfère me concentrer sur le côté père.

— Bravo mon grand ! Et à ce propos, permets-moi de te dire que je trouve que tu fais de grands progrès. Lori m'a dit que Megan parlait maintenant de toi en t'appelant « mon papa », au lieu de dire « Adam », comme avant.

— Oui, enfin ! admit-il avec un soupir. Etant donné tout ce qui s'est passé au cours des six derniers mois, je suppose que je devrais m'estimer heureux que ça se passe aussi bien. Bref, pourquoi est-ce que tu voulais connaître mon emploi du temps pour samedi soir ?

Greg entra tout à fait dans le bureau pour venir se planter devant son frère, les mains dans les poches.

— Des amies de collège de Lori sont de passage en ville pour le week-end, alors elle a décidé d'en profiter pour faire un petit dîner à la maison.

— Petit, comment ? s'enquit Adam avec un froncement de sourcils méfiant.

— Cinq ou six personnes, pas plus.

— Sois plus précis, mon garçon. C'est cinq, c'est-à-dire un couple et trois célibataires ? Ou bien six, c'est-à-dire trois couples ?

— Pas de panique ! Lori ne t'a pas monté un traquenard, le rassura Greg avec un sourire goguenard.

— Tant mieux. Ce n'est pas parce que c'est plutôt calme ces temps-ci, côté bagatelle, que je ne suis pas capable de me débrouiller seul pour me trouver une fille !

— Il y aura sans doute trois filles et trois garçons, mais Lori et moi serons le seul couple. Ça dépend si Faith vient ou non.

— Faith ?

— Oui, Faith. Quand Lori l'a invitée, elle a aussitôt dit qu'elle garderait Matthew, mais Lori lui a expliqué qu'il n'aurait pas besoin d'être gardé, puisque nous serions tous là. A ce propos, amène donc Megan avec toi, elle pourra dormir à la maison.

— Alors tu crois que Faith va venir ?

— C'est difficile à dire, reconnut Greg avec une petite moue. C'est une drôle de fille, hein ? Je n'ai jamais rencontré quelqu'un de si peu intéressé par les choses matérielles. Lori passe son temps à essayer de lui donner des trucs, mais elle refuse toujours. Au début, j'ai cru que c'était par fierté, parce qu'elle ne voulait pas qu'on lui fasse la charité, mais maintenant je pense simplement qu'elle n'accorde vraiment aucune importance à la plupart des choses que les gens considèrent comme essentielles. Tu ne penses pas qu'elle pourrait être religieuse ?

— Religieuse ? C'est ridicule !

— Qu'y aurait-il de ridicule à ça ? Après tout, elle porte un bracelet sur lequel est brodé « Faith » et on a tous présumé que c'était son prénom. Mais rappelle-toi que ça signifie aussi « foi ». Bref, tu vois ce que je veux dire…

Non, Adam ne voyait pas. Il ne voulait même pas envisager une telle éventualité !

— Ça expliquerait pourquoi elle se moque de l'argent à ce point, continua son frère. Les religieuses font vœu de pauvreté, non ? Et regarde comme elle veut toujours aider les gens. Comme elle est simple et modeste dans ses goûts et dans son mode de vie et…

— Ça ne fait pas d'elle une religieuse pour autant, coupa Adam, refusant d'en entendre davantage.

Il regrettait que son frère n'ait pas gardé son idée pour lui. Il voulait bien admettre qu'il se trouvait peut-être en compétition avec un homme du passé de Faith. Mais l'affaire deviendrait infiniment plus compliquée, s'il s'avérait qu'elle avait fait vœu de chasteté !

Greg lui jeta un coup d'œil perplexe.

— Non, bien sûr. Ça ne prouve rien. Mais on pourrait toujours explorer cette piste. Il ne doit pas y avoir tant de couvents que ça, dans le coin.

— Et tu ne crois pas que si un membre d'une communauté religieuse quelconque avait disparu, ils auraient aussitôt prévenu la police pour lancer un avis de recherche ?

— Tu as raison…, admit Greg, songeur. Dis donc, vieux, s'exclama-t-il tout à coup, l'œil éclairé d'une lueur malicieuse, ce ne serait pas à cause de Faith que tu ne sors plus du tout, ces temps-ci ?

— Pourquoi est-ce que tu dis ça ?

— Juste à cause de quelque chose qu'a dit Lori.

— Et quoi ?

— Je ne sais plus, quelque chose sur la façon dont tu regardais Faith, quand tu pensais que personne ne te voyait. Tu sais, tous les trucs de filles auxquels on ne fait jamais attention, nous, les garçons, conclut-il avec un sourire.

Adam aurait dû se douter que sa belle-sœur avait remarqué qu'il avait du mal à détacher les yeux de Faith.

Il balaya la réflexion de son frère d'un petit rire désinvolte.

— On n'a même pas ouvert la bouche qu'elles savent déjà ce qu'on pense !

— Eh oui ! De toute façon, on ne peut pas vraiment dire que Faith corresponde à ton genre de femme.

— Pas vraiment, non.

— Je veux dire qu'elle aime cuisiner, qu'elle aime coudre, qu'elle aime les enfants. En somme, le genre de femme qu'on épouse, pas celui qu'on a l'habitude de voir sortir de chez toi le dimanche matin.

— Permets-moi tout de même de te faire remarquer qu'on n'a vu aucune fille sortir de chez moi un dimanche matin, depuis l'arrivée de Megan à la maison.

— Je le sais bien, vieux, et ça mérite un sacré coup de chapeau.

Adam accepta le compliment avec un hochement de tête.

— Bon, alors à quelle heure le dîner, samedi soir ?

— Ça veut dire que tu acceptes ?

Il faillit préciser : « Uniquement si Faith vient », mais il se reprit juste à temps.

— Bien sûr, pourquoi pas ?

— Parfait. Alors 20 heures à la maison. Est-ce que tu m'autorises à te donner un conseil, de frère à frère ?

— J'ai l'impression que tu vas le faire, de toute façon…

— Exact, reconnut Greg. Mais ça ne signifie pas pour autant que tu vas l'écouter ! Tu n'écoutes jamais les conseils que je te donne.

— Je te rappelle que c'est moi le grand frère… C'est donc moi qui devrais te donner des conseils et non l'inverse. Enfin, peu importe, qu'est-ce que tu voulais me dire ?

— Fais attention avec elle, Adam.

Il comprit qu'il était inutile de prétendre ignorer de qui son frère voulait parler.

— Voyons, c'est la baby-sitter de Megan !

— Ouais, je le sais. Mais je sais aussi comment tu réagis devant une jolie femme. Quant à elle, si elle est vraiment religieuse, elle n'a sans doute aucune expérience des hommes. Elle ne sait donc pas qu'ils disent souvent des choses qu'ils ne pensent pas.

— Arrête avec cette histoire de religieuse, tu veux bien ? s'impatienta Adam. En plus, figure-toi que, contrairement à ce que tu sembles croire, je ne promets jamais rien aux femmes que je ne puisse tenir. Ce qui explique sans doute en partie que je sois resté célibataire.

Greg tendit ses deux mains devant lui en signe de reddition.

— D'accord, vieux, désolé. Oublie ce que je viens de te dire.

— Il n'y a pas lieu d'être désolé. Je sais que Lori se sent très protectrice vis-à-vis de Faith, mais ne t'inquiète pas, je ne ferai jamais rien qui risque — par ricochet — de faire souffrir Megan.

— Non, bien sûr que non. Oublie ce que je viens de dire.

— C'est déjà oublié, le rassura Adam, tout en pensant que c'était plus facile à dire qu'à faire.

Ce qui le contrariait, ce n'était pas tant la mise en garde de son frère que le rappel que Faith eût pu choisir dans son passé une vie qui excluait les hommes.

Pendant le reste de la semaine, il essaya de ne pas penser à cette éventualité, mais sans succès. A tel point qu'il consacra un après-midi entier à appeler les congrégations religieuses de la région. Aucune n'avait constaté la disparition d'un de leurs membres.

Adam savait que cela n'excluait pas pour autant la possibilité que Faith eût pu appartenir à une congrégation d'une région plus éloignée. Ou même d'un autre pays.

Le samedi soir, lorsqu'en arrivant chez Greg et Lori il trouva la jeune femme dans le salon, vêtue d'une simple robe noire, il dut lutter pour ne pas l'imaginer en habit de religieuse. Surtout quand Greg lui demanda en passant près de lui, assez bas pour que lui seul l'entende, s'il ne trouvait pas « sœur Faith » bien jolie ce soir.

Il foudroya son frère du regard — en pure perte — et Greg reprit son rôle de parfait maître de maison pour proposer des boissons à ses invités.

Adam en profita pour faire un brin de conversation aux deux amies de Lori, qui se hâtèrent de l'informer qu'elles étaient toutes les deux célibataires.

Hélas pour elles, Adam n'avait d'yeux que pour une seule femme. La seule, justement, qui ne faisait aucun effort pour capter son intention.

Pendant toute la soirée, il l'observa à la dérobée

pour étudier son comportement. Lorsqu'elle ne baissa pas la tête pour prier en silence avant le repas, il considéra que c'était plutôt bon signe. Lorsqu'elle posa sa main au-dessus de son verre pour empêcher Greg de la servir en vin, cela lui parut en revanche mauvais signe.

— Vous ne buvez pas de vin du tout ? lui demanda-t-il.

— J'ai l'impression que je ne devrais pas.

— Ah, bon ? Et pourquoi ?

— Je ne sais pas, répondit-elle avec un léger haussement d'épaules. Mais ma première réaction a été de dire non. Comme si c'était la chose à faire.

« Parce qu'une religieuse n'est pas censée boire d'alcool », martela une petite voix dans la tête d'Adam.

— Vous n'allez même pas le goûter ? lui demanda Greg, qui tenait toujours la bouteille suspendue au-dessus de son verre.

A la surprise générale, la jeune femme retira sa main.

— Je pourrais aussi bien essayer, après tout.

— Vous pourriez, en effet, dit Greg, tout en échangeant avec son frère un coup d'œil rapide.

Adam attendit qu'elle ait bu la première gorgée.

— Alors ? Qu'en pensez-vous ?

— Je trouve ça très bon…

Il lui sourit, ignorant délibérément la petite voix qui lui murmurait qu'il était peut-être en train de corrompre une religieuse.

Un peu plus tard, lorsqu'elle eut terminé son verre, il se rendit compte au léger empâtement de sa voix qu'elle n'avait pas du tout l'habitude de boire.

Le reste de la soirée passa beaucoup trop vite à son goût et, malgré cette idée de célibat monastique qui le taraudait, il passa un excellent moment. Quand Lori lui demanda s'il pouvait reconduire Faith jusque chez les Carson, il accepta aussitôt.

Il envisagea un instant de faire un détour par l'église catholique du quartier pour voir si Faith ferait la génuflexion devant la statue de la Vierge Marie… Mais il dut y renoncer, lorsqu'il se rendit compte qu'elle dormait profondément.

En arrivant devant chez les Carson, il arrêta le moteur et se pencha sur la jeune femme endormie.

— Faith ? Faith ? appela-t-il d'une voix douce, jusqu'à ce qu'elle ouvre un œil.

— Oh…, gémit-elle d'une voix tout ensommeillée. Je crois que je n'aurais jamais dû boire ce vin. Ça m'a complètement sonnée.

— Avez-vous au moins passé une bonne soirée ?

lui demanda-t-il en souriant, son visage à quelques centimètres du sien.

— Très bonne. Et merci beaucoup de m'avoir raccompagnée, ajouta-t-elle d'une petite voix timide, en répondant à son sourire.

— J'avais une idée derrière la tête.

— Ah, bon ? Laquelle ? demanda-t-elle innocemment.

— Celle-ci, répondit-il en posant sa bouche sur la sienne.

Les lèvres de Faith s'entrouvrirent et le baiser léger se transforma aussitôt en une caresse impérieuse, passionnée, dont l'intensité les surprit tous les deux.

Lorsqu'il détacha ses lèvres des siennes, il se rendit compte qu'elle tremblait.

— Je ferais mieux de rentrer, murmura-t-elle, le souffle court.

Il la libéra à regret et descendit de voiture pour l'accompagner jusqu'à sa porte. Il s'apprêtait à l'embrasser une dernière fois, lorsque la lumière du porche s'alluma. Le Dr Carson ouvrit la porte et leur sourit.

— Je pensais bien avoir entendu une voiture s'arrêter devant la maison. J'espère que vous avez passé une bonne soirée, tous les deux.

— Excellente, répondit Adam. Alors bonsoir,

Faith, dit-il en se tournant vers la jeune femme. On se voit lundi.

Elle hocha la tête et entra. Après un petit salut amical de la main, Avery Carson referma la porte derrière elle.

Pendant tout le chemin du retour, une seule pensée obsédait Adam : pourvu qu'elle ne soit pas religieuse !

— Quelle riche idée d'utiliser tous ces vieux trucs pour en faire un patchwork ! s'exclama Lori un après-midi, tout en découpant avec ses ciseaux de petits morceaux d'étoffe dans de vieux vêtements ayant appartenu à Greg ou à elle.

— Que diriez-vous de ce motif? lui demanda Faith, en lui montrant plusieurs triangles disposés en rosace sur le sol.

— J'adore ! Quelle chance que je porte si volontiers du rouge et du violet ! Avec les bleus et les verts de Greg, ça forme un kaléidoscope tout à fait extraordinaire !

Faith s'assit sur ses talons pour admirer le résultat.

— Superbe… Et c'est un dessus-de-lit qui gardera toujours pour Matthew une valeur toute particulière. Parce qu'il saura que chaque morceau de ce patchwork aura été découpé dans un vêtement porté par son papa ou sa maman.

— A la vitesse où je vais, fit remarquer Lori en riant, il aura à peu près vingt ans quand on aura enfin terminé son couvre-lit ! Je suis désolée d'être si lente, mais c'est la première fois que je fais ce genre de chose. Pour vous, apparemment, ajouta-t-elle en souriant à Faith, ce ne doit pas être le cas. Vous avez vraiment un don étonnant.

— J'ai dû faire pas mal de couture, avant... Je me sens très à l'aise avec une aiguille et du fil. J'ai même impression d'avoir toujours fait du patchwork.

— Je ne crois pas qu'une seule de mes amies sache se servir d'une aiguille. Elles sont souvent plus à l'aise avec une courbe graphique ou un plan comptable.

Faith leva un sourcil perplexe.

— Vous vous demandez de quoi je parle, n'est-ce pas ?

Faith confirma d'un hochement de tête.

— Je doute que vous ayez jamais travaillé en entreprise, Faith. Une courbe graphique, c'est...

Elle s'arrêta net et haussa les épaules avec une petite grimace d'autodérision.

— A quoi ça vous avancerait de savoir une chose pareille ? Ces dernières semaines m'ont prouvé que ce n'était pas du tout ça l'important.

N'est-ce pas, mon trésor ? murmura-t-elle en se tournant vers le berceau avec un regard débordant d'amour.

— Vous adorez être mère, n'est-ce pas ?

— Oh, oui ! Et j'avoue que je m'imagine mal devoir quitter Matthew pour retourner travailler. Hélas, mon congé maternité passe si vite... Quelle horreur de penser qu'en juin, je serai déjà de retour au bureau !

— Je croyais vous avoir entendu dire que vous alliez pouvoir travailler depuis la maison ?

— En effet, mais il faudra tout de même que j'aille au bureau assez régulièrement. C'est pourquoi je vais avoir besoin que quelqu'un s'occupe de Matthew à ma place, pendant ce temps-là. J'aimerais tant que ce soit vous, Faith, ajouta-t-elle en posant une main sur le bras de la jeune femme. Je sais que ce job est censé être temporaire, mais ce serait tellement génial si vous pouviez rester, au moins jusqu'à la fin de l'été, ajouta-t-elle d'un ton plein d'espoir.

— Vous voulez dire pour m'occuper à plein temps de Matthew et de Megan ?

— Oui. D'autant plus que Megan sera bientôt en vacances. Bien sûr, j'augmenterai votre salaire à cause du surcoût de travail...

Faith resta silencieuse un instant, réfléchissant à l'offre de Lori. L'argent n'était pas du tout pour elle un facteur déterminant. Elle aimait travailler pour Lori et Adam, mais elle ne pouvait s'empêcher de se demander s'il serait bien honnête de sa part de s'engager avec eux pour tout l'été, alors qu'elle ignorait ce que le futur allait lui apporter.

— Je suis désolée, Faith, je ne voulais pas vous mettre au pied du mur.

— Non, ce n'est pas du tout ça, mais… En fait, commença-t-elle d'une voix hésitante, depuis le jour où les Carson m'ont retrouvée, j'ai commencé une nouvelle vie. Et, chaque jour qui passe, je me sens plus à l'aise avec la personne que je suis en train de devenir, moins inquiète à propos de la personne que j'ai pu être avant. Je… je ne sais pas si je m'exprime très clairement, s'excusa-t-elle après une courte pause.

— Mais si, Faith, dit Lori d'une voix douce. Je comprends très bien ce que vous voulez dire. Tout comme je comprends l'énorme problème que doit représenter pour vous le fait de ne pas savoir si vous avez ou non une famille quelque part.

Faith hocha lentement la tête.

— Peut-être que je pourrais vous aider à trouver une réponse à cette question…

— Comment ?

— Je ne sais pas exactement. Il doit y avoir un moyen de recomposer le puzzle. Parce qu'il s'agit vraiment d'un puzzle dont nous possédons déjà quelques pièces. Nous savons, par exemple, que de temps en temps vous parler allemand.

— Moi ?

— Oui, un mot ou une expression de temps en temps. Sans même vous en rendre compte, apparemment…

Faith acquiesça d'un nouveau hochement de tête.

— Attendez un instant, je crois que j'ai une idée.

Lori se leva et alla prendre sur son bureau un dossier cartonné dont elle sortit un article découpé dans une page de journal. Puis elle revint le donner à Faith.

— Ceci est un bateau que nous avons fabriqué pour l'un de nos clients allemands. Il nous a envoyé cet article paru dans le journal de sa région.

Faith regarda la page et y vit la photo d'un homme debout sur le pont d'un luxueux bateau de croisière.

— Pouvez-vous lire ce qui est écrit sous la photo ? lui demanda Lori.

— Bien sûr. Pas vous ?

— Non.

— Mais vous parlez une autre langue que l'anglais, pourtant ?

— Non. Uniquement l'anglais.

Faith lui rendit l'article de journal.

— Le Dr Carson m'a dit au début qu'il trouvait que j'avais parfois un léger accent. Vous croyez que l'anglais pourrait n'être que ma seconde langue ?

— Ce serait possible, en effet. Mais personnellement, je ne le crois pas. Je pense plutôt que vous pourriez avoir appris l'allemand à l'école. Ou bien avoir vécu avec quelqu'un qui parle allemand.

— Vous m'avez souvent dit que vous pensiez que je n'étais pas de la région.

— Ça ne signifie pas pour autant que je pense que vous n'êtes pas américaine. Ce n'est qu'une pièce du puzzle, Faith. Et plus vous nous en direz sur vous, plus nous serons à même de réunir d'autres pièces pour pouvoir former une image cohérente. Vous n'avez pas eu d'autres flashes de mémoire, récemment ?

— Non, juste ceux dont je vous ai parlé. Je fais un rêve, en revanche, qui revient de façon récurrente. Je suis perdue dans un grand champ de maïs, un peu comme dans un labyrinthe végétal et, juste au moment où je crois trouver le chemin de la sortie, j'entends des voix qui me préviennent que je vais avoir des ennuis. Des voix de garçons.

— Vous appellent-ils pas votre nom ?

— Non. Mais ils crient des phrases du style : « Tu ferais mieux de sortir maintenant, sinon tu vas le regretter. » Ou bien : « Il est vraiment furieux. »

— Qui est furieux ?

— Je ne sais pas.

— Et ces voix parlent allemand ou anglais ?

— Je n'en sais rien, non plus. J'ai l'impression, dans ce rêve, d'être une petite fille. Ça n'a pas beaucoup de sens, n'est-ce pas ?

— Les rêves ont rarement un sens évident. En tout cas, pas les miens, et je peux vous dire que j'en ai eu de très bizarres. Par contre, je trouve intéressant que vous rêviez d'un champ de maïs.

— Vous pensez que ça signifie que j'ai vécu dans une ferme ?

— Ce n'est pas la seule chose qui m'y fasse penser. L'autre jour, pendant que vous étiez en train de lire à Megan son livre sur les animaux de la ferme, vous avez fait des commentaires qui donnaient vraiment l'impression que vous aviez de l'expérience dans ce domaine. Et puis la façon dont vous cuisinez me rappelle une amie de maman, Martha Bering. Pour elle, le terme « conserve » signifie uniquement les fruits et légumes qu'elle met elle-même en bocaux. Et pas du tout les boîtes qu'on achète au supermarché. Elle est aussi la seule autre personne que j'ai jamais vue cuisiner avec du lard.

Elle garda le silence un moment.

— Je ne sais pas pourquoi je fais les choses comme je les fais… Si seulement, ajouta-t-elle en se tapotant le crâne avec une main, ça pouvait se remettre en place là-dedans.

— Vous y arriverez, assura Lori. Comme je vous l'ai déjà dit, je vais vous y aider. Nous allons continuer à assembler les pièces du puzzle, jusqu'à ce qu'elles forment une image cohérente et nous indiquent l'endroit d'où vous venez.

— C'est peut-être loin d'ici.

— Peut-être. Mais ça ne veut pas dire que vous allez nécessairement repartir. Il est tout à fait possible que vous ne vouliez pas retourner à votre vie d'avant.

C'était une possibilité que Faith commençait à envisager depuis quelque temps. Ne serait-ce que parce qu'il était beaucoup plus facile — sur le plan émotionnel — de considérer son passé comme quelque chose qu'elle avait volontairement quitté, plutôt que de se demander si elle en avait été arrachée contre sa volonté.

En tout cas, tout au fond de son cœur, elle avait la certitude que jamais elle n'aurait abandonné ses enfants, si difficile qu'ait pu être la situation.

— Vous avez raison. Je ne peux pas continuer indéfiniment à repousser les décisions, en espérant chaque jour que je vais me réveiller en ayant retrouvé la mémoire.

— Vous voulez dire que vous acceptez de vous occuper de Matthew, quand je vais recommencer à travailler ?

— Oui.

Chapitre 12

Pour le grand bonheur de Faith, les pluies d'avril firent éclore des fleurs en mai. Dans le jardin de Lori, les touches multicolores des plates-bandes formaient un contraste ravissant avec le vert tendre du gazon et des premières feuilles des arbres. La température plus douce lui permettait d'emmener les enfants pour de longues balades dans le parc boisé et Megan pouvait faire voler son cerf-volant.

Depuis qu'elle avait commencé à travailler pour les Novak, elle avait été traitée davantage comme un membre de la famille que comme une employée. Ce à quoi elle était d'autant plus sensible que rien ne lui permettait d'espérer la fin de son amnésie.

La liste des indices avait beau s'être allongée, elle n'avait pas encore trouvé de réponse à la question de savoir qui elle était ni d'où elle venait.

Ses flashes de mémoire avaient brusquement cessé, le dernier s'étant produit plus d'un mois auparavant, alors qu'elle était en train d'aider Lori à ranger les vêtements du bébé.

Elle venait de monter l'escalier en courant pour les déposer dans la chambre de Matthew. Elle s'était arrêtée sur le palier du premier, fermant les yeux, le temps de reprendre sa respiration, quand une image surgit dans son esprit. Celle d'une petite chambre sombre, dont le mobilier de bois brut se limitait à un lit, une commode, une table et une chaise. Le lit était recouvert d'un couvre-lit en patchwork dans un camaïeu de bleu marine et de vert foncé. Les rideaux bleu marine, eux aussi — fixés au mur par une simple corde —, et la peinture grise des murs renforçaient encore l'impression de tristesse et d'austérité qui se dégageait de la pièce.

Dès que Faith rouvrit les yeux, l'image disparut. La jeune femme ne put réprimer un frisson, espérant de tout cœur que cette chambre sinistre — en contraste si saisissant avec l'atmosphère lumineuse et colorée de la maison de Greg et Lori — n'avait pas été la sienne.

Lori avait aussitôt essayé de l'aider à retrouver d'autres détails, mais sans le moindre succès.

Faith finissait par se demander si le Dr Carson ne s'était pas trompé, en affirmant qu'elle était sur la voie de la guérison. Elle avait entendu parler de cas d'amnésie qui avaient duré jusqu'à quinze ans.

Cette perspective l'effrayait et, pourtant, elle savait qu'elle devait se préparer à devoir affronter un pareil cas de figure.

Lorsqu'elle avait découvert qu'elle souffrait d'amnésie, elle avait d'abord pensé que ce problème serait réglé en quelques jours tout au plus. Mais les jours s'étaient transformés en semaines et les semaines en mois. Elle commençait à redouter que les mois, à leur tour, ne se transforment en années.

Mais elle avait décidé que, quoi qu'il advienne, elle ne voulait plus vivre dans la peur de ce qui avait pu exister dans son passé.

D'ailleurs, si elle considérait le côté positif des choses, il fallait bien reconnaître que le temps qui passait présentait au moins un avantage. Maintenant, le matin, lorsqu'elle se regardait dans la glace de sa salle de bains, ce n'était plus une inconnue qui lui faisait face, mais une femme qui s'appelait Faith et qui avait une histoire. Une histoire très courte, bien sûr, mais une histoire tout de même.

La seule vie dont elle pouvait se souvenir était celle qu'elle s'était créée en tant que survivante de son accident. Elle ignorait quel genre de femme elle avait été dans sa vie antérieure, mais plus le temps passait, moins cela lui posait problème.

Pourtant, ce soir, tandis qu'elle regardait Megan jouer dans le jardin avec deux de ses amies, elle aurait tant aimé pouvoir se dire que, dans un an, elle serait encore assise à cette même place, sous la véranda, en train de regarder Megan jouer à la marelle.

En très peu de temps, la petite fille était devenue pour elle une part si importante de sa vie que l'éventualité de ne pouvoir continuer à la voir grandir lui semblait une perspective bien triste.

La voix grave d'Adam la tira de ses pensées moroses.

— Il y a quelque chose qui ne va pas ?

— Non, pourquoi ?

Il vint s'asseoir à côté d'elle sur la balancelle de bois.

— Vous aviez l'air songeur, voilà tout.

— D'où arrivez-vous ? lui demanda-t-elle, plutôt que de lui dire ce à quoi elle pensait. Je croyais que vous deviez travailler tard, ce soir…

— Il faisait bien trop beau pour passer la soirée à travailler, répondit-il, tout en posant un bras sur le dossier de la balancelle, derrière le dos de la jeune femme. Je comptais emmener Megan dîner en ville, voulez-vous vous joindre à nous ?

C'était une question tout à fait superflue. Il

le savait aussi bien qu'elle. Ils avaient beau tous les deux s'obstiner à prétendre le contraire, il devenait de plus en plus évident que l'attirance qu'ils éprouvaient l'un pour l'autre devenait chaque jour plus forte. Plus irrépressible.

— Merci de votre proposition, mais il faut que j'y aille.

Elle allait se lever pour partir, mais il la retint par le bras.

— Ne fuyez pas tout le temps, Faith, dit-il d'une voix sourde.

— Je passe déjà beaucoup trop de temps ici, murmura-t-elle en baissant les yeux, parce qu'elle ne pouvait soutenir l'intensité de son regard.

— Au contraire, vous n'en passez pas assez. Megan m'a d'ailleurs demandé hier soir si vous ne pourriez pas venir vous installer avec nous.

— Nous avons passé l'âge de jouer au papa et à la maman, répondit-elle, tout en observant Megan qui semblait chercher quelque chose, accroupie au milieu de la pelouse.

— N'est-ce pas pourtant ce que nous sommes en train de faire en ce moment même… sans toutefois profiter pleinement de tous les avantages de la situation ?

Faith sentit aussitôt son visage s'empourprer. Heureusement, Megan fit diversion en arrivant vers eux en courant, les mains tendues devant elle, fermées sur quelque chose.

— J'en ai trouvé un, j'en ai trouvé un ! cria-t-elle d'une voix triomphante, en atteignant les marches de la véranda, ses deux amies sur les talons. Regarde, papa, j'ai trouvé un trèfle à quatre feuilles !

Adam examina la petite pousse verte avec un hochement de tête impressionné.

— Bravo, ma puce ! Moi, je n'en ai jamais trouvé.

— Alors, maintenant, je peux faire un vœu et il sera exaucé, c'est bien ça ?

— Je n'en sais trop rien, ma puce. Les trèfles à quatre feuilles sont censés porter chance. Non permettre de faire un vœu.

Le petit visage de Megan se rembrunit tout à coup.

— Mais maman m'a toujours dit que, si j'avais la chance de trouver un trèfle à quatre feuilles un jour, alors je pourrais faire tous les vœux que je voudrais et qu'ils se réaliseraient. Et moi, j'en voudrais qu'un seul, de vœu, alors…

Les deux petites filles pouffèrent de rire derrière elle.

— Nous, on sait lequel c'est, dit la plus petite des deux.

Megan se tourna vivement vers elle avec un doigt sur la bouche.

— Chut ! Il faut pas dire les vœux, sinon ils se réalisent pas !

— Eh ben, c'est toi qui aurais pas dû nous le dire, répliqua la petite fille du tac au tac.

— Je leur ai pas dit à eux, se défendit Megan, en désignant du doigt son père et Faith.

Puis, se rendant compte qu'elle venait de se trahir, elle leva les yeux au ciel.

— Zut de zut ! Maintenant il va falloir que je trouve un autre vœu !

Nullement découragée pour autant, elle repartit en sautillant vers le bas du jardin, suivie par ses deux amies.

Adam fixa le trèfle posé dans sa main.

— C'est peut-être bon signe, murmura-t-il avec un sourire.

— Allons donc ! s'exclama Faith, vous n'allez tout de même pas me dire qu'un ingénieur aussi sérieux que vous croit à ce genre de choses ?

— En tout cas, ça ne peut pas faire de mal de mettre ça dans mon portefeuille, non ? Ou bien peut-être aimeriez-vous le garder pour vous, proposa-t-il, en le lui tendant.

— Non. Gardez-le. C'est à vous que Megan l'a donné. Et moi, il faut vraiment que j'y aille.

Cette fois-ci, il ne l'empêcha pas de se lever.

— Avant que vous ne partiez, je voulais vous parler de quelque chose : l'anniversaire de mon grand-père tombe le dernier week-end de juin. Chaque année, on en profite pour se retrouver tous en famille chez lui et j'aimerais beaucoup que, cette année, vous veniez avec Megan et moi.

— Samedi ou dimanche ?

— En fait, ça dure tout le week-end.

— Je ne voudrais pas m'immiscer dans une réunion familiale.

— Oh, ne vous inquiétez pas pour ça ! Quand vous verrez le nombre de bateaux, vous comprendrez que ça ne pose vraiment aucun problème !

— Des bateaux ?

— Oui, des bateaux. La maison de mon grand-père a beau être grande, presque tous les membres de la famille préfèrent profiter de l'occasion pour passer le week-end sur la rivière.

— Alors je dormirai sur votre bateau ?

— Oui.

— Avec Megan et vous ?

— Oui.

Elle avait déjà vu le bateau d'Adam. Elle trouvait que, en fait de bateau, il s'agissait plutôt d'un luxueux appartement flottant. Un appartement très intime. Il lui paraissait donc plutôt délicat de passer un week-end entier dans de telles conditions de proximité.

Pendant qu'elle réfléchissait pour savoir s'il serait bien raisonnable d'accepter cette invitation, elle entendit résonner dans sa tête une voix de femme.

« Suis ton cœur et laisse Dieu seul juge. »

Elle ferma les yeux aussitôt, dans l'espoir de pouvoir mettre un visage sur cette voix. Mais sans succès.

Son cœur lui dictait justement d'accepter l'invitation. Alors, avant de perdre son courage, elle répondit d'une voix qu'elle espérait calme :

— Ça me ferait très plaisir de passer ce week-end sur votre bateau avec Megan et vous.

Le vendredi précédant l'anniversaire de Robert Novak, Adam se fit arrêter pour excès de vitesse en rentrant du bureau. A la grande surprise du policier, il paya son amende avec un large sourire. La seule chose qui lui importait, c'était qu'il allait passer chaque minute du week-end à venir, avec Faith, sur son bateau.

Il voyait l'acceptation de son invitation comme le signe qu'elle était enfin prête à accepter que leur relation passe à un stade supérieur.

L'évocation d'une telle possibilité fit brusquement s'accélérer son rythme cardiaque et il se rendit compte, avec un petit sourire d'autodérision, qu'il se sentait vraiment aussi ému qu'un adolescent avant son premier rendez-vous. Ce qui lui paraissait d'autant plus surprenant qu'il n'aurait jamais imaginé qu'une jeune femme aussi timide et réservée que Faith puisse éveiller en lui de tels sentiments.

Lorsqu'il arriva devant chez lui, il trouva la jeune femme et Megan assises côte à côte sur les marches de la véranda. Il s'arrêta un instant à la barrière pour les observer.

— Maintenant, il ne faut plus bouger du tout, entendit-il sa fille déclarer d'un ton autoritaire.

Elle s'apprêtait à appliquer du vernis à ongles sur les mains de Faith.

— C'est promis, je ne bouge plus. Mais, dis-moi, comment s'appelle cette couleur ?

— Rose passion ! déclama la petite fille d'une voix théâtrale.

« Vaste programme, pensa Adam. Et qui semble tout indiqué pour le week-end ! »

Faith eut un petit rire qui s'arrêta aussitôt devant le « bouge pas ! » péremptoire de sa manucure.

A cet instant, Adam poussa la barrière et les deux têtes blondes se tournèrent vers lui d'un seul mouvement.

— Vous êtes là bien tôt, fit remarquer Faith.

— Qu'est-ce que vous faites dehors par une chaleur pareille, alors que vous seriez si bien à l'intérieur avec l'air conditionné ? dit-il en venant les rejoindre.

— On met du vernis sur nos ongles pour être belles pour la fête de grand-père, répondit Megan. Regarde un peu cette belle couleur ! ajouta-t-elle, en soulevant la main de Faith pour la lui faire admirer.

— Très jolie...

— J'ai pensé qu'on pourrait partir tôt, pour essayer d'éviter le plus gros des embouteillages.

— Alors ça veut dire qu'on va dormir sur le bateau ? demanda Megan, les yeux écarquillés d'excitation.

— Tout à fait. Avouez qu'il fait un temps de rêve, non ? Combien de temps vous faut-il pour être prêtes, toutes les deux ?

Faith leva sa main qui n'était pas vernie.

— Juste le temps pour Megan de finir cette main-là... Et pour moi, de changer de vêtements.

Il jeta un coup d'œil approbateur au short et au T-shirt qu'elle portait.

— Ce que vous portez est parfait. J'espère que vous n'avez pas oublié de prendre un maillot de bain. Vous en avez un, n'est-ce pas ?

— Ouais, répondit Megan à sa place. C'est Lori et moi qui l'avons aidée à le choisir. Il est trop beau !

La fillette reporta ensuite son intention sur la manucure en cours, pendant que des images de Faith en maillot de bain dansaient dans la tête d'Adam.

— Le problème, dit Faith, c'est que je ne suis pas du tout sûre de savoir nager.

— C'est pas grave, la rassura Megan, tu pourras toujours barboter dans l'eau avec moi.

— Mais oui, ne vous inquiétez pas, on ne vous laissera pas couler, hein, Megan ?

— Bien sûr que non ! Moi, je nage très bien. Et puis tu verras, c'est supersympa de dormir sur le bateau. Et c'est trop top que tu viennes avec nous !

Ce que pensait Adam devait se lire dans ses yeux, parce qu'il vit Faith rougir avant de détourner précipitamment les yeux.

— N'oublie pas ton chapelet, dit alors Megan.

Adam se figea, repensant à la question de son frère. Tu ne crois pas qu'elle pourrait être religieuse ?

Pendant des semaines, il avait réussi à repousser cette idée dans un coin de sa tête, parce qu'il refusait purement et simplement de la considérer comme une éventualité possible. Mais, maintenant, en voyant le chapelet posé par terre à côté de Faith, il ne pouvait plus continuer à jouer les autruches.

— D'où vient ce chapelet ? lui demanda-t-il sèchement.

— C'est l'une des bénévoles de l'hôpital qui les fabrique, répondit Faith. Elle m'en a donné un...

— Pourquoi ? Vous êtes catholique ?

— Je n'en sais rien. Je suppose que je pourrais l'être. Je suis chrétienne, en tout cas. D'abord, parce que j'ai l'impression de connaître un peu la Bible. Ensuite, parce que certains de mes flashes de mémoire avaient des connotations religieuses.

— Faith va dormir avec moi dans ma chambre, sur le bateau ? demanda Megan, ramenant la conversation sur le week-end à venir.

Adam se rendit alors compte que, s'il avait envisagé la possibilité que Faith finisse par dormir ailleurs, cette éventualité se trouvait reléguée aux oubliettes à cause de ce fichu chapelet. Par ailleurs, l'honnêteté l'obligeait à reconnaître que la question de savoir où elle allait dormir avait visiblement rendu Faith très mal à l'aise.

— On verra ça, quand on sera sur le bateau, finit-il par répondre sa fille.

— Ça va être supergénial ! Et on va aussi pique-niquer à bord, pour le dîner ?

— Bien sûr, ma puce. Je comptais m'arrêter chez le traiteur sur le chemin de la marina.

En arrivant sur le bateau, ils dînèrent en effet d'un assortiment de viandes froides, de fromages et de fruits. Puis Adam leva l'ancre, aidé à la manœuvre par Megan, qui prenait très au sérieux son rôle de premier mousse. Ils allèrent mouiller pour la nuit devant la maison du grand-père Novak et restèrent sur le pont pour admirer le coucher de soleil, jusqu'à ce que les moustiques les obligent à rentrer dans le carré. Après une partie de petits chevaux que Megan remporta, ils dégustèrent les crèmes glacées qu'Adam avait apportées dans un emballage isotherme, tout en écoutant le CD de la bande originale du film préféré de Megan. Lorsqu'elle s'endormit sur le canapé, Adam la porta jusqu'à sa cabine, à l'arrière du bateau.

Faith le suivit.

— Vous n'êtes pas du tout obligée de dormir avec elle, vous savez ? Vous pouvez prendre mon lit. Moi, je dormirai sur le canapé, précisa-t-il devant son regard soupçonneux. Il se transforme en lit. Vous devriez vraiment accepter mon offre, ajouta-t-il en la voyant hésiter. Lori m'a dit que Megan gigote comme une possédée, quand elle dort.

— Vous êtes sûr que ça ne vous dérange pas ?

— Non. Pas le moins du monde. Je préfère sincèrement que vous preniez le lit.

Il s'abstint de préciser qu'il aurait surtout sincèrement préféré qu'elle le partage avec lui.

Il la conduisit jusqu'à la cabine principale, lui montrant au passage où se trouvait la douche, comment utiliser la radio et régler l'air conditionné, si la température lui semblait trop fraîche.

Elle regarda le grand lit double d'un air dubitatif.

— Vous ne croyez pas qu'il vaudrait mieux que ce soit moi qui dorme sur le canapé, et vous, ici ? Je n'ai pas besoin d'un lit aussi grand.

Cela faisait des semaines que cette question restait en suspens entre eux. Et ce soir, apparemment, ils allaient enfin pouvoir la résoudre. Il avait envie d'elle. Sans doute davantage qu'il avait jamais eu envie d'aucune autre femme. D'ailleurs, il n'avait jamais attendu si longtemps avec une telle patience. Mais il en avait assez d'attendre. Assez de passer ses nuits sans dormir, parce qu'il pensait à elle.

Il avait connu suffisamment de femmes pour savoir quand elles partageaient ses sentiments. Il était donc certain que Faith avait envie de lui au moins autant qu'il avait envie d'elle. Il avait longtemps attendu qu'elle fasse le premier pas, mais elle ne l'avait pas fait. Et plus le temps passait, plus il se rendait compte qu'elle était bien trop timide pour s'y résoudre. Alors il décida de l'aider un peu.

— C'est bien d'avoir un grand lit, si on le partage avec quelqu'un, dit-il d'un ton qui ne laissait aucun doute sur ce qu'impliquait sa phrase.

Et sans lui laisser le temps de répondre ou de réagir, il l'attira vers lui et l'embrassa avec toute la passion qu'il avait eu tant de mal à garder sous contrôle. Il sentit son corps trembler de désir, tandis que ses mains caressaient sa chair chaude. Chaque baiser était plus intense et plus long que le précédent, jusqu'à ce qu'ils se retrouvent tous les deux hors d'haleine. Quand il détacha ses lèvres des siennes, elle dut s'agripper à lui pour ne pas perdre l'équilibre.

Alors, d'un mouvement fluide, il la fit basculer en arrière et s'allongea sur elle.

— Tu es si belle, murmura-t-il, avant d'écraser de nouveau ses lèvres sur les siennes.

Lorsqu'il commença à déboutonner son chemisier, elle poussa une petite exclamation étouffée.

Il releva la tête.

— Oui ou non ? demanda-t-il simplement.

— Oui, répondit-elle dans un souffle, c'est

juste que… je ne pense pas avoir fait ça auparavant…

Cela lui fit l'effet d'un seau d'eau froide en pleine figure. Il roula sur le côté pour se retrouver sur le dos, un bras replié sur les yeux. D'un seul coup, tous ses doutes lui revinrent.

Ils demeurèrent ainsi un long moment côte à côte, sans parler. Il gardait les yeux rivés au plafond et un coup d'œil de côté lui permit de voir que Faith le regardait fixement.

Ce fut elle qui parla la première.

— Ce n'est pas que je ne trouve pas ça agréable. Au contraire, c'est très agréable. Et j'en ai très envie, admit-elle après une courte pause. Vraiment très. C'est juste que… je ne pense pas l'avoir fait avant.

Adam pensa que, avec n'importe quelle autre femme, il aurait eu de sérieux doutes sur la sincérité d'une telle déclaration. Mais pas avec Faith. Elle disait la vérité. Pour lui, cela ne faisait pas l'ombre d'un doute.

Il se pencha sur elle, lui effleura les lèvres d'un baiser léger et quitta sa cabine.

Faith savait qu'il y avait bien peu de chances que Lori ne se soit pas déjà rendu compte qu'elle était en train de tomber amoureuse d'Adam. Surtout depuis l'anniversaire de Robert Novak.

Bien qu'elle n'en ait jamais parlé directement, Lori avait laissé entendre qu'elle était consciente de ses sentiments. Mais maintenant qu'ils avaient passé le week-end ensemble sur le bateau d'Adam, Faith s'attendait à ce que la jeune femme entame la conversation à ce sujet, la prochaine fois qu'elles se rencontreraient.

Lorsqu'elle entra dans le salon de Lori, le lundi matin, cette dernière l'accueillit avec sa gaieté habituelle.

— Je ne m'attendais pas à vous voir aujourd'hui, lui dit-elle, en tapotant le canapé sur lequel elle était installée avec Matthew pour lui faire signe de venir les rejoindre.

Faith vint embrasser le bébé, puis s'installa à côté d'eux, ses jambes repliées sous elle.

— Je viens de déposer Megan à l'anniversaire de son amie Emily, dit-elle. Alors j'ai pensé que je pouvais en profiter pour passer voir si vous aviez besoin d'un peu d'aide.

— Tout à fait. J'ai besoin d'une opinion !

Faith jeta un coup d'œil au magazine que Lori était en train de feuilleter.

— Pour une robe de mariée ? s'étonna-t-elle.

— Pour une robe de demoiselle d'honneur, la corrigea Lori en riant. Ma sœur se marie prochainement. Elle m'a demandé de faire partie du cortège de ses demoiselles d'honneur, avec trois de ses amies. J'ai trouvé ça adorable de sa part, mais le problème, c'est qu'elle s'est mis dans la tête de nous faire porter des robes épouvantables ! J'ai une photo du modèle quelque part, je vous montrerai. Croyez-moi, une catastrophe absolue pour la silhouette ! Surtout pour la silhouette d'une jeune accouchée, ajouta-t-elle avec une grimace comique. Bref, elle a consenti à me laisser chercher une tenue dans laquelle je me sentirais à peu près à l'aise. D'où cette pile de documents passionnants à consulter…, conclut-elle, en montrant la demi-douzaine de magazines empilés à côté d'elle.

— Je vois. Je suppose qu'il y a une obligation de couleur.

— Oui, rouge. Elle se marie le jour de la Saint-Valentin et elle a décidé que ce devait être un mariage romantique.

— Les mariages le sont en général, non ? dit Faith avec un soupir. Et vous, vous avez eu un grand mariage ?

— Du tout. Nous nous sommes mariés sur un bateau de croisière.

— Vous plaisantez ?

— Non ! C'était même une fête très sympa. A propos de fête très sympa… J'ai l'impression qu'Adam et vous, vous vous êtes bien amusés à l'anniversaire de grand-père.

— Oui, reconnut Faith un peu gênée, furieuse de se sentir rougir comme une petite fille.

— Je vous en prie, il n'y a vraiment aucun problème à ce que vous sortiez avec mon beau-frère, Faith.

— Nous ne sortons pas ensemble.

— Non ? Appelez ça comme vous voulez, dit-elle avec un petit haussement d'épaules, mais je crois que vous vous faites, tous les deux, de douces illusions, si vous vous figurez que vous êtes juste des amis.

— Vous ne pensez pas que ce serait de la folie de ma part ?

— Mais pas du tout, voyons ! Adam est un type génial. Il travaille trop, c'est une affaire entendue. Mais vous aussi, alors ça ne devrait pas poser trop de problèmes.

— Mais… j'ignore toujours qui je suis !

— Bien sûr que non. Vous êtes Faith : une femme pleine de bonté et de compassion, qui s'entend merveilleusement bien avec les enfants. La seule chose que vous ignorez, c'est ce qui est arrivé dans votre passé.

— J'ai peut-être eu un mari, murmura-t-elle d'une voix hésitante.

Quoique, après son week-end sur le bateau, elle eût maintenant de sérieux doutes.

— Ça me paraît tout à fait impossible.

— Et pourquoi ?

— Parce que cet homme aurait déplacé des montagnes pour retrouver une femme telle que vous, répondit-elle, en lui posant une main sur le bras en un geste plein d'affection. Rendez-vous compte que ça fait au moins quatre mois que vous avez disparu. Peut-être davantage…

Faith eut un soupir désabusé.

— Je commence à me demander si ma mémoire va revenir un jour.

— Alors permettez-moi de vous donner un conseil. Jusqu'à ce qu'elle revienne, profitez donc de votre vie en tant que Faith.

La jeune femme se dit que le conseil de Lori était frappé au coin du bon sens. Elle prit donc la ferme résolution de le suivre, à partir de cet instant même.

Adam se rendait en voiture à Rochester pour rencontrer un couple de clients afin de discuter avec eux des plans de leur futur yacht, lorsqu'il reçut un appel téléphonique de Lori.

— Tu es déjà arrivé ? lui demanda-t-elle.

— Pratiquement, oui. Pourquoi ? Le client n'a pas annulé son rendez-vous, j'espère ?

— Non. Ce n'est pas du tout pour ça que je t'appelle. J'ai vu hier soir un documentaire à la télévision auquel je n'arrête pas de repenser depuis.

— A propos de quoi ?

— A propos des communautés amish. C'était tout simplement fascinant. Leur façon de vivre, leurs croyances…

— Je n'en doute pas un instant, mais quel rapport avec mon arrivée à Rochester ?

— Eh bien, les amish du Minnesota vivent juste au sud de Rochester, entre Canton et Harmony.

— Et…

— Ecoute, Adam, je sais que ça va sans doute te paraître farfelu, mais plus je regardais ce programme hier soir, plus je me suis demandé si Faith n'était pas amish.

— Tu penses que Faith pourrait l'être ?

— Oui, je trouve qu'elle a beaucoup de points en commun avec eux.

— Quoi, par exemple ?

— D'abord, ils parlent allemand chez eux.

— Ça ne fait pas d'elle une amish pour autant.

— Non. Mais je t'assure que, si tu avais vu la

description que ce documentaire faisait de leur mode de vie, tu comprendrais ce que je veux dire. Par exemple, comme eux, elle ne conduit pas. Et rappelle-toi aussi, quand elle a commencé à travailler avec nous, à quel point elle semblait peu au fait des technologies modernes. Elle ne savait même pas se servir d'un ordinateur. Par ailleurs, il est évident qu'elle a reçu une éducation religieuse très forte.

La phrase de Greg résonna aussitôt dans la tête d'Adam.

« Tu ne penses pas qu'elle pourrait être religieuse ? »

— Au moins, si elle est amish, ça signifie qu'elle n'est pas religieuse. Contrairement à ce que pensait Greg. Les femmes amish ne sont pas vouées au célibat, n'est-ce pas ?

— Non. Mais je pense qu'il est certainement beaucoup plus facile d'obtenir d'une religieuse qu'elle quitte son couvent que d'une femme amish qu'elle quitte sa communauté.

Ce n'était pas du tout ce qu'Adam avait envie d'entendre.

— Tu as parlé de ce documentaire à Faith ?

— Non. Je vais la voir ce matin. Mais je pensais que, puisque tu es dans le coin, tu pourrais en profiter pour t'y arrêter et te renseigner un peu.

— Auprès de la police ? Tu sais bien que les Carson ont vérifié, tout de suite après avoir conduit Faith à l'hôpital. Et que la police a déclaré qu'il n'y avait eu aucun avis de recherche pour tout le Minnesota.

— Je sais, oui. Mais les amish ne sont pas comme nous, Adam. Ce sont des gens qui vivent en circuit fermé.

— Si c'est le cas, alors comment puis-je espérer obtenir des renseignements ?

— Je n'en sais rien. J'ai juste pensé que tu pourrais aller farfouiller un peu dans le coin.

— Je verrai en fonction du temps qui me restera après mon rendez-vous.

— D'accord. En tout cas, moi, il faut que je te laisse. Le bébé commence à s'agiter. Appelle-moi, si tu trouves quoi que ce soit.

Adam pensa d'abord attendre, avant de se lancer dans des recherches auprès de la communauté amish, mais lorsqu'il eut terminé son rendez-vous à Rochester, il se rendit compte qu'il avait pris l'autoroute 52 vers le sud et non pas vers le nord.

Il avait appris de ses clients que la communauté d'Harmony était celle dans laquelle les amish faisaient la plupart de leurs transactions commerciales. Lorsqu'il s'engagea dans la rue principale, il eut l'impression de se trouver dans n'importe quelle petite ville du Middle West. Des petites boutiques un peu vieillottes étaient alignées les unes à côté des autres.

Il se gara devant un magasin de souvenirs, descendit de voiture et entra.

Il crut tout d'abord que le magasin était vide, puis il aperçut un petit homme assis au bout du comptoir. A voir son visage ridé, Adam pensa qu'il devait avoir à peu près l'âge de son grand-père. L'homme leva la tête en l'entendant entrer, plissa les yeux pour mieux le voir et le salua d'un hochement de tête, avant de reporter son attention sur ce qu'il était en train de faire. Apparemment resserrer les vis d'une paire de lunettes, si l'on en jugeait par le minitournevis qu'il tenait à la main.

Adam promena un regard circulaire autour de lui. Il vit tout un assortiment de couvre-lits en patchwork, de paniers d'osier et d'accessoires de cuisine de bois, tous réalisés par des artisans amish. Il s'approcha d'une étagère de livres et y prit un ouvrage consacré à l'histoire des amish dans le Minnesota, qu'il commença à feuilleter.

— Si la communauté amish vous intéresse, vous devriez faire l'excursion, suggéra le petit homme depuis son comptoir.

Adam se tourna vers lui.

— Vous devez bien connaître les amish, si vous faites des affaires avec eux.

— Autant qu'un étranger à leur communauté peut les connaître. Ce sont des gens qui vivent très repliés sur eux-mêmes.

— Et pourtant, ils vous autorisent à organiser des excursions sur leur territoire ?

— C'est un arrangement commercial. Ils fabriquent beaucoup d'objets artisanaux qu'ils ont besoin de vendre.

— Je vois ça.

— Ceci n'est qu'une partie de ce qu'ils produisent. Si vous faites l'excursion, vous verrez ce que je veux dire, ajouta-t-il avec un petit sourire malicieux.

— Combien de temps est-ce que ça prend ?

— Environ deux heures. Vous voulez prendre une réservation ?

— C'est nécessaire ?

— Bien sûr.

Le petit homme reposa son tournevis et souleva les lunettes pour les examiner, avant de se les remettre sur le nez.

— C'est quinze dollars, si vous faites l'excursion dans notre minibus ; trente, si vous voulez que je vous accompagne dans votre voiture. Quel genre de voiture est-ce que vous avez ?

— Un 4x4.

Le petit homme s'avança jusqu'à la fenêtre pour jeter un coup d'œil à l'extérieur.

— Bel engin. Dommage que je sois déjà pris tout l'après-midi. J'aurais bien aimé voyager dans ce truc.

Il retourna consulter son livre de réservation sur le comptoir.

— Je pourrais vous prendre demain matin, si vous voulez.

— Il ne vous reste plus rien pour aujourd'hui ?

— Désolé, je suis complet. C'est la pleine saison touristique, vous savez.

Adam balaya du regard la boutique vide, mais ne fit aucun commentaire.

— Je ne suis que de passage. Je repars ce soir.

— Alors vous allez devoir vous contenter d'un livre, conclut le petit homme avec un haussement d'épaules, regrettant visiblement la balade en voiture.

Adam posa sur le comptoir le livre qu'il avait choisi et sortit son portefeuille de sa poche pour payer.

— Je suppose que vous connaissez la plupart des gens du coin ? demanda-t-il au vieil homme, pendant qu'il préparait la monnaie.

— Quelques-uns, en tout cas.

— Je cherche quelqu'un. Une femme.

— Vous m'étonnez, répondit le petit homme avec un sourire malicieux, tout en mettant le livre dans un sac en papier. Et vous pensez qu'elle est amish ?

— Oui, d'ailleurs j'ai une photo d'elle…

Il en avait une, en effet, qu'il avait sortie d'un paquet de photos récemment développées et qu'il promenait depuis dans son portefeuille.

Le vieil homme tendit une main devant lui et remua la tête en signe de dénégation.

— Si vous avez une photo d'elle, alors c'est qu'elle n'est pas amish. Les amish ne se laissent jamais photographier. Ils ne croient pas à la représentation en image. Ni photo ni peinture, rien. Ça fait partie de leurs dogmes.

— Et s'il s'agissait de quelqu'un qui aurait quitté la communauté ?

Le vieil homme inclina la tête sur le côté avec une moue dubitative, mais prit tout de même dans sa main la photo qu'Adam lui tendait.

Il l'examina attentivement, les yeux plissés, avant de remuer la tête d'un air désolé.

— Connais pas, dit-il, en rendant la photo.

— Il est très important que je sache si elle a de la famille dans le coin.

— De la famille amish ?

— Oui.

— Les amish sont très repliés sur eux-mêmes. Si j'étais vous, j'éviterais de débarquer chez eux avec cette photo.

— Alors, que me conseillez-vous de faire ?

— Plutôt aller faire un tour dans l'autre boutique de souvenirs de la ville, tout au bout de la grand-rue. Elle appartient à un couple qui a quitté la communauté amish. C'est d'ailleurs très rare. Peut-être qu'eux accepteront de vous aider.

Adam le remercia et sortit. Une fois dehors, il vit passer devant lui une carriole tirée par un cheval. Elle s'arrêta un peu plus loin, devant la boutique d'un marchand de glaces et il resta sur le trottoir pour les observer un instant. Un homme en descendit d'abord. Il portait un chapeau de paille, une longue barbe et une salopette noire à bretelles. Il aida ensuite plusieurs enfants à descendre. Deux petits garçons habillés exactement comme leur père et une petite fille coiffée d'un bonnet noir et vêtue d'une longue robe bleue avec un tablier gris.

Adam se demanda si c'était ainsi que Faith avait été habillée, lorsqu'elle était petite. Quand la famille disparut à l'intérieur de la boutique, il continua son chemin jusqu'au magasin de souvenirs que le vieil homme lui avait indiqué.

Il vit à l'intérieur le même assortiment d'objets artisanaux que ce que proposait la boutique précédente. Il s'était attendu à ce que les propriétaires soient habillés, eux aussi, avec le costume amish, mais il fut accueilli par un grand homme blond vêtu d'une chemise écossaise et d'un jean, et rasé de frais.

L'homme le salua avec un sourire amical et Adam répondit à son sourire.

— Vous avez là un bien beau magasin, dit-il en regardant autour de lui.

— *Ja*, si vous cherchez des meubles, ils sont dans l'arrière-boutique.

Il désigna une porte d'un geste de la tête et, au même instant, une jeune femme sortit de la pièce et lui sourit.

— En fait, je suis venu chercher un renseignement.

La femme disparut aussitôt et l'homme se raidit.

— Vous n'êtes pas journaliste, au moins ?

— Du tout, non. Je suis architecte naval.

L'homme se détendit visiblement.

— En quoi puis-je vous aider ?

Adam sortit de sa poche la photo de Faith et la lui montra.

— Reconnaissez-vous cette jeune femme ?

Sans même regarder la photo, l'homme s'éloigna vers l'autre bout du comptoir.

— Je crains de ne pas pouvoir vous aider.

— Je suis désolé d'avoir dû prendre cette photo, il n'était pas du tout dans nos intentions de heurter vos convictions, dit Adam en le suivant.

— Ce n'est pas le problème, dit l'homme en se tournant pour prendre une boîte en carton sur l'étagère derrière lui.

— Alors quel est le problème ?

— Le fait que je ne fasse plus partie de la communauté amish ne signifie pas pour autant que je ne respecte pas leur désir de rester à l'écart.

— Donc cette jeune femme est amish ?

— Ce n'est pas à moi de le dire.

Il sortit de la boîte une pile de cartes postales qu'il commença à disposer sur le comptoir.

— Le problème ne serait-il pas différent, si je vous expliquais que cette femme a eu un grave accident qui l'a rendue amnésique ?

L'homme releva vivement la tête.

— Elle vit actuellement à Saint-Paul, sans aucun moyen de savoir si elle a, oui ou non, une famille. Elle a tout oublié de son existence avant cet accident.

— Vous voulez dire qu'elle ignore si elle est américaine ou amish ?

— Exactement. Elle s'inquiète beaucoup en pensant qu'il y a peut-être des gens qui la cherchent, qui se demandent ce qui lui est arrivé. Qui pensent peut-être même qu'elle est morte.

— Certaines personnes croient que désobéir à l'Eglise équivaut à mourir, dit-il de façon sibylline.

Adam eut un froncement de sourcils incrédule.

— Vous voulez dire que sa famille ne voudrait pas savoir qu'elle est vivante ?

— Je veux simplement dire que les affaires familiales sont des affaires privées et que nous ne savons pas ce qui s'est produit dans son passé.

— Donc vous admettez que vous la reconnaissez ?

L'homme garda le silence un long moment.

— Il s'agit peut-être de quelqu'un que j'ai déjà vu, lâcha-t-il enfin, comme à regret.

— Pouvez-vous me donner un nom ?

— Certainement pas. Ce ne sont ni vos affaires ni les miennes. C'est elle qui doit poser les questions.

— Si je l'amène ici avec moi, répondrez-vous à ses questions ?

— Si elle veut vraiment savoir.

— Elle veut vraiment savoir, dit Adam d'une voix grave. Alors, à très bientôt… Et merci tout de même pour votre aide.

— Où est Megan ? demanda Adam en entrant dans le jardin.

Faith, qui était occupée à désherber, se redressa pour s'asseoir sur ses talons.

— Elle est chez son amie Emily. Tout va bien ? Vous semblez bien grave…

— Venez donc vous asseoir un instant, lui dit-il avec un sourire, je voudrais vous montrer quelque chose.

Elle se leva, retira ses gants de jardinage et vint s'asseoir à côté de lui sous la véranda. C'est alors qu'elle remarqua qu'il tenait à la main une pile de livres qui ressemblaient à des brochures touristiques. Il lui tendit celui du dessus.

— Bienvenue à Harmony, Minnesota, lut-elle à voix haute.

Elle se tourna vers Adam avec un froncement de sourcils intrigué.

— J'ai trouvé ça aujourd'hui.

— Vous êtes allé à Harmony ?

— Oui. C'est juste au sud de Rochester.

— Je sais où ça se trouve.

— Vraiment ?

— Oui. Il y avait un article dessus, dans les pages touristiques du journal, il y a quelques semaines. Ils montraient un ravissant chemin de randonnée qui suit la Root River. Et plusieurs objets artisanaux fabriqués par la communauté amish, dont du mobilier, d'ailleurs. C'est pour ça que vous y êtes allé ? Pour la table et les chaises que vous voulez pour la maison ?

— Non, c'est vous que je cherchais.

— J'étais ici, voy...

Elle s'arrêta net, comprenant tout à coup ce qu'il avait voulu dire.

— Faith, je crois que j'ai trouvé l'endroit d'où vous venez.

La jeune femme déglutit avec difficulté, la gorge nouée par l'anxiété.

— Vous avez retrouvé ma famille ? demanda-t-elle dans un souffle.

— Pas exactement, mais il y a de grandes chances qu'on les retrouve, si nous retournons ensemble à Harmony. J'ai montré votre photo à des gens...

— Et quelqu'un m'a reconnu ?

— C'est très difficile d'obtenir des informations sur les amish. Ce sont des gens qui vivent très repliés sur eux-mêmes. Mais j'ai parlé à un homme qui avait appartenu à leur communauté et il m'a donné des raisons de croire que vous aviez un lien avec eux.

— Avec les amish ?

Adam ouvrit le guide touristique et vit la photo d'une carriole traînée par un cheval.

— Vous pensez que je suis Plain ?

— Faith, vous rendez-vous compte que « Plain » est le terme que les Amish utilisent, quand ils parlent d'eux-mêmes ?

— Oui. Mais quoi d'étonnant ? Vous aussi, vous connaissez ce mot.

— Uniquement depuis que je suis passé à Harmony. Croyez-moi, Faith, il y a d'autres choses qui me laissent penser que la réponse se trouve là-bas.

Elle remua la tête d'un air incrédule.

— C'est impossible.

— Et pourquoi pas ?

— Parce que ce mode de vie ne me correspond pas du tout.

Elle lut sur son visage qu'il se demandait comment elle connaissait le mode de vie des Amish.

— Il y a des tas de choses que je connais, Adam. Des choses que j'ai pu lire ou apprendre à l'école et qui se trouvent encore là, expliqua-t-elle, en se tapotant la tempe avec l'index. J'ai entendu parler des Amish, mais je ne faisais pas partie de leur communauté. Certainement pas…

— Je n'ai pas dit que vous étiez Amish, j'ai simplement dit que c'était une possibilité. Ça expliquerait beaucoup de choses. A commencer par la raison pour laquelle personne n'a lancé d'avis de recherche vous concernant.

Elle garda le silence un long moment.

— Il faudrait que j'en aie le cœur net. D'une façon ou d'une autre.

— C'est aussi mon avis.

— Quand pourrons-nous le savoir ?

— Quand acceptez-vous de retourner à Harmony avec moi ?

Elle fut tentée de répondre « jamais ». Elle avait fini par accepter l'idée que son passé puisse rester enfermé à jamais dans un coin de sa mémoire et, maintenant, on lui annonçait que toutes ses craintes allaient peut-être se révéler fondées.

Adam respecta son silence et se contenta de porter sa main à ses lèvres pour y poser un baiser.

— Combien de temps ça prendrait d'aller là-bas ? demanda-t-elle enfin.

— Un peu plus de deux heures.

Elle prit une profonde inspiration.

— Alors j'aimerais y aller demain matin, si Lori peut s'occuper de Megan à ma place.

— Elle pourra, ne vous en faites pas.

Il se pencha pour l'embrasser tendrement.

— Quoi que vous puissiez découvrir, je serai là pour vous. Je ferai tout ce qui est en mon pouvoir pour vous aider. Nous traverserons cette épreuve ensemble.

Faith se sentit profondément émue par sa compassion sincère et son soutien infaillible, mais, tout au fond d'elle-même, elle savait bien que ni

Adam ni personne ne pourrait accomplir à sa place la démarche qu'elle s'apprêtait à entreprendre.

Et elle en mourait de peur.

— Peut-être que nous pourrions les appeler pour obtenir davantage d'informations, suggéra-t-elle d'une voix mal assurée.

— Les Amish n'ont pas le téléphone. Et je pense sincèrement que c'est une démarche qu'il vaut mieux que vous fassiez en personne. Vous ne croyez pas ?

— Si, bien sûr, c'est juste que…

Elle laissa sa phrase en suspens, n'osant dire à voix haute combien elle avait peur.

Adam lui passa un bras autour des épaules et la serra fort contre lui.

— Je serai là avec vous, répéta-t-il.

Elle se dégagea de son étreinte et se redressa, les épaules rejetées en arrière et le menton relevé, dans une attitude de défi.

— Je vais le faire, déclara-t-elle d'une voix forte. Je suis prête, maintenant.

P R É L U D '

Le 1er Mars

Prélud' n°131

Premier amour - Stella McLean

A l'aube d'une grande passion, le jeune et riche James McElroy est séparé de force de la ravissante Olivia, jugée trop pauvre pour lui. A travers les péripéties et les épreuves, aucun des deux n'oubliera l'autre – jusqu'au coup de théâtre qui leur offre la chance qu'ils n'osaient plus espérer. Sauront-ils faire fi du passé, et la saisir ?...

Prélud' n°132

L'héritier de Emmett's Mill - Kimberly Van Meter

La belle propriété de Emmett's Mill est sur le point d'être vendue aux promoteurs par son nouveau propiétaire, un héritier ingrat et désinvolte. C'est en tout cas le point de vue de Nora, prête à tout pour empêcher Ben de se séparer de cette maison si chère à son cœur – la maison, où, autrefois, il lui a volé un inoubliable baiser...

Prélud' n°133

Les amants séparés - Dallas Schulze

Alors qu'ils s'aiment éperdument, Mitch abandonne Jenny. Du moins le croit-elle. Dix ans plus tard, il revient la chercher, prêt à s'expliquer. Mais elle, est-elle prête à entendre toute la vérité... et à le suivre, malgré ce qui les a séparés et les sépare encore ?

Prélud' n°134

L'été des promesses - Susan Mallery

Ils sont voisins, mais radicalement différents. Ils sont follement attirés l'un par l'autre, mais ni l'un ni l'autre ne veut s'abandonner à l'amour. Seulement, dans la chaleur des nuits d'été de Seattle, les défenses tombent. Surtout quand une petite fille use de toutes les ruses pour rapprocher sa maman et le séduisant monsieur d'à côté...

Prélud' n°135

Le feu du secret - Cynthia Thomason

La vengeance en tête, Molly approche Brady Carrick sous une fausse identité – Brad, l'homme qu'elle considère comme responsable du suicide de son mari. Mais à l'instant où elle l'aperçoit, elle comprend que la haine et l'amour vont désormais se disputer son cœur...

BestSellers

A paraître le 1er mars

Best-Sellers n°366 • roman

Blonde Geisha - Jina Bacarr

Selon les préceptes japonais les plus anciens, la sexualité et les fantasmes érotiques doivent rester des secrets bien gardés. Pourtant, à quinze ans à peine, la jeune Américaine Kathlene Mallory va entrer dans le monde sensuel des geishas quand son père, afin de la protéger de la menace qui pèse sur elle, la place dans une maison de thé. Commence pour elle une savante initiation à l'art de donner du plaisir aux hommes, qui la conduira à l'ultime rituel des apprenties geishas : la vente de sa virginité. Mais celui qui réclame le droit de payer pour un tel honneur, le cruel baron Tonda, n'est pas l'homme pour lequel la jeune fille brûle d'un désir secret. Pire, il est celui qui ruinera la maison de thé, et mettra la vie de Kathlene en danger, s'il n'obtient pas ce qu'il désire…

Best-Sellers n°367 • thriller

Disparue - Chris Jordan

Maman, j'ai besoin de toi. S'il te plaît, il faut que tu…

Brusquement, la communication est coupée. Pour Jane Hartley, mère célibataire à Long Island, le cauchemar commence : sa fille a disparu. Pourtant la police, qui retient la thèse de la fugue, refuse de lui apporter son aide. Désemparée et morte d'angoisse, Jane se tourne vers Randall Shane, un enquêteur privé spécialisé dans les disparitions d'enfants, pour retrouver sa fille. Car le temps presse, et le ravisseur, implacable, ne reculera devant rien pour voir ses exigences satisfaites…

Best-Sellers n°368 • thriller

Dors petit ange - Gwen Hunter

En Caroline du Sud, plusieurs fillettes ont disparu. Elles ont toutes été retrouvées enterrées, le corps positionné avec soin, comme si elles dormaient paisiblement…

Quelques mois plus tard, Ashlee Davenport, infirmière légiste, découvre un cadavre de fillette enseveli dans sa propriété de Chadwick Farms. Bouleversée, elle est prête à tout pour mettre un terme à cette folie meurtrière. Même à mettre sa propre vie en danger. Et sa détermination a éveillé l'intérêt de l'assassin…

Best-Sellers n°369 • thriller

Et la mort nous séparera - Gayle Wilson

Sur les marches du tribunal d'où l'assassin de son petit garçon sort en homme libre, Sarah Patterson s'apprête à tirer. Au moment où le regard de la jeune femme croise celui du serial killer, un policier l'empêche d'appuyer sur la détente. La rage au ventre, Sarah se jure d'exécuter sa vengeance, quoi qu'il lui en coûte. Même si le tueur, fasciné par cette femme prête à tout pour venger son enfant, rôde autour d'elle…

Best-Sellers n°370 • roman

La maison bleue - Sherryl Woods

Cadre dans les relations publiques, à New York, Hannah Matthews est une battante vers laquelle on se tourne en cas de crise. Et, bien qu'étrangère à toute idée de superstition, elle commence à s'interroger : n'y a-t-il pas un fond de vérité dans le vieil adage qui dit « Jamais deux sans trois » ? Car après avoir remporté une victoire contre la maladie, voilà qu'elle apprend que Jenny, sa mère âgée de 85 ans, refuse de vendre La maison bleue – vieille auberge délabrée sur une île de Floride, et que sa fille, Kelsey étudiante et âgée de 20 ans, est enceinte. Contrainte de se rendre de toute urgence en Floride, Hannah va reprendre – provisoirement —, la direction de La maison bleue. Et tenter d'aider sa fille… Mais elle ignore que Luke Stevens, l'homme dont elle était jadis amoureuse, est revenu lui aussi sur l'île pour réfléchir à son avenir…

Best-Sellers n°371 • historique

Le seigneur de Lochraven - Shannon Drake

Ecosse et Angleterre, 1561

Lady Gwenyth MacLeod, dame de compagnie favorite de la reine d'Ecosse Mary Stuart, est chargée par cette dernière d'une délicate mission : se rendre au palais de la reine Elisabeth d'Angleterre et convaincre la souveraine de ratifier son testament afin que Mary hérite de la couronne anglaise. Pour l'aider à mener à bien les négociations, Gwenyth se voit imposer la présence d'un chevalier proche de Mary : lord Rowan Graham, seigneur de Lochraven, un homme aussi mystérieux et indomptable que les Highlands sauvages dont il est natif. Un homme marié dont, d'emblée, la rude séduction envoûte et menace Gwenyth…

BestSellers

Best-Sellers n°372 • suspense

Le sang du silence - Christiane Heggan

1986. A New Hope, Pennsylvanie, une jeune fille du nom de Felicia est retrouvée assassiné. La police incarcère un simple d'esprit. Les rumeurs prennent fin dans la petite ville.

2006. Grace McKensy, conservateur de musée à Washington, apprend que son ancien petit ami, Steven, vient d'être assassiné à New Hope, où il tenait une galerie d'art. Grace va découvrir, avec l'aide de Matt, un agent du FBI originaire de la petite ville, qu'un silence suspect recouvre ces deux crimes... et qu'un terrible lien les unit, enfoui dans le passé de New Hope.

Best-Sellers n°373 • suspense

Le secret brisé - Jasmine Cresswell

Sa vie n'a donc été qu'un mensonge ? Lorsque Jessica Pazmary apprend qu'elle porte depuis toujours le nom d'une autre, elle est en état de choc. Elle n'était qu'une enfant lorsque ceux qu'elle prenait pour ses parents ont péri dans un accident de voiture. Et voilà qu'elle découvre, à trente ans, que ce couple n'a eu qu'une petite fille, morte en bas âge d'une leucémie... Jessica entame alors des recherches pour briser le secret de sa véritable identité. Même si elle doit déterrer des vérités destinées à rester enfouies à jamais...

Best-Sellers n°374 • roman

Le destin des Castelli - Jackie Collins

Quel lien y a-t-il entre Dani, danseuse à Las Vegas, Madison, brillante journaliste new-yorkaise et Vincent, businessman richissime et ambitieux ? Un homme : Michael Castellino, dit Castelli. Un homme, pris dans un engrenage de trahison et de vengeance, et au destin duquel est indissolublement lié celui des trois autres. Car seul le passé sulfureux de Michael explique pourquoi il n'a jamais épousé Dani, bien que fou amoureux d'elle et père de deux de ses enfants. Seule la découverte de ce père secret, à qui il ressemble tant, permet à Vincent de comprendre d'où il vient. Seules les erreurs et les troubles fréquentations de Michael sont cause du danger que court à présent Madison ...

Composé et édité par les
éditions Harlequin
Achevé d'imprimer en France (Malesherbes)
par Maury-Imprimeur
en janvier 2009

Dépôt légal en février 2009
N° d'imprimeur : 143109 — N° d'éditeur : 14069